大正の后《きさき》

昭和への激動

植松三十里

PHP
文芸文庫

○本表紙デザイン＋ロゴ＝川上成夫

大正の后《きさき》　昭和への激動　目次

大正の后《きさき》　昭和への激動

1章　武蔵野育ち

入道雲の湧《わ》く青空の下、ぎっしりと並んだ稲が、競い合うようにして、上へ上へと伸びている。武蔵野《むさしの》の大地は、鮮やかな緑一色だ。

そこに切れ込みを入れたように、あぜ道と水路が一直線に続き、少女たちの勇ましい歌声が響く。

「みやさん、みやさん、おんまのまあえに、ひらひらするのは、なんじゃいな」

先頭は十三歳で最年長のヨシ、すぐ後ろが数え年五歳の節子《さだこ》。さらに後ろに続くのは、同じ高円寺《こうえんじ》村に住む娘たちだ。

真夏の日差しをものともせず、肩に網や箒《ほうき》や棒切れを担《かつ》いで歩いている。汗疹《あせも》だらけの赤ん坊を、背中に括《くく》りつけている子もいれば、姉に手を引かれている幼い子もいる。

丸顔に団子鼻が並ぶ中、節子は幼いながらも眉《まゆ》がきりりと上がり、鼻と口は形よくまとまって、勝ち気そうな美少女ぶりが際立《きわだ》つ。

少女たちは、いっそう声を張り上げた。

「トコトンヤレ、トンヤレナ」

とんやれ節は、二十年ほど前、官軍が東京に進軍してきた際に、兵士たちが歌った軽快な軍歌だ。

節子は生まれて間もなくから、高円寺村に里子に出されており、父には会ったことがないが、九条道孝《くじょうみちたか》といって、官軍の大将を務めた偉い人だと聞いている。それだけに誇らしく、だれよりも胸を張って歌う。

「あれはちょうてき、せいばつせよとの、にしきのみはたじゃ、しらないか」

少女たちは、手に持った箒や棒を鉄砲に見立て、振りまわしながら歩く。

「トコトンヤレ、トンヤレナ」

その時、ヨシが足を止めて振り返り、節子に向かって言った。

「さだちゃん、見てみな。ほら、あそこ。鷺《さぎ》がいるから、きっと魚もいるよ」

伸ばした指の先に目をやると、水路の下流にかかる橋の下に、二羽の白鷺が立って、水底をついばんでいた。節子は箒を振りかざして叫ぶ。

「じゃあ、あそこにしよう。突撃ッ」

少女たちは橋に向かって、いっせいに駆け出した。もはや、だれもが汗だくだ。

お煙草盆《たばこぼん》に結った後《おく》れ毛の先から、汗が滴《しずく》になって飛び散る。

橋のたもとに着くなり、ヨシが仕切った。

「あんたとあんたが網の仕掛け。ほかの子たちは、魚を追う役だよ」

指名された少女たちは、網を抱《かか》え、跳ねるような足取りで、さらに下流に向かって走っていった。

残った者は藁草履《わらぞうり》を蹴散《けち》らし、色あせた縞木綿《しまもめん》の単衣《ひとえ》の裾《すそ》を、高々とたくし上げて帯に挟む。特に節子は小柄なだけに、尻《しり》が見えそうなほど短くしないと、裾が水に浸《つ》かってしまう。袖《そで》も持参の紐《ひも》で、たすき掛けにした。

ヨシが土手の斜面を下りながら手招きした。

「みんな、魚を脅《おど》かさないように、静かに入りな」

全員、言われた通り、白鷺のいる場所より少し上流で斜面を下り、ひとりずつ水に入る。小さい子には、年嵩《としかさ》の者が手を貸す。

節子も、そっと足を伸ばし、透き通ったせせらぎに、爪先《つまさき》を浸《ひた》した。水底には青々とした水草が茂って、流れに揺らいでいる。そのまま思い切って両足で降り立つと、水が膝上《ひざうえ》まで届き、冷たさが染《し》みた。

「ひゃー、冷たいよお」

肩を縮こませたが、すぐに水温に慣《な》れて、汗が引いていき、とても心地よい。

白鷺たちは迷惑そうに、一歩、一歩、長い脚を交差させて、少女たちから遠ざかる。そして大きく翼を広げたかと思うと、力強く羽ばたき、水しぶきを引きずりながら、一気に大空へと飛び立っていった。

ヨシが下流の少女たちに大声で聞いた。

「用意は、いいかい？」

下流では、流れに向かって網を広げて待ちかまえ、声を張り上げる。

「いいよお」

ヨシは周囲の少女たちを見まわして言った。

「じゃあ、始めるよォ」

少女たちは一列に並び、手に持った箒や棒を水に浸して身がまえる。ヨシが号令をかけた。

「始めッ」

だれもが箒や棒で川底を払いながら、ゆっくりと下流に向かって歩き始めた。節子も箒で水草を払うと、隠れていた小魚が慌《あわ》てて出てくる。

「いるよ、いるよ、いっぱい、いる」

「急《せ》いちゃ駄目《だめ》だよ。ゆっくりだよ。ゆっくり、みんなで網に追い込め」

ヨシの指示で足並みを揃《そろ》え、下流に向かって、一歩一歩、進んでいく。節子も川底に目を凝《こ》らしながら、逃げ惑《まど》う小魚を、箒で追い立てた。

そして網に達したところで、またヨシが叫んだ。

「今だッ。網をあげろッ」

網係のふたりに、年嵩の少女たちが手を貸して、張っていた網の端を、川底から一気に引き上げた。手早く端をまとめて袋状にし、そのまま高々と持ち上げると、水が網の目を通って、滝のように流れた。それを、いったん土手の斜面に押し上げる。

少女たちは歓声をあげて、水から飛び出した。派手に水しぶきが上がり、袖も裾も水浸しだが、だれもかまいはしない。われもわれもと網に取りつき、息せき切って土手の上まで引きずった。年下の節子は少し遅れたが、自力で斜面を這《は》い上がった。

土手上で網が開かれ、いちだんと歓声があがる。そこには水草に混じって、数十匹の小魚や泥鰌《どじょう》が跳ねていた。

「いっぱい獲《と》れたあ」

「大漁だあ」

口々に叫ぶ。そして手分けして水草や小石を取り除《のぞ》き、獲物だけを魚籠《びく》に放り込んだ。

その時、ひとりが立ち上がり、大声で叫んだ。

「あッ、セキがいるッ」

指さす方向に目をやると、小太りの少女が、少し離れた場所に立って、こちらを見つめていた。両方の目尻が上がり、下ぶくれの頰《ほほ》から、口元が少し前に出て、唇《くちびる》が半開きになっている。知的障害があるのがわかる顔立ちだ。

叫んだ少女は手近な小石を拾うなり、セキに向かって投げた。

「あっちへ行けッ」

ほかの少女たちも投げ始める。

「あっち行きなってば。見てんじゃないよッ」

セキは慌てて逃げ出した。だがヨシが一喝《いっかつ》した。

「やめなッ。弱いもの苛《いじ》めはッ」

節子は、ほっとした。セキは何も悪いことはしていない。なのに石で追われる。それが哀《あわ》れだった。

できることなら仲間に招き入れてやりたい。でも現実には誘うどころか、ヨシのように苛めを止《と》める勇気もなかった。

すべての魚を魚籠に入れると、一同は場所を変えて、また網を仕掛けて追い込んだ。それを二度、三度と繰り返すうちに、陽《ひ》が西に傾き始めた。最後の一匹を魚籠に入れてから、ヨシが言った。

「そろそろ、おしまいにしようか。陽が暮れると、濡《ぬ》れた着物じゃ寒くなるし」

帰りがけには、節子が道端で野苺《のいちご》を見つけ、みんなで採《と》って食べた。夏の日は長く、ゆっくりと過ぎていく。

村に戻ると、大きめの魚を、それぞれに分配し、残った小魚はヨシが預かった。

「おかあちゃんに佃煮《つくだに》にしてもらってから、みんなに分けるね」

だれもが笑顔で魚の尻尾《しっぽ》をつかみ、それぞれの家に散っていった。

ヨシと節子が向かう先は、大河原《おおがわら》という地主の屋敷だ。当主の大河原金蔵《きんぞう》と、妻のテイは、ヨシの両親であり、節子の里親でもある。

建物を取り囲む屋敷林は、ちょっとした雑木林ほどに生い茂っており、ヨシも節子も、木々の間をすり抜けて、母家《おもや》に向かった。

節子は濡れた箒で、木の幹を軽く叩《たた》きながら歩く。

「ずっと、夏休みだといいのにねえ」

ヨシが笑顔で振り返った。

「まだまだ終わらないよ。さだちゃんと遊べる最後の夏休みだから、学校が始まるまで、いっぱい遊ぼう」

九月になると、ヨシは新学期を迎え、翌年三月には高等小学校を終える。だから、これが最後の夏休みだった。

そして四月には、節子も東京の町中《まちなか》の幼稚園に入る。高円寺村の子供たちは、幼稚園など縁がないが、節子は、そのために村を離れ、実家の九条家に移る。それは節子が物心ついた頃からの約束だった。

九条家のお屋敷に行けば、おとうちゃんと、おかあちゃんに会える。そのこと自体は楽しみだったが、今の家を離れるのが寂《さび》しい。これが最後の夏休みだと思うと、それも哀しかった。

節子は情けなさを振り払うように、箒を振りまわし、あえて元気に言った。

「明日はトロッコを見に行こうよ」

ヨシは気軽に応《こた》える。

「いいよ。みんなで中野まで行こうか」

ちょうど節子が幼稚園に入る頃には、東京の西の町外《はず》れである新宿《しんじゅく》から、さらに西に向かって鉄道が開通する。

隣村の中野までは、すでに線路が敷かれており、駅が建てられている。そこからの線路は、高円寺村の真ん中を貫き、はるか西の立川《たちかわ》まで延びる予定だ。

建設資材を運ぶのに、中野村まではトロッコが行き来している。それを眺めるのが、節子たちは大好きだった。

屋敷林を抜けると、堂々たる茅葺《かやぶ》き屋根の母家が現れる。前庭では鶏《にわとり》たちが地面をついばんでいる。ヨシは開け放った引き戸から、土間《どま》に入っていった。

「ただいまァ。おかあちゃん、魚、たくさん獲れたから、佃煮にして」

節子も土間に入ろうとして、ふと背中に視線を感じた。振り返ってみると、屋敷林の外れにセキが立っていた。

きっと一緒に遊びたかったに違いない。それに石を投げられた時に、ヨシがかばってやったから、家までついてきたのかもしれなかった。

節子は可哀想《かわいそう》になって、片手を上げて振った。するとセキは、おずおずと手を上げ返し、初めて笑顔を見せた。

節子も笑顔になり、濡れた箒を放り出すと、跳ねるような足取りで土間に入って、ヨシの口真似《くちまね》をした。

「ただいまァ、ばあや、たくさん獲れたから、佃煮にしてえ」

ばあやと呼ばれたテイは、頭にかぶっていた手ぬぐいを外し、家事で濡れた手を拭《ふ》きながら、満面の笑顔で迎えてくれた。

「たくさん獲れたねえ。よく洗ってから煮て、今夜のおかずにしようね。大きいのは炉端《ろばた》で、じいやに焼いてもらうといいよ」

じいや、ばあやと呼ばれるには、まだ若い夫婦だが、テイのみならず、金蔵も節子には甘い。獲ってきた魚に目を細め、串刺しにして、囲炉裏《いろり》の灰に突き刺し、炭《すみ》火《び》であぶってくれた。

その夜は、甘じょっぱい佃煮と、焼きたての川魚で、節子は真っ白いごはんを、何杯も、おかわりした。


八月も半ばになると、金蔵とテイが小作たちを指揮して、藍《あい》の収穫にかかる。高円寺村には副業として、藍玉を作る農家が多い。春に種を蒔《ま》き、七月と八月、二度に分けて、葉を収穫する。

庭に筵《むしろ》を敷き、藍の葉を敷き詰めて、天日《てんぴ》で干す。乾いたら倉の土間に積み上げて、定期的に水をかけ、発酵《はっこう》させて藍色の染料にするのだ。

発酵が始まると、独特の匂いを発する。その匂いが倉からもれ始める頃、ヨシたちの夏休みが終わった。

遊び仲間の少女たちも、毎日、小学校に通うようになり、取り残された節子は、朝から晩までテイにつきまとった。

しかし大農家の主婦は、秋がもっとも忙しい。藍玉作りのほかに、蚕《かいこ》の世話もあり、稲刈りの準備もある。節子は、かまってもらえず、ひとりで遊ぶしかなかった。

屋敷林の一角を占める竹藪《たけやぶ》を、何することもなく歩きまわって、ヨシが学校から帰ってくるのを待った。竹の葉の隙間《すきま》から、秋の日差しが斜めに差し込み、空気まで薄緑色に染まって清々《すがすが》しい。

そんな時、セキが竹藪に姿を現した。真一文字《まいちもんじ》に口を閉じて近づいてくる。節子は何事かと身がまえたが、セキは黙ったまま、目の前まで近づくなり、片方の拳《こぶし》を突き出した。

何かを渡したいのだと気づいて、節子は恐る恐る手を差し出した。するとセキが拳を開き、手の平に何かを落とした。見れば、それはきれいな石だった。滅多《めった》になないほど真っ白で丸い。節子は首を傾《かし》げて聞いた。

「ヨシちゃんに？」

以前、かばったことへの礼かと思ったのだ。しかしセキは首を横に振って、あごを前にしゃくる。

「さだに、くれるの？」

セキが小さくうなずく。なぜ自分にと戸惑《とまど》っているうちに、セキはきびすを返し、逃げるようにして駆け出した。

「あ、待って」

声をかけたが、意外な速さで竹藪を抜けて、走り去ってしまった。節子は手の中の石を、もういちど見た。ずっと握りしめていたらしく、まだぬくもりがあった。その後、セキと遊ぼうかとも思った。家の場所は知っている。村はずれの一軒家だ。しかし誘いに行ったとしても、ふたりで何をして遊んだらいいのかが、わからなかった。

稲刈りが終わり、鎮守《ちんじゅ》の森の秋祭りも過ぎた。そして北風が吹き始める頃には、大人たちは藍玉作りにかかる。発酵した藍を、男衆が臼《うす》で搗《つ》き固め、女たちが楕円《だえん》形《けい》に形作って、出荷するのだ。

冬になって一連の作業が終われば、いよいよテイの手が空いて、かまってもらえる。ヨシも冬休みになる。節子は冬の訪れを心待ちにした。

ある夜更《よふ》けのことだった。節子は人が争う声で目を覚ました。金蔵の怒声《どせい》だった。居間から聞こえてくる。

節子は何事かと起き出して、真っ暗な台所を手探りで横切り、居間に近づいた。怒声が高まる。

「いずれ、九条さまにお返しするってことは、わかってた話だろうッ」

テイが泣きながら言い返す。

「けど、来年の春って話だったじゃないか。それが、こんなに急だなんて」

「幼稚園に入れる前に、家に慣れさせたいって仰《おお》せなんだから、しょうがねえだろうッ」

節子は自分の話だと気づいて、さらに居間の杉戸に近づいた。引き戸のわずかな隙間から中をのぞくと、テイが、顔中、涙だらけにしていた。

「だけど、あの子はね、あたしが、お乳をあげて育てた子なんだよ。死んだ息子の身替わりだったんだから」

かつて大河原家で、男の子が生まれたが育たなかったことは、節子も前から聞いている。テイは痛いほど乳房《ちぶさ》が張って、泣きながら母乳を搾《しぼ》って捨てていたところに、九条家から里子の話が舞い込んだ。それで渡りに船と、赤ん坊の節子を引き受けたのだ。

「わが子だと思って、いいや、自分の子よりも、もっと可愛《かわい》がって育てたのに、こんな急に言われたってさ」

金蔵は苛立《いらだ》たしげに、あぐらの膝を小刻みに揺らしていたが、耐えきれなくなったように片手を上げた。

「しのごの言うなッ。俺だって、手放したくはねえんだッ」

次の瞬間、節子は息を呑《の》んだ。派手な音を立てて、金蔵が妻の頰を張ったのだ。

節子は慌てて台所に戻り、手探りで棚を探った。何か棒をと思ったが、何も見つからない。ただ箸箱が指先に触れた。それをつかむなり、杉戸を勢いよく開け、そして金蔵に向かって突進した。

「駄目だよッ。ばあやを苛めたら、駄目なんだからッ」

無我夢中で箸箱を振り下ろす。金蔵の散切《ざんぎ》り頭を、力いっぱい何度も叩いた。気が高ぶって涙があふれ出た。

金蔵は目を丸くしていたが、テイが慌てて節子を抱き留めた。

「いいんだよ、さだちゃん、ありがとね。ばあやを助けてくれて。でも、いいんだよ」

小さな背中を抱きしめて言う。

「さだちゃんは優しい子だね。優しい子だ」

かたわらの金蔵も、洟《はな》をすすり始めた。

「わかった。じいやが悪かったよ。ばあやを苛めて悪かった」

節子の背中をさすりながら、夫婦で泣いた。

節子はテイが叩かれたことよりも、このふたりと別れる日が近いとしたら、耐えられない気がして、大泣きに泣いた。


その日は、すぐにやってきた。十一月十日の昼前に、黒光りした人力車が二台、大河原家の門の前に停《と》まったのだ。

前の車からは、洋服姿の男が降り立ち、後ろの車からは、おすべらかしの髪に、白の小袖、茄子紺《なすこん》の袴《はかま》という、神社の巫女《みこ》のような出で立《いた》ちの女が現れた。

節子は目を丸くして聞いた。

「もしかして、さだのおかあちゃん？」

すると女は首を横に振った。

「いいえ、とんでものうございます。私は山崎寿賀子《やまざきすがこ》と申しまして、節子姫さまのご養育掛《がかり》を承《うけたまわ》りました。おたたさまは赤坂のお屋敷で、お待ちですよ」

「おたたさまって？」

寿賀子は腰をかがめて応えた。

「おかあさまのことですよ。とても、お美しい方で、節子さまも、誇らしく思われるはずです」

洋服の男は九条家の執事《しつじ》だと名乗り、金蔵に向かって、おごそかに告げた。

「姫君は、このまま、お連れする」

テイが慌てた。

「で、でも、このままって、まだ荷物も何も」

「荷物はよい。身ひとつで、お連れするようにと、九条さまから命じられているゆえ」

節子は怖《こわ》くなって、一歩、二歩と後ずさった。そしてテイに駆け寄り、帯にしがみついた。

「嫌だ。さだは、行かない。行かないよ」

テイは少し戸惑った様子だったが、しゃがんで言い聞かせた。

「さだちゃん、お屋敷で、おかあちゃんが待ってるよ。ずっと会いたかったんだろう」

だが節子は激しく首を横に振った。

「違う。ばあやがいい。ヨシちゃんと一緒がいい」

テイは困り切って寿賀子に言った。

「実の姉妹みたいに、仲よくしてる娘がいるんです。その子が学校から帰るまで、待ってもらえませんか。今日は土曜だし、じきに戻りますから」

しかし執事が首を横に振った。

「いや、旦那《だんな》さまもお待ちゆえ、すぐに、お連れせねばならぬ」

金蔵が肩を落としてつぶやいた。

「なんだか俺は、竹取りの翁《おきな》になったような気分だな」

とたんに、節子は泣き出した。

「嫌だ、嫌だ。さだは、お月さんになんか行かない」

自分はかぐや姫ではない。月の世界になど行ってたまるかと思った。テイは立ち上がって、夫の脇腹を肘《ひじ》で小突《こづ》いた。

「あんたが変なことを言うから」

ふたたび節子の前にしゃがんで、なだめた。

「それじゃ、ばあやが途中まで送っていくから、一緒に行こう」

節子は泣きながら首を横に振り続けた。

「嫌だ。そんなの、嫌だ」

すると寿賀子が言った。

「それでは途中まではなく、ばあやさんも一緒に、赤坂のお屋敷まで来てもらいましょうね。それなら、よろしいでしょう」

あれやこれやと、なだめすかされて、節子は嫌々ながらも、とうとう寿賀子と一緒に人力車に乗った。かたわらに立つテイに向かって、何度も繰り返した。

「ずっと隣を歩いておくれよ。離れちゃ嫌だからね」

人力車が動き出した。テイの足に合わせて、ゆっくりと進む。もう一台が執事を乗せて前を進み、背後には金蔵や、村人たちまでもがついてくる。節子は少し安心した。

だが二台が青梅《おうめ》街道に出たところで、寿賀子が車夫に言った。

「走っておくれ」

するとと車夫は心得顔《こころえがお》で、前の車に声をかけた。

「走るぞッ」

節子は慌てた。

「駄目だよ。走っちゃ、駄目だったらッ」

だが前の車が速度を上げ、こちらの車夫も走り出した。たちまちテイの足が、ついてこられなくなる。

「待って。ばあやが、ばあやが」

節子は人力車の脇から身を乗り出した。テイは立ち止まって泣いていた。どんどん距離が開いていく。金蔵も村人たちも、もう追いかけてこない。

「降りるよ、降りる。ここで降りるんだからッ」

死に物狂いで逃れようとしたが、寿賀子の腕に、しっかりと抱きかかえられ、どんなに身をよじっても動けない。

もういちど振り返ると、テイの姿は、すっかり小さくなっていた。村人たちが手を振っている。金蔵が拳で目元を拭《ぬぐ》うのが見えた。

節子は身を乗り出して、両腕を力いっぱい伸ばし、声を限りに泣き叫んだ。

「じいや、ばあや、ばあやあああ」

しかし、どうすることもできなかった。


揺り動かされて、目を覚ますと、人力車は停まっていた。泣き疲れて眠っているうちに着いたらしい。

節子は目をこすりながら、さっきの情景を思い出し、また、べそをかき始めた。寿賀子がなだめる。

「何も悲しいことはありませんよ。おもうさまも、おたたさまも、お優しい方ですからね」

抱きかかえられて、人力車を降り、玄関から入った。

節子が知っている大きな建物といえば、村の寺や神社だ。だが九条家の屋敷は、はるかに寺社よりも立派で、これぞ、かぐや姫の月の御殿《ごてん》に違いないと思った。

玄関から廊下まで、寿賀子と同じような出で立ちの女たちが、ずらりと並んで平《へい》伏《ふく》していた。女中たちらしい。

節子は寿賀子に抱かれたまま、その前を通り、奥に連れていかれた。渡り廊下を通って、離れ家《や》に入り、だれもいない座敷の真ん中で下ろされた。

大きな床《とこ》の間《ま》があり、壁一面に絵が描かれていた。全体が灰色がかっており、険《けわ》しい山奥に、お堂が一軒だけ建っている寂しい絵だ。

節子は、その絵が怖くて、身震《みぶる》いした。そして座敷の真ん中に突っ立っていると、寿賀子が言った。

「お座りなさいませ。もうすぐ、おもうさまと、おたたさまが、お出ましになりますよ」

「おもうさまって、おとうちゃん？」

「さようでございますが、おもうさまと仰せなさいませ」

父の九条道孝は、立派な公爵《こうしゃく》だという。

「おたたさまのお名前は、幾子《いくこ》さまと仰せです。とにかく、お座りなさいませ」

節子は言われるままに正座した。その時、ひとりの女中が妙な節回《ふしまわ》しで告げた。

「旦那さまの、おなりで、ございますう」

すると襖《ふすま》が開いて、羽織《はおり》袴姿の男が現れた。父の九条道孝に違いなかった。そして、おすべらかしの女が、打掛《うちかけ》の裾を引きずりながら続く。まるで雛《ひな》人形の女雛《めびな》のようだが、どうやら母の幾子らしい。

その後からは、洋服姿の若い男と少年たち、それに花柄の着物姿の少女たちが続いた。

道孝は節子の正面上座《かみざ》に正座した。背後には、床の間の恐ろしい絵がある。そのとたん節子は、目の前の父までが怖くなった。

母の幾子は、節子が見たこともないほど、顔立ちの美しい女性だった。だが、この世のものとも思われず、これまた恐ろしく見えた。

寿賀子がにじり寄って、小声でささやく。

「おもうさまと、おたたさまでございますよ。さあ早く、お辞儀《じぎ》をなさいませ」

だが節子は、頑《がん》として頭を下げようとしない。そのため寿賀子が、背中を軽く押さえようとした。すると節子は、その手を払って立ち上がり、小声でつぶやいた。

「違う。違うよ」

寿賀子が慌てて袖を引く。

「何を仰せです。お座りなさいませ」

「違う」

「何が違うのです」

「こんなの、おかあちゃんじゃないッ」

声が大きくなる。

節子は母親というのは、テイよりも、もっと優しくて、胸に飛び込んでいったら、甘えさせてくれるものと信じていた。だが幾子は優美ではあるものの、まさに人形のようで、近づくことさえできない雰囲気《ふんいき》があった。

「おかあちゃんじゃないよォ」

何度も繰り返しているうちに、節子は周囲の視線に気づいた。廊下に控えた女中たちが眉をひそめている。その表情に居たたまれなくなり、とっさに逃げ出そうとした。

女中たちの悲鳴が響く。だが、すぐに取り押さえられた。節子は手足を振りまわして暴れた。

「放せッ。放せッ」

放してもらえないとわかると、大声で泣き出した。だれもが呆《あき》れ顔の中、道孝が落ち着いた様子で手招きした。

「ここに、連れてきなさい」

節子はしゃくりを上げながら、父親のもとに連れていかれた。叱《しか》られるという恐怖から、いよいよ泣いた。

しかし道孝は娘を受け取ると、あぐらをかいて座り直し、膝の上に乗せた。そして、しばらく泣き顔を眺めていた。

節子は泣きながらも、父の様子をうかがった。どうやら叱られる気配はない。さっきは怖く見えたが、よく見ると、むしろ目が穏《おだ》やかで優しげだ。

しだいに大泣きが収まっていく。すると道孝は懐紙《かいし》を取り出し、柔らかくもみほぐしてから、涙と洟水《はなみず》まみれの娘の顔に当てた。

「まずは洟をかめ」

節子は言われた通りに、鼻から息を吹き出した。道孝は、丁寧《ていねい》に拭き取ってから、愛《いと》しげに言った。

「元気で大きくなったな。期待通りだ」

それから、まだ涙が乾かない節子の目を、のぞき込んだ。

「私が、おまえの、おとうちゃんだ」

そして、かたわらの女雛を示して続けた。

「それで、これが間違いなく、おまえを産んだ、おかあちゃんだぞ」

さらに、その隣に控えていた洋服姿の若い男と、少年たちを指さした。

「あれが、おにいちゃんたちだ。それから大きい方のおねえちゃんが範子《のりこ》。おまえより六歳上だ。その隣が、おまえとふたつ違いの籌子《かずこ》だ」

兄たちは見るからに貴公子だし、範子も籌子も三人官女のようだ。なおも道孝が優しく言い聞かせる。

「みんな、おまえが帰ってくるのを、楽しみに待っていたんだぞ」

そう言われると、節子は、なんだか申し訳ないことをした気がして、また口元がへの字に曲がった。

「泣くな、泣くな」

道孝は笑い出した。

「それにしても、色黒に育ったものだな」

節子は一転、むっとして言い返した。

「色黒じゃないもん」

高円寺村では、むしろ色白だと言われていた。

「そうか黒くないか。いやはや、なかなか気も強いな。頼もしいぞ」

道孝だけでなく、兄や姉や女中たちも笑った。

「まあ、とにかく風呂に入れてもらえ。垢《あか》を落とせば、少しは白くなろう。それから、きれいな着物を着せてもらうがいい。目鼻立ちは少しきついが、そう悪くはない。なんとか見られるだろう」

風呂に湯が張られるまで、範子と籌子が子供部屋で、玩具《おもちゃ》を見せてくれた。色とりどりのお手玉や千代紙《ちよがみ》に、節子は目を奪われた。範子が千代紙の姉さま人形を差し出した。

「これを節子さんに、差し上げるわ」

言葉づかいも優雅で、ヨシより歳下とは思えず、また怖《お》じ気《け》づいてしまう。下の姉の籌子は、立派な市松《いちまつ》人形を差し出した。

「これ、とっても大事にしているのだけれど、節子さんになら差し上げても、よくってよ」

節子は目を丸くして受け取り、腕に抱いた。白い肌に大きな黒い目。黒い髪が切り揃えられて、赤い着物を着ている。今までに見たこともないほど愛らしく、美しい人形だった。

しばらく抱いていたが、ふいに姉に突き返した。

「いらない」

「なぜかしら？　お気に召さない？」

黙って首を横に振った。姉たちは困り顔だが、節子としては、こんなもので欺《だま》されてなるかと思ったのだ。

それから湯殿に連れていかれた。女中がふたりがかりで、体を洗ってくれる。手ぬぐいを泡だらけにして、襟足《えりあし》から足の指先までこすられた。

「この泡、何？」

「シャボンですよ。いい香りがしますでしょう。これを使うと、色白になりますよ」

何もかも知らないことだらけで、まさに月の世界に来たようだった。

だが夜になると、また節子はテイが恋しくなって泣き出した。それから毎晩、泣いた。

そうこうしているうちに、屋敷の飼い猫が仔《こ》を産んだ。節子は仔猫に夢中になり、ようやく新しい暮らしに慣れ始めた。

それでも時々、高円寺村の家に帰りたくて泣いた。すると母の幾子が言った。

「いい子にしていれば、夏には、ばあやのところに帰っていいと、おもうさまが仰せですよ」

節子は胸を高鳴らせて聞いた。

「本当？」

「夏休みの間だけですよ。その前に、春になったら、幼稚園に通いましょうね。たくさん、お友達ができますよ」

そして予定よりも早く、六歳の二月から、女子師範《しはん》学校の附属《ふぞく》幼稚園に通い始めた。明治二十二年の早春だった。

夏休みになると、約束通り、高円寺村に帰してもらえた。赤坂福吉町《ふくよしちょう》の屋敷から、執事と寿賀子と一緒に人力車で行き、新宿から中野までは、開通したばかりの鉄道に乗った。

黒い機関車が盛大に煙を上げながら、武蔵野の台地を、力強く西に向かう。節子は列車の速度に目を丸くした。

まだ木の香りが漂《ただよ》う中野駅で降りると、テイも金蔵もヨシも迎えに来てくれていた。節子は歓声をあげて抱きついた。

中野駅からは、節子が先頭に立ち、意気揚々と歩いていくと、村の人々が待ちかまえており、大歓迎してくれた。

節子は土産《みやげ》に持ってきた姉さま人形や、きれいな千代紙を、村の少女たちに分け与えた。だれもが大喜びした。だが一体だけは残しておいた。

そして翌朝、早く起きて、ひとりでセキの家に向かった。以前、白い石をもらった時には、驚いて、ありがとうも言えなかった。そのうえ、あの石は、いつの間にかなくしてしまった。それでも、とにかく礼として、姉さま人形を渡したかったのだ。

セキの家の土間をのぞき込むと、母親が竈《かまど》の前で火を熾《おこ》していた。

「セキちゃんは?」

声をかけると、母親が振り返って聞いた。

「あんた、さだちゃんかい」

節子は小さくうなずいた。母親は立ち上がり、姉さんかぶりを外しながら言った。

「セキが喜んでたよ。さだちゃんに優しくしてもらったって。そんなこと、滅多に言う子じゃなかったんだけど」

節子は意外な気がした。何も優しくした記憶はない。家の中をのぞき込んで聞いた。

「セキちゃん、いないの？」

「セキかい」

母親は少し困り顔で応えた。

「実は冬にね、風邪《かぜ》をこじらせて」

信じがたい言葉が続いた。

「死んだんだよ」

「うそ」

「もともと体が丈夫じゃなかったんでね。お医者さんからも、あんまり長生きは、できないって言われてたし」

母親は一瞬、目尻を指先で拭った。

「厄介《やっかい》払いができて、よかったじゃないかって言う人もいたけどね」

それから笑顔を作って言った。

「でも、さだちゃんのことは喜んでたよ。あんな子だから、ちょっとでも優しくしてもらうと、嬉《うれ》しくってね」

節子は首を横に振った。

「優しくなんか、してないよ。なんにも、してあげてない」

「でも、こうして来てくれたじゃないか。それだけでも、あの子は草葉《くさば》の陰《かげ》で、きっと大喜びだよ」

あまりに突然の話に、頭が混乱する。自分と、いくつも変わらないような子供が死ぬなんて、信じられなかった。

「うそ、うそだ。死んじゃったなんて」

きれいな石をもらったのに。あれはセキの宝物だったに違いないのだ。なのに礼も言っていない。何ひとつ優しくなんか、していない。こんなに早く死んでしまうのなら、もっと優しくすればよかった。一緒に遊ぼうって、誘ってあげればよかった。

姉さま人形に目を落とすと、心の底から湧き上がる悔《く》いで、大粒の涙がこぼれた。

2章　九条の黒姫さま

翌年の夏にも高円寺村《こうえんじむら》に出かけ、その九月からは華族《かぞく》女学校の初等小学科に入学した。

華族女学校には幼稚園はなく、女子師範《しはん》学校の幼稚園の卒園児は、半数が華族女学校に進む。残りの半数は、そのまま師範学校の附属小学校に進んだ。

節子《さだこ》は毎朝、桃割れの髪を、養育掛《がかり》の寿賀子《すがこ》に撫《な》でつけてもらい、着物を短めに着つけて、白足袋《たび》に草履《ぞうり》で出かける。教科書は風呂敷に包んで持っていく。

九条《くじょう》家から華族女学校までは、子供の足でも歩いて二十分ほどだ。九条道孝《みちたか》の方針で、節子は二歳上の籌子《かずこ》と一緒に歩いて登校した。ねえやと呼ばれる若い女中が、送り迎えについてくる。

華族女学校は、三べ坂と呼ばれる坂を上《のぼ》りきったところにあった。背の高い煉瓦《れんが》塀《べい》に囲まれており、黒い鉄柵の門から入ると、目の前に堂々たる西洋館がそびえる。煉瓦づくりの三階建てで、それが本館だった。

　下校の時間は姉妹別々だが、それぞれの時間に合わせて、ねえやが迎えに来た。級友たちと「ごきげんよう」と挨拶《あいさつ》を交《か》わしてから、だれもが迎えとともに帰って行く。

　ところが似たような年格好《としかっこう》の少女たちが、いちどに校舎から出てくるために、ねえやには見分けがつきにくいらしい。

　そこで節子は、ねえやをまいて、ひとりで帰る楽しみを覚えた。級友たちに紛《まぎ》れて、こっそり門から出てしまい、肩をすくめて舌を出した。

　軽い足取りで三べ坂を下りきると、日枝《ひえ》神社の小高い森が現れる。節子は大きな鳥居をくぐり、幅広の石段を一段飛びで駆け上がる。緑深い境内《けいだい》で、小鳥の声を聞いたり、木の実を拾ったりして、ひとしきり遊んだ。

　それから裏手の石段を降りて、溜池《ためいけ》と呼ばれる外堀の橋を渡ると、小商《こあきな》いの町家が並ぶ赤坂田町《たまち》に入る。その店先を眺めながら歩くのが、節子は大好きだった。

　赤坂田町を抜けると屋敷町に入り、今度は氷川坂《ひかわざか》を上る。坂を上りきった高台に、九条家の広大な屋敷があった。

　幼稚園時代は人力車で送り迎えだったが、華族女学校に入ってからは、この気ままな帰り道が、何よりの楽しみになった。

そのうち赤坂田町の町並みの中に、駄菓子屋を見つけた。近所の子供たちが集まる店で、節子は当初、入りたくてたまらなかったが、金を持っておらず、店先に立って眺めていた。

するとよほど物欲しそうだったのか、店番の娘が声をかけてくれた。

「あんた、可愛《かわい》い子だね。この辺の子？」

節子は嬉《うれ》しくなって応《こた》えた。

「うん。家は、すぐそこだよ」

「じゃ、入んな」

娘は飴玉《あめだま》をひとつくれて、すぐに子供たちの仲間にも入れてもらえた。洟垂《はなた》れ小僧たちが得意げに歌を歌っていた。

「オッペケペッポー、ペッポポッポー、マンテルズボンに人力車、いきな束髪《そくはつ》ボンネット、貴女や紳士《しんし》のいでたちで、うわべの飾りはよいけれど、政治の思想が欠乏だ、天地の真理がわからない、心に自由の種を蒔《ま》け、オッペケペー、オッペケペー、オッペケペッポー、ペッポポッポー」

最近、ちまたで大流行しているとかで、皆、意味もわからずに歌っている。

節子は、束髪ボンネットだの人力車だの、自分たちが暮らす世界が揶揄《やゆ》されているのは、おぼろげながら理解できたが、それがむしろ面白かった。

以来、毎日のように駄菓子屋に寄り道しては、店番の娘に飴玉をもらった。そのうち、すっかり歌を覚えてしまった。

それを華族女学校で歌ったところ、軽快さが受けて、たちまち級友たちも歌い始めた。

「オッペケペッポー、ペッポポッポー、オッペケペッポー、ペッポポッポー」

あちこちで歌っているうちに、女教師の耳に入り、教室で雷が落ちた。

「そのような下賤《げせん》な歌を、だれが歌い始めたのですかッ」

級友たちは、うなだれてしまった。節子を横目で見る者もいる。気がつけば教師の厳しい視線は、自分ひとりに注《そそ》がれていた。節子は、もはやこれまでと観念し、神妙《しんみょう》に申し出た。

「私です」

教師は頭から湯気が出そうな勢いで叱《しか》った。

「何ですかッ。九条さまの姫君ともあろう方がッ。もう二度と歌っては、なりませんッ」

さすがに節子はしおらしくしていたが、説教から解放されると、級友たちが集まってきて、しきりに慰《なぐさ》めてくれた。

「歌を歌うのが、そんなに悪いの?」

「節子さん、ひとりで叱られちゃって、可哀想《かわいそう》」

「私たちだって歌ったのに、ごめんなさい」

節子は笑って首を横に振った。だが潔《いさぎよ》く名乗り出たことで、級友たちからの人気が、急に高まった。

とはいえオッペケペーの一件は、教師から家にまで通告され、どこで覚えたのか問い詰められて、寄り道が発覚した。

以来、駄菓子屋に立ち寄れなくなってしまった。毎日、ねえやにしっかりと手を引っ張られ、仲間たちが集まる店の前を、横目で素通りするしかなかった。

その後も大目玉を食らうことが起きた。放課後の校庭で、級友たちを集めて、官軍合戦を仕切ったのだ。

「また、九条節子さんですかッ」

官軍合戦は、高円寺村で覚えた集団鬼ごっこだ。じゃんけんで官軍と賊軍《ぞくぐん》に分かれ、官軍側の子供たちが、賊軍側を追いかけて、最後のひとりまで捕《つか》まえる。特に節子は、父が官軍の大将のひとりだったことが誇りで、大好きな遊びだった。

しかし逃げる際に、転んで膝《ひざ》をすりむいた少女がいて、しとやかでないと、教師に大目玉を食ったのだ。

「そのように外で走りまわっているから、九条さんは色白にならないのですよッ」

この時は、小鹿島筆子《おがしまふでこ》という高等科のフランス語教師が、たまたま通りかかり、節子の肩を持ってくれた。

「鬼ごっこくらい、よろしいではございませんか。西洋では女性も活発で、テニスや乗馬を楽しみますし。日に焼けているのも、病弱で青白いよりも、よいことです」

筆子は男爵《だんしやく》家の出で、フランスに留学した経験を持つ。美人が珍しくない華族階級でも、出色《しゆつしよく》の美しさだった。

官軍合戦も家に知らされ、両親の前で正座させられた。母の幾子《いくこ》が泣きながら夫に訴えた。

「あなたが、あのような田舎《いなか》に里子にお出しになったから、このようなことになったでは、ございませんか」

道孝は困り顔で言う。

「まあ、多少のお転婆《てんば》でも、元気な方が」

幾子は間髪《かんはつ》を入れずに言い返した。

「多少では、ございませんッ」

色白のこめかみに青筋《あおすじ》を浮かべて言い立てる。

「世間では、この子を、九条の黒姫さまと呼んでいるのですよッ」

道孝は腕組みをして、うなった。

「う～ん、九条の黒姫さまかァ」

だが、しまいに笑い出した。

「なかなか言い得て妙だな。いかにも節子らしい」

「笑いごとでは、ございませんッ」

幾子は泣き続けるが、もう道孝は取り合わなかった。

「とにかく華族の娘は病弱が多すぎる。節子は丈夫で、風邪《かぜ》ひとつ引かぬではないか」

節子は病気で学校を休んだことがない。道孝は気軽な調子で言う。

「まあ、節子は少しはおとなしくしなさい。近々、また大宮さまのところに、お召しがありそうだしな」

大宮さまとは幕末最後の天皇となった孝明《こうめい》天皇の后《きさき》だ。もとは九条夙子《あさこ》といって、道孝の姉に当たる。今は皇太后の身となり、すでに五十代も半ばを過ぎているが、青山の御所《ごしょ》で元気に暮らしている。

節子にとっては伯母《おば》であり、時々、父と姉たちとともに青山御所に挨拶に行く。皇太后は道孝同様、元気で物怖《ものお》じしない節子を気に入っており、何かと目をかけてくれていた。

節子も皇太后が大好きだった。また遊びに行かれると聞いて嬉しくなり、叱られたことを、すっかり忘れた。

その年の四月三日の神武《じんむ》天皇祭に、節子は二歳上の籌子とふたりで、予定通り、青山の御所に行くことになった。

だが朝から、寿賀子や女中たちが、いつになく緊張している。まして出がけに節子だけ、母に呼ばれて釘を刺された。

「今日は、いつもとは違うのですよ。大宮さまに遊んでいただくのではなくて、お小さい内親王《ないしんのう》さま方のお相手として、お庭で摘《つ》み草遊びをさせていただくのですから」

「内親王さまって？」

「帝《みかど》の姫君さまです。それに宮家や華族の姫君が、ほかにも何人もおいでになるし、比べられてしまいますからね。くれぐれも、しとやかになさい」

節子は素直にうなずいた、それでも幾子は不安顔だ。そして、ひと膝、前に乗り出すと、声を低めた。

「これは籌子には話してはなりません。話さないと約束できますか」

何事かとは思ったものの、節子は深くうなずいた。すると幾子は娘の耳元でささやいた。

「今日は東宮《とうぐう》さまのお妃《きさき》が、選ばれるかもしれない大事な日なのです」

「東宮さまって、だれ？」

「どなたと、おっしゃい」

「東宮さまって、どなた？」

「嘉仁《よしひと》親王さまです」

「嘉仁親王さまって？」

「皇太子さまとも仰せられて、帝のご子息《しそく》で、次の帝になられる方です。とにかく、お偉い方です。東宮さまは十三歳ですから、そろそろ、お妃選びが始まるのです」

節子は不審に思った。

「でも今日は、摘み草遊びでしょ」

「それは表向きのことです。相応の家柄の姫君たちを集めて、東宮さまや内親王さま方のご養育掛の方々が、どの姫君がよろしいかを見極めるのです」

さすがに節子は目を丸くした。すると幾子は厳しい口調《くちょう》に変わった。

「ただし候補になるのは籌子です。節子は引き立て役ですから、くれぐれも粗相《そそう》のないようになさい」

引き立て役が足を引っ張るなと言われて、さすがに鼻白《はなじら》んだ。

それでも籌子なら選ばれそうな気がした。色白で顔立ちもいいし、おとなしくて優しい。十歳だから、十三歳の親王さまには、ぴったりな気がした。

行ってみると、集められた少女は十人だった。節子が知っているのは、華族女学校で一緒の徳川経子《とくがわつねこ》と、その姉の国子《くにこ》だけだった。ふたりとも最後の将軍、徳川慶喜《よしのぶ》の娘だ。

ひとり飛び抜けて顔立ちのいい少女がいた。伏見宮《ふしみのみや》家の禎子《さちこ》だった。節子は高円寺村から出てきて以来、東京は美人が多いと感じていたが、禎子は段違いの美少女だった。色白で大人びており、姉の籌子と同年齢くらいかと思ったが、聞けば節子とたいして変わらなかった。

それ以外は年下の幼稚園児だった。ふたりの内親王は、上の昌子《まさこ》が四歳で、下の房子《ふさこ》は、まだよちよち歩きだ。

御所の女官《にょかん》たちは優しくて、広大な庭に咲く花の名前を教えながら、一緒に摘んでくれた。節子は、すぐに夢中になり、両手一杯に摘み取ると、おとなしくしていなさいと言われたのも忘れて、広場を走りまわった。

すると昌子内親王が、どういうわけか節子を気に入り、後を追おうとする。節子は立ち止まって、摘んで手に束ねていた花を、内親王の頭上に放った。切り下げ髪の上に、色とりどりの花が降り注ぐ。

そして大喜びの内親王を抱き上げると、そのまま駆け出し、いっそう喜ばせた。

そんな遊び方も高円寺村仕込みだ。

だが女官たちは青くなって、後を追いかける。

「危のうございます。危のうございますよ。転んで怪我《けが》でもされますと、たいへんでございます」

だが見ていた皇太后が女官を止めた。

「させておきなさい。あんなに内親王が、はしゃぐのも、珍しいことですよ」

元気な孫たちの姿に、目を細める。

ふと節子は視線を感じて振り返った。すると禎子が羨《うらや》ましそうに、こちらを見つめていた。女官がひとり、つききりで相手をしているが、やはり子供同士で遊びたいらしい。節子は内親王を下ろして手を引き、禎子に近づいて聞いた。

「学校、どこ？」

禎子は長い睫《まつげ》の目を伏せて、黙って首を横に振った。

「行ってないの？　楽しいよ。来ればいいのに」

「華族女学校？」

「うん」

「行きたいけれど、時々、熱が出るから」

高貴な家庭では、幼い頃は家で家庭教師をつけて、長じて体力がついてから、学校に行かせる。そのために途中からの転入が少なくなかった。

「それじゃ、丈夫になったら、きっとおいでね。一緒に遊ぼう」

そう誘うと、禎子は嬉しそうに微笑《ほほえ》んだ。その笑顔が本当に愛らしくて、節子は幼心《おさなごころ》にも直感した。この子がお妃に決まると。さすがの姉も負けると思った。

その夏も高円寺村で過ごし、またいっそう日焼けして新学期を迎えると、伏見宮家の禎子が同じ学年に入学していた。

「ようやく来たんだね」

節子は大歓迎して、級友たちを引き合わせて、一緒に遊んだ。以来、たがいに一番の仲よしになった。

ひんぱんに屋敷を行き来するようにもなった。伏見宮邸は紀尾井町《きおいちょう》にある。華族女学校から程ない距離だけに、土曜日の午後などに寄って遊び、帰りは、ねえやの迎えを待たずに帰った。

久しぶりに、ひとりでのびのびと町を歩き、大好きだった駄菓子屋を訪ねてみた。オッペケペーの一件以来、行ってはならないと禁じられていたが、どうしても立ち寄りたかった。

だが行ってみると、店の揚《あ》げ戸《ど》が下ろされていた。たまたま顔見知りの少年が通りかかったので、呼び止めて聞いてみた。

「ねえ、このお店、閉めちゃったの？」

すると少年は慌《あわ》てて逃げ出した。節子は全速力で追いかけ、路地のところで捕まえて、もういちど聞いた。

「なぜ逃げるの？　あのお店、どうしたの？　知ってたら教えてよ」

少年は舌打ちをして応えた。

「知らねえのかよ。店番の姉ちゃんが、怖《こわ》い病気にかかったんだ。顔が崩れていくんだぞ」

ハンセン病だった。うつると言われて、恐れられている。

「だから、あの店の前は通っちゃいけねえって、俺、かあちゃんから、きつく言われてるんだ」

節子の顔を見たとたん、それを思い出して逃げたのだという。

「でも、それだけで、お店、閉めちゃったの？」

「当たり前だよ。あの姉ちゃんが警察に連れていかれてからは、だれも菓子なんか買いに行かなくなったし」

「警察って、なんで警察に連れていかれたの？　何か悪いことしたの？」

「悪いことはしてねえだろうけど。その病気にかかると、逃げ出さねえように、警察が来るんだってさ」

「なんで？　ひどいじゃない。悪いこともしてないのに」

節子が少年に詰め寄っていたところに、ねえやが血相《けっそう》を変えて探しにきた。

「こんなところに、おいででしたか。また、お逃げになって」

そして少年を見て、駄菓子屋に行ったと勘《かん》づいた。

「よもや、あの店には、お行きにならなかったでしょうね」

ねえやの声が高まる。

「あそこには、けっして行ってはならないと、言いましたでしょう。大事な姫さまに、病気がうつりでもしたら」

もう半泣きになっている。少年が呆気《あっけ》に取られてつぶやく。

「おまえ、姫さまだったのかよ」

節子は応えず、屋敷に向かって大股《おおまた》で歩き出した。ねえやが後から追いすがる。

無性《むしょう》に腹が立ち、無性に哀しかった。飴玉をくれた娘の、あの優しい笑顔が崩れていくなんて、信じたくはなかった。本人は何も悪くはないのにと、腹が立ってならなかった。

かつて高円寺村で、セキの死を知った時の気持ちと、どこか似ていた。その夜も、次の夜も、ひとりになると、自分が何もできなかった情けなさで泣いた。

翌春、十一歳になった姉の籌子が、本願寺《ほんがんじ》の跡継ぎとの婚約が整い、京都で暮らすことになった。京都は明治維新《いしん》まで、九条家が代々暮らしていた町であり、すべての公家《くげ》たちの故郷だ。

維新直後の廃仏毀釈《はいぶつきしゃく》のために、日本中の寺が大打撃を受けた。その中で本願寺は、大谷《おおたに》家という法主《ほっす》を中心に結束し、日本屈指《くっし》の信徒数を誇るまでに回復した。

そんな大寺院の法主夫人ともなれば、あだやおろそかな家から迎えるわけにはいかず、ぜひ九条家からと請《こ》われたのだ。まして寺の暮らしは特殊であり、早くから慣れるようにと、京都行きが決まったのだった。

節子は姉と別れるのが哀しかった。やはり籌子は東宮妃候補から外《はず》れ、両親も完全に諦《あきら》めたのだ。華族女学校でも、東宮妃は伏見宮禎子に違いないと、ささやかれ始めている。

すでに上の姉の範子は、山階宮《やましなのみや》家の菊麿《きくまろ》という王子と、婚約が整っている。節子は、いずれ自分も、相応の華族か大寺院にでも嫁《とつ》ぐのだろうと、漠然《ばくぜん》と考えるようになった。

そして節子が十歳になった五月、東宮妃内定が発表された。やはり伏見宮禎子だった。女学校の級友たちは沸《わ》き立ち、だれもが大人びた口調で、祝いを言った。

「禎子さん、おめでとうございます」

「きっと禎子さんに決まるって、わたくし、ずっと信じておりましてよ」

節子も笑顔で祝福した。

「遠い人になっちゃいそうで、寂《さび》しいけど」

禎子は控《ひか》えめに微笑んだ。

「学校に入った時、途中からだったし、とても心細かったの。そんな時に仲よくしてくれて、本当に嬉しかったわ。ありがとう」

そして切れ長の目を涙ぐませて言う。

「これからも、ずっと仲よくしたいから、お行儀よくして、いいお家に、お嫁にいらしてね」

泣き笑いの顔で冗談《じょうだん》めかしてはいるが、半分は本音に違いなかった。これから東宮妃や皇后になる禎子と付き合うには、節子も相応の家に嫁がなければならない。

「わかった。ちゃんとしたところに、お嫁にいけるように、おしとやかになる」

節子は少し甲高《かんだか》い声を作って、言い直した。

「いいえ、きっと、おしとやかになりましてよ。お約束いたしますわ」

気取った言葉づかいが似合わず、禎子も節子自身も吹き出した。

夏休み前に初等小学科を終え、九月からは高等小学科に進んだ。しかし新学期の教室に、禎子の姿はなかった。

籌子が未来の本願寺法主夫人として、花嫁修業に入ったように、禎子も自邸で、東宮妃としての特別な勉強を始めたに違いなかった。

上の姉の範子が、いよいよ山階宮家に嫁いだ。節子は十三歳になり、華族女学校の初等中学科に進んだ。毎日、矢絣《やがすり》の小袖に、海老茶《えびちゃ》の袴《はかま》を着け、束髪にゆって通学するようになった。

この頃から節子は、九条家の来歴に興味を持ち始めた。自分の家を知って、相応の嫁ぎ先が、どういったところなのか、知りたくなったのだ。まずは養育掛の寿賀子に聞いた。

「五摂家《ごせっけ》って、何？」

九条家は五摂家といって、公家の中でも特に由緒《ゆいしょ》正しい家柄であることは、前々から聞かされていたが、五摂家そのものの意味を知らなかった。

寿賀子は待っていたとばかりに、得々と説明した。

「五摂家とは、公家の頂点に立つ、五つの重要な家でございます」

九条家を含め、近衛《このえ》家、一条《いちじょう》家、二条《にじょう》家、鷹司《たかつかさ》家の五家が、五摂家と呼ばれるという。どこも藤原《ふじわら》氏の嫡流《ちゃくりゅう》で、平安末期から鎌倉時代にかけて成立して以来、連綿と続く家柄だ。

この五家の当主だけが、摂政《せっしょう》や関白《かんぱく》の座につけた。例外は足軽から関白まで駆け上がった豊臣秀吉《とよとみひでよし》と、その跡を継いだ豊臣秀次《ひでつぐ》だけだった。

寿賀子は少し悔しそうに言う。

「御一新《ごいっしん》までは、五摂家は、宮家よりも格が上でございました」

宮家は天皇の親族ではあるが、かつては焼香《しょうこう》などの順序も、五摂家が宮家よりも先だったという。皇后も五摂家から出すのが、常識になっていた。

それが幕末の尊王攘夷《そんのうじょうい》思想によって、天皇の親族が、天皇の家来である五摂家よりも、格下という点が問題になった。そして明治維新の混乱の中で、五摂家と宮家の地位が逆転したのだ。

幕末最後の天皇だった孝明天皇は、九条家から后を迎えており、明治の御世《みよ》になってからの今上《きんじょう》天皇も、五摂家の一条家から皇后が嫁いでいる。

しかし宮家と五摂家との地位が逆転したからには、次の皇后になる東宮妃は、宮家から迎えるべきだという雰囲気《ふんいき》があるという。

「そのために東宮妃は、伏見宮家の禎子さまに、決まってしまったのです」

寿賀子は残念そうに言ってから、急に口調を変えた。

「ただし旦那《だんな》さまは、まだ諦めておいでては、ありません」

「おもうさまが？　でも姉上は本願寺さまに嫁ぐと決まって、京都に行かれたのでしょう」

「籌子さまのことでは、ございません。節子さま、あなたさまのことです」

「私が？」

節子は笑い出した。

「今さら、何を。私は最初から、姉上の引き立て役だし」

寿賀子は厳しく言い放った。

「笑いごとではございません。もともと旦那さまは、籌子さまよりも節子さまを、お妃候補にと考えておいででした」

母は籌子をと目論《もくろ》んでいたが、父の考えは逆だったという。

「そんな、まさか」

「まさかではありません。明治十二年に、帝に皇子《みこ》がお生まれになった時、ひ弱な皇子さまでしたので、お育ちになるかどうか、ずいぶん危ぶまれたものでございました。でも何とか五歳のお祝いを迎えられて。その翌年に、節子さまが、お生まれになったのです」

その時、道孝は、この娘を東宮妃にしようと、決意したという。

「お体の丈夫でない方のお妃ですから、何より丈夫な方が求められるだろうとの仰《おお》せでした。だからこそ農家に、わざわざ里子に出されたのです」

華族の子供が、家来の家などに里子に出されるのは珍しくはない。それにしても農家へ里子に出すというのは、滅多《めった》にないことだった。

だから節子としては、ずっと不思議だった。なぜ自分だけが農家に預けられたのか、その理由が長い間、わからなかったのだが、ようやく合点《がてん》がいった。

しかし同時に不愉快《ふゆかい》な気がして、冷ややかな口調で言った。

「おもうさまは、それほど出世をなさりたかったのですか。娘を里子に出してまで、帝に差し出したかったのですか」

父の出世欲のために、自分は、あれほど哀しい思いをして、じいやや、ばあやから引き離されたのだ。それが腹立たしかった。さらに自嘲的《じちょうてき》に言い放った。

「でも、おもうさまの思い通りには、まいりませんでしたね。なにせ九条の黒姫ですもの。こんなに色黒じゃ、東宮妃になんか、なれやしません」

すると寿賀子は首を横に振った。

「いいえ、けっして出世のためでは、ございません。旦那さまには、深いお考えが」

節子は途中でさえぎった。

「聞きたくないわ。おもうさまは、私を犠牲《ぎせい》にしてでも、帝の外戚《がいせき》になりたかったのでしょう。それだけのことよッ」

娘を天皇家に嫁がせて、未来の天皇の外祖父《がいそふ》となり、大きな権力を手にした者は、藤原氏や平清盛《たいらのきよもり》など、枚挙《まいきょ》にいとまがない。九条道孝も、そうなりたかったのかと思うと、情けなかった。

「おもうさまの夢がかなわなくて、いい気味だわ」

とうとう寿賀子は眉《まゆ》を吊《つ》り上げた。

「節子さま、言っていいことと悪いことが」

だが節子は、もう聞く耳を持たず、その場から逃げるように立ち去った。

高円寺村から連れ戻されて以来、家族の中で、いちばん父が好きだった。いつも優しくて、わがままも聞いてくれたし、味方にもなってくれた。

でも何もかも、東宮妃にするためだったと思うと、父に裏切られた気がした。

明治三十二年の春のことだった。華族女学校の教室で、節子は妙な噂《うわさ》を耳にした。

「伏見宮の禎子さま、ご婚約が破棄《はき》されるかもしれないんですって」

だれもが同じ反応を示した。

「嘘《うそ》でしょう。そんなこと」

婚約が発表され、もう六年近くが経っている。今さら婚約破棄など、考えられなかった。だが噂を聞いてきた級友は、訳知り顔で言う。

「なんでも禎子さん、胸がお悪いんですって。ベルツ先生というドイツ人のお医者さまが、直々《じきじき》に診断なすって、肺に水音がするっておっしゃって。それで東宮さまのお妃には、いかがなものかっていうことに、なったらしいの」

別の級友が疑問を口にした。

「じゃあ、お妃は、選び直しかしら」

「もちろん、そうでしょう。いったんは候補から外れた方も、敗者復活戦ね」

その時、級友たちの視線が、いっせいに節子に注がれた。

かつて節子が、お妃候補のひとりだったことは内密のはずだが、いつの間にか、周知のことになっていたらしい。

節子は一瞬、たじろいだものの、すぐに笑い飛ばした。

「何を見てらっしゃるのよ。私なんか、関係ないでしょ」

だが、だれひとり笑わない。それどころか禎子の不幸に同情して、笑うなど、とんでもないという雰囲気だ。視線に非難の色が混じる。

節子は居たたまれない思いで言った。

「そんなこと噂でしょう。禎子さんが胸を患《わずら》ってるなんて、信じられないし、今さら婚約破棄なんて、ありえないわ」

だが言葉が上滑《うわすべ》りしているのを、自覚せざるを得ない。あまりに動揺が大きくて、どんな態度を取るべきか、わからなかった。

その日は家に帰ってからも、戸惑《とまど》いと腹立ちが収まらなかった。禎子が婚約破棄されるとしたら、気の毒というよりも、破棄する側が許しがたい。

それに、なぜ自分が、こんなことに巻き込まれなければならないのかという思いもある。父の野心を知った時の落胆《らくたん》を、時間をかけて、ようやく忘れかけたというのに。

こんなことになるのなら、相手などだれでもいいから、早く婚約しておけばよかったと悔《く》いた。十六歳にもなって、まだ縁談が決まらないのは、級友の中でも珍しい。途中退学して、もう嫁いだ者も多いのに。

今までに縁談がなかったわけではない。ただ話を聞いても、節子自身が今ひとつ気乗りしなかったし、道孝も何かと文句をつけて、片端から断ってしまった。

だが、そこまで考えて、節子は眉をひそめた。もしかして父の野心は、今も健在なのか。だからこそ縁談を断り続けてきたのではないか。禎子の肺病についても、すでに耳に入っているのかもしれなかった。

だとしたら、今度こそ娘を東宮妃にと、本気で働きかけるはずだ。そんなことをされてはたまらない。

とはいえ、それでいて、何ひとつ確かなことはないのだ。禎子の肺病にしても、根も葉もない噂かもしれないし、父の野心の再燃も、節子の杞憂《きゆう》なのかもしれなかった。

結局、節子は家でも学校でも、口を閉ざして過ごした。禎子の肺病が、現実でないことを祈りつつ。

だが噂は日毎《ひごと》に広まっていった。節子が廊下を歩いていると、教室から声高《こわだか》な噂話が聞こえてきた。

「それで、お妃候補は、どなたになるの?」

「今のところ、徳川経子さんが有力のようよ」

徳川経子とは最後の将軍、徳川慶喜の娘だ。節子が八歳の時に行われた青山御所の摘み草遊びにも、姉妹で加わっていた。

あれから節子は徳川経子とも仲よくなった。聞けば経子は、静岡の町家《まちや》育ちだった。徳川家が明治維新によって静岡に移封《いほう》になり、そこで生まれ、やはり丈夫に育つようにと、町中の商家に里子に出されたという。そのために、どこか庶民感覚を持っており、節子と気が合った。

その経子が、お妃候補になるのなら、節子としては万々歳《ばんばんざい》だ。禎子には気の毒ではあるが、とにかく経子の幸せを祝福したい。

しかし噂話の声が続く。

「でも経子さんの、おもうさまは逆賊でしょ。官軍に討伐《とうばつ》された方の娘などが、東宮さまのお妃になられても、よろしいのかしら」

「でも、あの時、大きな戦争もなく、江戸城を明け渡した功労者ということで、評価はされておいでのようよ」

「でも爵位は持ってらっしゃらないわ」

「それは、これから帝がお与えになれば、すむことでしょう。公爵にでもなっていただけば、よろしいのよ」

幕末までは下級武士だったのに、明治維新の功労者として、爵位を得た者は大勢いる。徳川家ならば、かつての身分も充分だ。

「そうしたら候補は、経子さん、おひとり？」

「それがね、ほかにも、おいでになるらしいの。一条さんとか、九条節子さんとか。やはり五摂家の方ね。でも一条さんは、お人柄が、少しね」

「そうね。あの方、意地悪だし」

「そうなのよ。華族女学校の先生方も、その辺は心得ておいでだから、推《お》す方がいらっしゃらないみたい」

「じゃ、九条節子さんは？　九条さんなら、お人柄も悪くないし、成績だって、よろしいでしょう」

節子は四十五人中、常に四、五番を維持している。だが訳知り顔の声が続く。

「でもね、ベルツ先生が。ベルツ先生って、ほら、禎子さんの肺病の診断をなさった」

「ドイツ人のお医者さまでしょ」

「そうそう、その先生が、節子さんは、ご妾腹《しょうふく》の子だから、東宮妃に相応《ふさわ》しくないって、おっしゃったんですって」

「ご妾腹じゃいけないの？　そんな方、いくらでもおいででしょう。だいいち東宮さまご自身、ご生母さまは、皇后さまではないわ」

「でも西洋の王家では、下に見られるらしいのよ」

「それにしても節子さんのおたたさまって、ご側室であそばしたの？　私、知らなかったわ」

「何でも正妻だった方が、早くに亡くなられたから、正妻同然にしてらっしゃるけれど、どうも、もとは九条家の小間使《こまづか》いか何かだったらしいの」

「でも、それこそ、今から正妻に据えてしまえば、すむことでしょう」

廊下で聞いていた節子は、怒りで目がくらみそうだった。母の幾子が側室だということは、ずいぶん前から知っている。亡くなった先妻には子ができず、節子のみならず兄や姉たちも幾子の実子だ。

だが、それを他人から、どうこう言われる筋合いはない。もう耳を閉ざしたいと思いつつも、立ち去ることができない。やはり自分のことだけに、どうしても気になってならなかった。

なおも噂話は続く。

「まあ、ご妾腹の件は何とかなるとしても、なにせ、あの黒姫さまじゃねえ。背も、お低いし」

「お背はともかく、やはり問題は色黒でしょう。もう少し白かったら、なんとかなりそうだけれど」

忍び笑いがもれる。

「それでね、政府の重臣の方々で、お妃候補の写真を回覧しているらしいのよ。その時、節子さんの写真を見た方が、噂よりましだなって、おっしゃったんですって」

手を打って笑うのが聞こえた。

「どれほど、ひどいって話に、なってたのかしら。目鼻立ちだけなら、節子さんだって、そう悪くはなくてよ」

「でも、まだ伏見宮禎子さんにも、望みがないってわけでも、ないらしいのよ。こういうことは東宮さまご自身のご希望よりも、帝のご意志が何よりだし。だいいち、だれがどう考えても、禎子さんが相応しいし」

「別に肺病で寝込んでらっしゃるわけでは、ないのでしょう。聴診器《ちょうしんき》がなかった頃は、肺の水音なんか聞き取れなかったわけだし。そのくらいなら、かまわないでしょうにねえ」

「だいいち皇后さまが、皇子をお産みにならなくても、体の丈夫なご側室を迎えて、代わりに産んでもらえば、それで、すむことでしょう」

「でも政府のお偉方《えらがた》としては、皇后さまのお血筋に、こだわりたいのでしょう。これから西洋の王室の方々と、お付き合いしていくのに、小間使いが産んだ子なんて、相手にされなくってよ」

「それにしても、今どき、何も病気をしたことのない方なんて、この学校には、いらっしゃらないでしょう」

「でも、節子さんなら」

　また意地悪な笑いが続く。

「でも、丈夫だけが取り柄《とりえ》の、お妃さまなんて。なんだか、ねえ」

　節子は、さすがに涙がこらえきれなくなって、その場から逃げるように立ち去った。

　数え年七歳で初等小学科に入学して以来、節子は、だれからも好かれてきた。なのに、どうして突然、こんな言われ様をされるのか。

　八歳で摘み草遊びに招かれ、十歳の時に、禎子が未来のお妃に決まった。あの頃は無邪気で、たがいに、わけがわからないうちに、大人たちに決められて、何の不思議もなかった。

　だが十六歳になった今は、裏の事情も聞こえてくる。そこに妬心《としん》が加わり、禎子に対する同情心も、節子への反感にすり替わる。

　でも本当に哀しいのは、自分よりも禎子だと思った。あれほど派手に発表されて、家族は喜び、友達からも祝福されたのに、六年も経ってから婚約を破棄されるなんて。どれほどの屈辱《くつじょく》か。

　禎子にも望みがないわけではないという言葉に、節子はすがる思いだった。そして学校でも家庭でも、いよいよ口数が減っていった。

三月二十二日、とうとう伏見宮禎子の婚約解消が確定した。禎子の嘆《なげ》きを想像すると、節子は胸が潰《つぶ》れる思いがした。

慰めの手紙を書こうとしたが、何を書いても白々《しらじら》しい気がして、結局、筆を置いてしまった。

学校では、さらに話に尾ひれがついて、背中で、ひそひそ話や目くばせが交わされ、後ろ指をさされる。

「禎子さんが駄目《だめ》なら、帝は徳川経子さんを、お望みですって」

「それじゃ節子さんは？」

「やっぱり引き立て役でしょ」

「引き立て役でも、お妃候補になられるだけでも、充分、鼻が高くてよね」

鼻など高いものかと叫び出したい。もはや節子は一日も早く、お妃が徳川経子に決まってほしかった。

しかし、ほどなくして母の幾子が言った。

「近いうちに、ベルツ先生というドイツ人のお医者さまが、あなたを診察なさるためにおいでになります」

東宮妃候補の件が、もはや噂や憶測《おくそく》ではなく、いよいよ現実となって、自分の身に迫ってきたのだ。しかし節子は何も知らぬふりで聞いた。

「病気でもないのに？」

「大事な縁談があるのです。相手の方が、あなたが丈夫かどうか、気になさっているので、念のために診《み》ていただくのです」

　思いきって率直《そっちょく》に聞いた。

「それは、もしかして、東宮さまとの、お話ですか」

　幾子は目を伏せて、少し言いにくそうに応えた。

「はっきり決まってから、あなたには伝えようと思ったのですが。生半可《なまはんか》なところで知らせて、結局、禎子さんのように破談になったら、あなたが可哀想ですし」

　そして顔を上げて続けた。

「でも、もう聞いているのなら、隠しても仕方ありません。その通り、お相手は東宮さまです」

　節子は即答した。

「私は診察など受けません」

「いえ、何も心配は要《い》りませんよ。ドイツ人のお医者さまといっても、怖がることはありません。ただ聴診器で胸の音を聞いたり、お口の中を見たりするだけのようですし」

「怖がっているわけではありません。ご縁談自体が嫌なのです」

「何を言い出すのです？　これほどの名誉を、嫌がるなんて、あなたは」

幾子は信じがたいという顔をした。

「これは否《いや》も応《おう》もない、お話なのですよ」

節子は、きっぱりと言った。

「帝は徳川経子さんを、お望みだと耳にしました。私など診察を受けても無駄です」

「いいえ、経子さんも診察を受けられたのですが、伏見宮禎子さんよりも悪い結果が出たそうです」

節子は驚きと落胆で言葉を失った。

「あなたは自信を持っていいのですよ」

そして幾子は話題を変えた。

「実は、このたび私は、この家の正式な妻にしていただきました。いままでも、そうしようという話はあったのですが、反対するご親類もおいでで、なかなかできなかったのです」

幾子の実家の身分が低いために、五摂家の正妻として相応しくないと、反対されていたという。だが道孝は、娘を東宮妃にするためには、産みの母が側室ではまずいと、親類を説《と》き伏せたのだ。

「そこまでして、おもうさまは、あなたを、お妃になさりたいと仰せで」

節子は途中でさえぎった。

「おやめくださいッ」

そして強い口調で言い立てた。

「禎子さんが追い立てられた椅子《いす》に、私が、ぬけぬけと座れるとでも、お思いですかッ」

口から激しい言葉が、次々とあふれ出す。

「どうして、おもうさまは、そこまでして私を、お妃になさりたいの？　私は、おもうさまの出世の道具？　娘を犠牲にしてまで、帝の外戚になりたいの？」

節子は胸の内をぶちまけて、母の前から立ち去った。幾子は娘の剣幕《けんまく》に驚いて、言葉もなかった。

初夏が過ぎ、梅雨《つゆ》が始まる頃、学校で、さらに嫌な噂を耳にした。また廊下を通りかかった時に、教室から声が聞こえてきたのだ。

「嘉仁親王さまはね」

最近は、もっぱら耳をふさぐようにしているが、東宮の話には、思わず足が止まった。

「ご自身が、ご側室を持つのは嫌だと、仰せなんですって」

「まあ、珍しい殿方」

「お体がお弱いから、ご側室まで、お相手できないってことじゃないかしら」

忍び笑いが聞こえる。

「それにね、ここだけの話ですけれど、東宮さまって、お小さい時に、おつむを患われたんですってよ」

「まあ、おつむを?」

「その後、九つで学習院に入られたけれど、さっそく、その年に落第《らくだい》なさったんですって」

「私も兄に聞いたわ。かなり成績が、お悪かったようよ」

華族女学校の生徒は、兄や弟が学習院に通っている者が多く、噂は伝わってくる。

「そうそう。それでも、なんとか中等科には進まれたけれど、一年で中退なさったんですって。成績のせいで、世間体《せけんてい》が悪かったんでしょうね。それからは偉い先生を東宮御所に招かれて、お勉強なさってるそうよ。でも、お勉強は、お嫌いみたい」

「兄の話では、どうも少し変わった方らしくてよ」

「おつむを患われたせい？」

「さあ、どうかしらね。でも、いくら先々は帝でも、そんな方に嫁ぐのは、ねえ」

「そんな方じゃ、お子さまだって、おできになるかどうか、わからないし。でも、できなければ、女のせいにされるし、九条節子さんは割が合わないわね」

「あら、節子さんに決まられたの？」

「もう本決まりですって」

「でも節子さん、乗り気ではなさそうよ」

「そんなの口先でしょう。おつむのことは、ご存じないでしょうし」

節子は悔しさに唇を噛《か》んで、その場に立ち尽くした。

その時、後ろから、軽く肩を叩《たた》かれた。はっとして振り返ると、小鹿島筆子《おがしまふでこ》が立っていた。

初等小学科の頃、官軍合戦をして叱られた時に、かばってくれたフランス語教師だ。節子は筆子の美しさに憧《あこが》れて、中学科に進学してからは、外国語はフランス語を選択していた。

筆子は人差し指を立てて唇《くちびる》に当て、黙っているようにと伝えてから、節子を手招きして、廊下の端まで進んだ。そして教室から充分に離れてから、ようやく口を開いた。

「いろいろ噂があるようだけれど、気にしては、いけませんよ」

そして少し頬《ほほ》を緩《ゆる》めた。

「近いうちに、私の家に遊びにおいでなさいな」

節子は戸惑って聞き返した。

「私、ひとりで、ですか」

「そうね、ゆっくりお話ししたいから、ひとりでおいでになって」

筆子は今も憧れの教師であり、何もない時に家に招かれたとしたら、大喜びだったはずだ。しかし節子は、両親が説得を頼んだように思えて、気が重かった。


梅雨の最中《さなか》、節子が女学校から帰ると、珍しく父が先に帰宅していた。九条道孝は宮内省《くないしょう》で掌典長《しょうてんちょう》を務めている。新嘗祭《にいなめさい》などの神事を執《と》り行う役職だ。同時に貴族院議員でもあり、東京海上保険会社の経営にも関わっている。

女中が玄関で、節子を待ちかまえていた。

「離れ家《はなれや》で、旦那さまが、お呼びでございます」

離れ家とは、節子が高円寺村から連れてこられた時に、初めて家族と対面した建物だ。あの時には、床の間《とこのま》の壁一面に描かれた山水画《さんすいが》が怖かったが、その後、とても由緒ある建物だと知った。

明治維新の際に、都が京都から東京に移され、それに従って、九条家も東京に来て、この土地を賜《たまわ》った。明治維新までは譜代《ふだい》大名の屋敷だった敷地で、三千五百坪にも及ぶ。建物も大名屋敷当時のものを、そのまま引き継いだ。

ただ道孝は京都の屋敷を惜《お》しみ、気に入りの離れ一棟《ひとむね》だけは、解体して東京に運ばせたのだ。十畳二間《じょうふたま》に、畳敷きの廊下をめぐらせただけの、こぢんまりとした建物だが、花梨《かりん》の材木を使った欄間《らんま》など、随所に贅《ぜい》を尽くしている。

九条家の敷地は高台にあり、赤坂方向からは氷川坂が緩やかに続くが、裏手は段《だん》丘《きゅう》になっている。道孝は、その崖際《がけぎわ》に離れ家を移築した。急な段差のために、麻《あざ》布《ぶ》方面には、さえぎるものがなく、広大な眺望が魅力だった。

その日は、そぼ降る雨のために、崖下《がけした》は霞《かす》んでいた。すでに夏座敷のしつらえで、障子《しょうじ》は取り払われ、簾《すだれ》が巻き上がっている。深い軒先《のきさき》からは、雨垂れが滴《したた》る。

節子が重い気持ちのまま、渡り廊下から座敷に入ると、道孝は単衣《ひとえ》の着流し姿で、山水画の床の間を背に、文机《ふづくえ》で書き物をしていた。すぐに娘に気づいて、筆を置いて言った。

「座りなさい」

目の前の座布団《ざぶとん》を手で示す。節子が座ると、文机を脇によけて、代わりに煙草盆《たばこぼん》を引き寄せた。そして煙管《きせる》に火を点《つ》けるなり、話を切り出した。

「ベルツ先生の診察の件だが、やはり受けねばならぬことになった。女学校から、今まで病気による欠席は、一日もないことを伝えてもらったが、念のため診断書が欲しいそうだ」

節子は堅い口調で言った。

「おもうさまは、どうあっても、私を東宮妃になさりたいのですね」

「そうだ」

節子は、とうとう父の口から、直接、野心を聞いた思いがした。もはや反発を抑えられない。

「おもうさまは、私が学校で、何を言われているのか、ご存じないでしょう」

道孝は煙を吐《は》いて、当然と言わんばかりに応えた。

「節子、これから東宮妃になれば、いくらでも嫌な思いはある。おまえは強くなるしかない」

「おもうさまは帝の外戚になって、出世なさりたいのですか。平清盛にでも、なるおつもりですか」

するとと道孝は笑い出した。

「幾子にも、そう申したそうだな。だが私は出世など、まったく興味がない。掌典長の地位にも、貴族院議員の座にも満足しているし、保険会社も、うまくいってている」

海上保険は海難事故に備える保険だ。船に事故はつきもので、沈んでしまえば、船体のみならず積荷も失う。そのため幕末までは、地域ごとに船主同士で協力し合い、互助の制度を持っていた。

だが明治維新以降、蒸気船も普及したことから、全国的な保険制度が発足したのだ。新しい分野だけに注目され、会社は順調に発展している。

「おまえを皇后にしたいのは、自分の野心のためではない。いや、ある種の野心かもしれぬな」

道孝は吸いきった煙管の灰を、灰受けに落とした。

「幕府が崩壊した戊辰《ぼしん》の年、私が奥羽先鋒総督《おううせんぽうそうとく》として、官軍を率《ひき》いて奥州に出かけたのは、知っていよう」

「よく存じております」

「官軍といえば勇ましいものだと、だれもが思い込んでいる。だが父は、けっして勇ましくはなかった。情けないことに、何もできなかった」

手元の煙管に目を落とした。

「だが怖《お》じ気《け》づいて戦えなかったという意味ではない。戦いを抑えられなかったのだ。それを深く悔いている。その悔いゆえに、そなたを皇后にしたいのだ」

あまりの話の飛躍に、節子は意味がわからなかった。

「少し長くなるし、複雑な話かもしれないが、おまえには知っておいてほしい」

そして煙管を煙草盆に戻すと、幕府崩壊よりも、なお年月をさかのぼって話を始めた。

「まずは孝明天皇のことから話そう。政府は、今の天皇さまの権威を高めんとするあまり、ご先代の孝明天皇をないがしろにするが、優れた帝であらせられた。私は八つ年下だったが、気さくに接していただいた」

江戸時代を通じて、朝廷の運営は五摂家に任せられていた。だがペリー来航以降の危機に際して、孝明天皇は太閤《たいこう》や関白の職を廃し、五摂家に代わって、みずから権力を取り戻した。長年の習わしを改めるのには、大きな抵抗もあったが、非常時だけに意志を通したという。

ペリー来航によって、日本人は結束して、諸外国に対抗する必要が生じた。それまでは幕府も諸藩も独立国同然だった。黒船来航後も、それぞれが洋式の海軍や陸軍を新しく設け、別個に軍備を保有し始めた。

だが軍は統一しなければ、いざという時に足並みが不揃いになりかねない。そのために天皇を要《かなめ》に据えて、日本を統一国家に作り替え、軍も日本軍として一本化して、外国に対抗すべきだという考え方が現れた。それが尊皇攘夷だった。

　ただ孝明天皇には、自分自身が軍の上に立つという意志はなかった。天皇の下で、幕府が日本軍を統一し、指揮する形を望んだのだ。それが本来は、鎌倉以降の幕府のあるべき姿であり、公武合体と呼ばれた。

　しかし長州《ちょうしゅう》藩や、過激な尊皇攘夷派の公家たちは、公武合体に反対した。幕府が日本軍を従えるのであれば、幕府の力を、さらに強めることになるからだ。その代わり、天皇の権威をもって幕府を倒し、新しい政権を作り出そうとした。

　公家たちは尊皇攘夷派と、幕府寄りの公武合体派とに分かれて、激しいせめぎ合いを繰り広げた。

　そんな中で九条道孝は、徹頭徹尾《てっとうてつび》、帝の意向を尊重し、公武合体派だったという。

「すると幕府崩壊の二年前に、孝明天皇が突然、崩御《ほうぎょ》されたのだ。いたって、お元気だったのが、体調を崩され、その後、回復に向かったかに見えたが、急変された。最後は体中に斑点《はんてん》が浮かんで、目や耳や鼻など、至るところから血を噴《ふ》き出し、苦しまれた挙げ句に亡くなった。おいたわしい限りだった」

　道孝は眉根を寄せた。

「医者の診断は疱瘡《ほうそう》だった。だが毒を盛られたという噂があり、特に大宮さまは、いう。

長く、お嘆《なげ》きだった」

節子を可愛がってくれた伯母は、節子が十四歳の時に崩御し、死後、英照《えいしょう》皇太后という名を贈られた。彼女は夫だった孝明天皇の死に、疑惑を抱き続けていたという。

「孝明天皇が崩御され、今の帝が十六歳の若さで、帝になられたのだ。それからは公武合体の声は、かき消されてしまった」

「薩摩《さつま》藩と長州藩が手を組んで、若き天皇を担《かつ》ぎ、一気に倒幕に向かったという。

「そして鳥羽伏見《とばふしみ》の戦いが起きた。京都の南で、幕府軍と薩長軍がぶつかり、薩長軍が勝利を収めて、そのまま官軍に化けたのだ」

最後の将軍、徳川慶喜が朝敵《ちょうてき》とされ、その討伐のために、有栖川宮熾仁《ありすがわのみやたるひと》親王が官軍の総大将として立った。以前から尊皇攘夷派だった人物だ。

有栖川宮の下に、先鋒隊が組織された。名前の通り、有栖川宮が京都から出陣する前に、進軍する部隊だ。東海道先鋒隊、北陸道先鋒隊など、それぞれ京都を発《た》って、東海道や北陸道を通り、各地で大名や有力者を従えつつ、軍を進める。

「帝も有栖川宮さまも戦いは好まない。武力行使はせず、交渉によって恭順《きょうじゅん》させるのが、先鋒隊の役目だった」

長年にわたって続いてきた幕府の支配から離れ、朝廷に従うよう説得するのが、先鋒隊の使命だった。

各先鋒隊の大将は、公武合体派の公家が命じられた。交渉の矢面《やおもて》に立つだけに、幕府方と親しくしてきた人物の方が、話がしやすいというのが表向きの理由だった。しかし尊皇攘夷派の本音としては、公武合体派に危険な役目を押しつけて、今までの仕返しをするという意図もあった。

各先鋒隊の大将の下には、薩長土肥《さつちょうどひ》の有力藩士が参謀としてつき、実際に従軍するのは、それぞれの藩士たちだった。

「そんな中で、奥州への先鋒隊の大将を命じられたのが、私だった」

奥州には会津藩《あいづ》がある。会津藩主の松平容保《まつだいらかたもり》は、かつて京都の治安を任され、孝明天皇に深く信頼されていた。それだけに薩長のやり方に反発し、説得に応じない可能性も高かった。

「そんな最難関に挑《いど》まされたのは、最後まで公武合体派だった私が、よほど目ざわりだったのだろう」

九条道孝の参謀としては、世良修蔵《せらしゅうぞう》という長州藩士をはじめ、薩摩藩士などが同行した。兵は、わずか五百。そんな心許《こころもと》ない陣容で、慶応四年三月下旬、海路で北に向かい、仙台に乗り込んだ。

すでに仙台藩は、官軍に味方すると表明していた。道孝一行は、藩が提供した学問所を本陣として着陣した。

会津藩については、仙台藩の力で従えさせるというのが、当初からの目論見《もくろみ》だった。仙台藩は、その期待に応え、会津との藩境まで出兵して、武力で圧力をかけつつ、藩同士の交渉に入った。

米沢《よねざわ》藩も官軍に従うことを決め、仙台藩とともに、会津藩との交渉に協力した。その結果、会津藩が三つの条件を呑《の》むので、恭順を認めてほしいという話になった。

三つの条件とは、松平容保が会津城を出て謹慎《きんしん》の姿勢を示すことと、城を官軍に引き渡すこと、さらには責任者として家老二、三人の首を差し出すことだった。

九条道孝は、松平容保が京都にいた頃から懇意《こんい》にしていたし、これで手を打とうとした。しかし参謀の世良修蔵が強硬《きょうこう》に反対した。

「松平容保など大罪人です。容保自身が切腹しない限り、恭順など、とうてい認めてはなりません」

長州藩は京都で、会津藩から痛い目に遭《あ》わされており、深い恨《うら》みを持っている。さらに世良は、鳥羽伏見の戦いで手柄を立てており、戦いに逸《はや》っていた。

そのため仙台藩に対しては、さらなる武力行使を強要し、九条道孝にささやいた。

「しょせん奥州の諸藩など、すべて朝敵です。もう少し仙台と米沢に、会津の相手をさせておいて、時間を稼ぎましょう」

五百の兵では何もできない。しかし、いずれ江戸が開城になれば、東海道先鋒隊などの兵を、援軍としてまわしてもらえる。その時こそ、会津のみならず、奥州全土を叩く好機だという。

道孝は驚いて反対した。

「何を言い出すのだ。今、ここで恭順を認めてやれば、それですむことだ」

世良は片頬で笑った。

「今や、どこかで戦わなければ、兵の気がすみません。ただし幕府相手では大怪我をする。下手《へた》をすれば、こちらが叩きつぶされかねない。だから、とりあえず会津あたりを血祭りにするくらいが、ちょうどいいのです」

「兵の気がすむか否《いな》かなどということで、戦争を始めるつもりか。大勢の命を左右するのだぞ」

「もとより承知のこと。私たちは京都で、幕府や会津藩に仲間を殺されました。これは蹴鞠《けまり》や歌会とは違う。生きるか死ぬかの勝負なのですよ」

だから公家は甘いと言わんばかりに、小馬鹿《こばか》にした態度だった。

「会津など、とことん追い詰めて、向こうから仕掛けさせればいいのです」

世良は身を乗り出して声をひそめた。

「それに、奥州諸藩から領土を奪わない限り、こちらの取り分がありません。おめおめと恭順させたのでは、ここまで進軍してきた兵に、褒美《ほうび》ひとつ出せません」

まるで戦国時代の領土の分捕《ぶんど》り合い同然だった。道孝は声を荒立てた。

「そのようなことを、帝が、お許しになると思うか。同じ日本人だぞ。尊皇攘夷とは帝を中心に、日本人がひとつにまとまって、外敵に対抗するのではなかったのか」

するとと世良は鼻先で笑った。

「帝など、まだ子供です。言い含めれば、それですむこと」

道孝は怒りで目がくらみそうだった。しかし大激論の結果、三つの条件は、棚上げにせざるを得なかった。

とりあえず会津は保留とし、先に奥州諸藩をすべて恭順させ、外堀を埋めてから、再度、会津藩と交渉しようと決めた。そのために世良を福島に向かわせ、ほかの参謀たちも奥州各藩に派遣することにした。

世良は、また小馬鹿にしたように言う。

「まあ、時間稼ぎとしては悪くありませんな。とりあえず九条さまは、ここで酒でも呑んで、お待ちくださ い」

だが手勢が、ほとんど出払った後で、驚くべき知らせが届いた。福島城下に宿泊していた世良が、殺されたというのだ。あまりに強硬な態度が、反感を招いたのは疑いなかった。

仙台藩も米沢藩も、一気に態度を硬化させた。実質的に三つの条件を撥《は》ねつけたために、両藩とも追い詰められていた。そこに世良殺害の知らせが入ったことで、いっそう恭順は難しくなり、反官軍で勢いづいた。

道孝は仙台の学問所で軟禁状態となり、死も覚悟《かくご》した。しかし今頃、世良の配下の者たちは、福島城下で猛《たけ》り狂っているに違いなかった。

そのうえ自分が殺されれば、官軍側に武力行使の口実を与える。奥州全土で大規模な戦争が起きるのだ。そもそも尊攘《そんじょう》派の公家や薩長両藩には、それが最初からの目論見だった可能性すらある。

なんとしても自分は生き残って、世良の非を朝廷に訴え、戦争を食い止めねばならない。そう覚悟を改めた。

仙台藩内には、道孝を人質《ひとじち》に取ろうという意見もあったが、それでは完全に朝敵になってしまう。そのために道孝に転戦を勧めた。仙台から出ていってほしいというのだ。

だが丸腰で出ていって、藩内外の主戦派に殺されてしまっては困る。そこで仙台藩は京都に連絡し、道孝を警護するための兵を、派遣してもらうよう依頼した。

五月に入ると警護兵が仙台に到着し、そのすぐ後に奥羽越列藩同盟が結ばれた。奥州諸藩が結託して、官軍の無理難題に対抗し、会津藩を助けようという同盟だった。

道孝としては、くれぐれも短慮は避けるように言い置いてから、警護兵とともに盛岡に移った。

だが到着した時には、もはや盛岡藩も奥羽越列藩同盟に与《くみ》しており、一行の到着に困惑した。仕方なく、さらに秋田へと向かった。

秋田藩も列藩同盟には加わっていたが、もともと尊皇思想の強い藩で、藩論が揺れていた。そこに道孝が現れて説得したために、一気に官軍側に転じ、列藩同盟から離脱した。

その頃、ようやく官軍の援軍派兵が始まり、江戸から北上を開始した。もはや会津藩には恭順の道は残されておらず、迎え撃つしかなかった。

一方、秋田藩は、列藩同盟に残った近隣藩を相手に、壮絶な戦いを繰り広げた。そして九月に入って、とうとう秋田藩の勝利が確実になった。しかし藩領は焦土《しようど》となり、戦死者は敵味方を合わせて八百にのぼった。

会津では苦戦の末、九月二十二日に開城。二十八日には、主立《おもだ》った会津藩士たちが、官軍側に出頭《しゅっとう》して終戦となった。

結局、官軍側が千人、会津側は二千五百人もが命を落とした。その中には女子供が二百人以上も含まれていた。

この一連の戦争は、戊辰の年に起きたことから、戊辰戦争と呼ばれるようになった。

節子の前で、道孝は長い話を終えた。

「仙台から盛岡、秋田へと移る旅は、まさに放浪だった。付き従う兵たちも、まことに哀れだった。そして会津だけでなく、秋田でも盛岡でも大勢が死に、奥州全体では四千三百もの尊い命が失われたのだ。私が世良の暴挙を抑えられなかったがために、それほどの人数が死んだのだ。悔やんでも悔やみきれない」

さらに鳥羽伏見の戦いから箱館《はこだて》戦争まで、維新戦争全体の総戦死者を数えれば、ゆうに、その倍に及ぶという。

「そういった屍《しかばね》の上に、今の政府は築かれたのだ。だが政府高官たちは、それを何とも思わない。それどころか大勢を殺して、勝利を収めたことを、愉快にさえ感じている。それも恭順すると申し出た者たちを、追い詰めて、追い詰めて、死に至らしめたのだ」

道孝は深い溜息《ためいき》をつき、軒先《のきさき》の雨垂《あまだ》れに目をやった。

「近年の日清《にっしん》戦争では、日本側だけで一万三千人が戦死したそうだ。清国側に、どれほどの犠牲者が出たか、想像もつかぬ」

日清戦争は、節子が十一歳だった夏に始まり、翌年の三月に日本の勝利で終わった対外戦争だ。

「今や政府は増長《ぞうちょう》している。強大な幕府を倒し、大国の清国まで打ち負かし、もはや怖いものなしだ。負けた側のことなど考えもしない。このままいけば、とてつもない相手に戦いを挑みそうで、空恐ろしい」

そして道孝は、ふたたび煙草盆に手を伸ばし、煙管に目を落とした。

「あの戦争における公家の立場は、お飾りだったといわれる。薩長出身の者どもが、自分たちの手柄を強調するために、そう吹聴《ふいちょう》したのだ。しかし、われらの役目は、交渉によって平和裏に開城に至らせることだった」

奥州で戦死した公家もおり、けっして、お飾りだったわけではないという。

「私は本来の役目が果たせなかった。戦いに逸る武士たちを抑えるのは、とうてい無理だった」

だが、それでも抑えるのが、道孝の役目だったという。

「それで御一新以来、私は、ずっと考えてきた。悔やんでいるだけでは仕方ない。

これから何をすべきなのかと。公家のできることなど、たかが知れている。武力を持つ者の前には、まったくの無力だ。でも私なりにできることが、何かあるはずだと探した」

悩み続けていた時に、天皇家に皇子が生まれ、九条家には節子が生まれたという。

「おまえが生まれた時に思った。この娘を天皇家に嫁がせたいと」

道孝は手にした煙管に、ゆっくりと刻み煙草を詰め、煙草盆の炭火で火を点けた。そして煙を吐くと、黙り込んだ。

雨音が耳につく。節子は初めて口を開いた。

「それで、おもうさまは、私に何を期待しておいでですか」

道孝は娘に視線を向け直して言った。

「戦争で負けた者たちの気持ちを、世に知らしめて、戦争を起こさぬことだ」

節子は首を横に振った。

「そのようなことは、私には無理です」

「いや無理ではない。皇子《みこ》を産め。下々《しもじも》の女たちのように、元気な子を、たくさん産むのだ。そうすれば立場が強くなる」

公家や武家の女たちは、多くて二、三人の子しか産まない。育たない子も多い。

だから側室を迎えて子を増やす。しかし農家の女たちは、たいがい子だくさんだ。

「女は子を産めば立場が強くなる。おまえの母を見よ。何人も子を産んだからこそ、今や九条家の正室だ。それも娘の縁談があったからこそ、うるさい親類を説き伏せられたのだ」

「だとしても、戦争を起こすか起こさないかなど、女の身で、どうこうできるものではありません」

「皇后になれば別だ。帝と、ふたりだけで話をさせていただける。戦争を起こさぬよう、お話しすることもできよう。帝が、お認めにならない限り、戦争は始められぬのだから」

「私が、それほど東宮さまから、ご信頼いただけるかどうか、まったく自信がございません」

「いや、おまえならできる」

道孝は断言すると、煙の立つ煙管を持ったまま、ふたたび雨に煙《けぶ》る庭先に視線を移した。

「私は戦争を抑えられなかった償《つぐな》いをしたい。おまえが何人も皇子を産み、そのひとりに会津から姫を迎えられたら、どれほど会津の者たちが喜ぶだろう。敗者の無念が、どれほど世に伝わるだろう。私は、それを夢見て、おまえを高円寺村に預けたのだ」

節子は、なおも抵抗した。

「そのような夢は、私には重すぎます。だいいち子が授かるとは限りません」

「いや、子が授からなかったとしても、かならず何かできる。戦争で死んだ者たちの鎮魂《ちんこん》のために、おまえなら何かできるはずだ」

なんとしても会津の者たちの汚名《おめい》を、そそいでほしいという。それが将来の不戦の誓いにつながるという。

「それに嘉仁親王さまは、とても魅力のあるお方だ。お顔も、お人柄も、孝明天皇に、よく似ておいでだ。おまえとなら、きっと仲のよい夫婦になれると、父は見込んでいる」

そこまで言われても、節子は首を縦に振ることができなかった。

結局、ベルツの診断は受けざるを得なかった。たしかに拒《こば》むことなどできない話なのだ。こうして気乗りしないまま、縁談は進んでいくのだろうと、節子は半ば諦めを抱《いだ》くようになった。

だが東宮妃ともなれば、父の言う通り、嫌な思いは山ほどあるに違いなかった。なのに、こんな生半可な気持ちで、強くなれるはずもなかった。

学期末の試験が終わり、夏休みに入ると、小鹿島筆子の住まいに招かれた。場所は麻布で、瀟洒《しょうしゃ》な洋館に、日本家屋の母家が続く建物だった。

節子は絽《ろ》の小袖《こそで》姿で、白い日傘を差し、蟬時雨《せみしぐれ》の前庭を抜けて、洋館のドアを叩いた。すぐに筆子が笑顔で出迎えてくれた。

「暑い中、よく来てくれましたね」

筆子は華族女学校でも束髪に洋服姿だが、自宅の洋館でも、それがよく似合う。すぐに洋室の応接間に通された。

「今、紅茶を淹《い》れてくるわね。紅茶は、人に任せられないの。少し待っててらしてね」

筆子がスカートの裾《すそ》をひるがえして、応接間から出ていくと、節子は周囲を見まわした。美しい部屋だった。

出窓にはレースのカーテンがかかり、壁際には煉瓦づくりの暖炉《だんろ》、反対側にはピアノが置いてある。譜面台の上に、天使の絵が描かれている洒落《しゃれ》たピアノだ。天井を見上げると、小ぶりのシャンデリアが煌《きら》めいていた。

飾り棚には西洋の焼き物の人形や、香水瓶《こうすいびん》が並び、目の前のテーブルには、レースのクロスがかけられている。中央のガラスの花瓶には、あふれるほど百合《ゆり》の花が生けてあった。筆子は洋行経験があり、海外で求めてきた品々に違いなかった。

筆子の来歴は、華族女学校で知らない者はない。九州の長崎に近い大村《おおむら》藩の出身で、幼い頃から見込まれて、藩主の姫の遊び相手として、大村城に召し出されたという。

幕末には、父や叔父が勤皇の志士として名を挙げ、明治維新以降、実家は男爵を授かり、筆子も東京に出た。そして明治四年に開校した官立の東京女学校に、十三歳で入学し、英語を学んだのだ。

二十《はたち》歳の時には、藩主の姫が外交官に嫁いで洋行することになり、侍女《じじょ》のような立場でついていった。それが最初の外遊だった。

帰国後、農商務省の官僚だった小鹿島果《はたす》と結婚。明治十八年に華族女学校が開校すると、フランス語教師として招かれた。それ以降も語学力と、上品な人あしらいが買われて、アメリカに招かれたこともある。

家庭では三人の娘に恵まれたが、夫は丈夫ではなく、三十六歳で他界したと聞く。

節子は美しい応接間で、筆子が戻ってくるのを待っていて、ふと壁の絵に気づいた。西洋の手法の油絵だが、描かれているのは夫婦らしき男女と、四、五歳の少女、それに女性の膝に赤ん坊がいる。家族の肖像画だが、不思議な絵だった。

女性の顔が筆子に似ている。いや筆子そのものだ。ならば男性は亡くなった夫か。それだけなら不思議はない。ただ四、五歳の少女の顔立ちに、節子は目を奪われた。

高円寺村で白い小石をくれたセキと、同じ顔をしていたのだ。目尻が上がり、下ぶくれの頬から、口元が少し前に出ている。明らかに知的障害のある顔立ちだった。赤ん坊も同じような容貌《ようぼう》だ。

これは、いったいだれなのか。この女性は筆子ではないのか。節子が混乱しているうちに、廊下から筆子と子供の笑い声が聞こえてきた。

慌てて椅子に腰かけると、ドアが開いて、筆子が笑顔で現れた。銀の盆にティーセットを載《の》せている。

「お待たせ。ちょうど夏休みで、娘が帰ってきているので、ご紹介するわね」

銀の盆をテーブルに置いて、背後からついてきた少女を、自分の前に引き出した。

「さあ、幸子《さちこ》さん、ご挨拶なさい」

それは、まさしく絵の少女だった。絵よりも成長しているが、本人に違いなかった。そして大きな声で言った。

「こんにちは。幸子です。十四歳です」

節子は驚きを隠して、少し、しどろもどろになりながらも、同じように応えた。

「こんにちは。節子です。十六歳です」

幸子は笑顔で、節子の隣の椅子に腰かけた。

筆子が三つの紅茶茶碗を、節子と娘、そして自分の前に置く。幸子は行儀よく、砂糖を紅茶に混ぜて、ふうふう息を吹きかけながら飲んだ。

その様子を見ているうちに、節子は気持ちが落ち着いてきた。そして壁の絵を目で示して聞いた。

「あの絵、先生と、ご家族ですか」

筆子は振り返って応えた。

「そうなの。次女が生まれて間もない頃、西洋画家の方に描いていただいたのよ。この後、三女も生まれたのだけれど、夫が亡くなって、次女も三女も、相次いで亡くなってしまったの。今は、この幸子だけが私の家族」

次女も三女も同じ障害があり、体も弱かったという。

節子は、いっそう衝撃を受けていた。農家なら知的障害がある子でも、セキのように外で遊んでいる。だが公家や武家では、そんな子が生まれると、一生、座敷牢《ざしきろう》に入れておくと聞く。家の血統に、障害の因子《いんし》があることを、世間から隠したがるのだ。

しかし筆子は、まったく隠す様子がない。隠すつもりなら、こんな絵を描くはずがなかった。

紅茶を飲んでしまうと、幸子が母親の袖を引っ張った。

「お歌、お歌」

「お客さまに、お聞かせしたいのね。はいはい。歌いましょう」

筆子は笑顔でうなずき、椅子から立ち上がって、節子に聞いた。

「賛美歌でも、いいかしら？　幸子が好きなの」

九条家は神道《しんとう》の家柄だけに、気を遣《つか》って聞いたのだ。

「もちろん、かまいません」

節子がうなずくと、筆子はピアノの蓋《ふた》を開けて、しなやかな手で鍵盤《けんばん》を弾《ひ》き始めた。

母娘は視線を交わしたかと思うと、幸子が歌い始めた。節子には初めて聞く歌だったが、驚くほど伸びやかで美しい声だった。母のピアノと娘の歌は、一体になって部屋に響く。

ふと節子の目が、ピアノに描かれた天使に向いた。その時、幸子自身が天使であるかのように感じた。

曲が終わり、筆子が鍵盤から手を離すと、節子は満面の笑みで手を叩いた。

「上手。幸子さん、本当に上手だわ」

幸子は照れながらも、嬉しそうに笑う。そして節子の袖を引っ張った。

「お庭で、遊ぼう」

「いいわよ」

節子は日本家屋の棟まで、手を引かれていった。女中が洋館から、草履を持ってきてくれて、ふたりで縁側から下りた。

広い芝生《しばふ》の庭を、幸子と手をつないで歩き、庭木に残った蟬の抜け殻《がら》を、つまんで見せた。

「ほら、蟬さんの抜け殻」

手の平に載せると、幸子は目を輝かせて見つめる。

それから節子は、低い枝で鳴いている油蟬を見つけ、素手《すで》で捕《と》らえた。両手の平の間に入れて、指の隙間から、幸子にのぞかせ、それから空に飛ばしてみせた。

鞠投げ遊びも、あやとりも、お手玉もした。おやつに出た冷えた西瓜《すいか》を、縁側に並んで腰かけてかぶりつき、黒い種を庭先に飛ばした。どれも高円寺村仕込みの遊びで、幸子は笑い通しだった。

陽《ひ》が陰り始める頃、幸子は遊び疲れたのか、縁側の座布団の上で、幼い子供のように寝入ってしまった。筆子はスカートの裾を広げて座り、かたわらから団扇《うちわ》で、娘に風を送りながら言った。

「私に、こんな娘がいると知ると、たいがいの方は気の毒がってくださるの。でも九条さんなら気になさらずに、ただ幸子に優しくしてくれるって、そんな気がしていたけれど、その通りだったわ」

そして愛《いと》しげに幸子の寝顔をのぞき込んだ。後《おく》れ毛《げ》が汗で寝顔に張りついている。

「こんな子でも、私には可愛いの。負け惜しみに聞こえるかもしれないけれど、かけがえのない、たったひとりの家族なのよ」

節子は首を横に振った。

「負け惜しみだなんて、思いません」

そしてセキのことを思い出し、高円寺村での出来事を話した。

「その子に白い石をもらったんです。多分、宝物だったのでしょうけれど。でも私、なくしてしまって。それに、お礼も言わないうちに、その子は死んでしまって」

筆子は、ゆったりと団扇を揺らしながら聞いた。

「その方の笑顔を、覚えてらっしゃる？」

「ええ。私が近所の子供たちと一緒に、魚捕りに行った帰りに、セキが林の外れに立ってたので、私が少し手を振ったら、手を振り返して笑ったんです」

その時のセキの姿は、今も記憶に刻まれている。

「セキさん、きっと嬉しかったのね。こういう子は仲間はずれにされてばかりだから、手を振ってもらっただけでも嬉しくて、それで宝物をくれたのでしょうね」

ふいに赤坂田町の駄菓子屋の娘のことが、口から出た。

「初等科の頃、寄り道をしていたお店のお姉さんに、よく飴玉をもらったんです。でも、その人、顔が崩れていく病気にかかって。その時も私は、何もできなくて。そのお姉さんは、何も悪いことはしていないのに、警察に連れていかれたって、後から聞いて。人にうつるからって、みんなに嫌がられて、お店も閉めてしまって。今、思い出しても、哀しくて、悔しくて」

話しているうちに、涙があふれてくる。慌てて涙を拭《ぬぐ》って言い訳をした。

「なぜ、私、こんな話をしているのかしら。何も関係ないのに」

すると筆子は首を横に振った。

「関係がないことはないわ。あなたは理不尽《りふじん》が許せないのでしょう。セキさんや、そのお姉さんが受けた仕打ちを、黙って見過ごせないのよ。だから、いつまでも心の奥に、哀しみを溜《た》めているの。そうでしょう」

自分でも気づかないことを、指摘された思いがした。すると、今まで悩んでいたことが、一気に表に出た。言葉が止まらなくなり、女学校で聞いた陰口を、一切合《いっさいがっ》切《さい》、話した。

父の重すぎる期待も打ち明けた。幕末に奥羽先鋒総督として、会津藩を救えなかったという話も、そのまま伝えた。そして泣いた。

筆子は聞き終えると、優しく慰めた。

「ひとりで抱《かか》えてらしたのね。苦しかったでしょう」

「私、お友達の悪口は、言いたくなかったのです。だから」

「いいのですよ。吐き出してしまえば」

筆子は団扇を止めて言った。

「うちの幸子も、セキさんという方も、それから、病気で連れていかれた娘さんも、何も悪いことをしていないのに、後ろ指をさされる。あなただって何も悪くはないのに、お妃候補のことで、後ろ指をさされて、悔しい思いをなさった。でも、だからこそ、弱い者の立場が、余計にわかるでしょう」

その時、幸子が伸びをして、寝返りを打った。目を覚ますかと思ったが、また寝てしまう。筆子は話を続けた。

「きっと会津の方たちだって同じ。何も悪いことはしていないはずなのに、貶《おとし》められて。それを、あなたの父上さまは、なんとかして差し上げたいのでしょう。だから、あなたに期待を、おかけになるのよ」

なるほど、そうだったのかと、節子は父の熱い思いが、少しは理解できた気がした。

「あなたが皇后さまになったら、悔しい思いをしている方たちを、助けて差し上げられるわ。あなたの悔しさを、その方たちに重ね合わせて。賊軍の汚名だって、きっと晴らしてあげられます」

しかし節子には、なおもためらいが先立つ。

「でも私に、そんな大事なこと」

「いいえ、できますとも。セキさんに何もしてあげられなかったと、悔いていらっしゃるのなら、世の中の弱い方たちのために、これから何かして差し上げて」

そして、いたずらっぽく笑った。

「どうせ、逃げられないご縁談ですもの。後ろを向かないで、前を見ましょうよ」

節子は初めて小さくうなずいた。

「はい」

「それと、伏見宮禎子さんからの、ご伝言があるの。禎子さん、あなたにお手紙を書こうとしたけれど、上手に書けなくて、そのままになっているんですって。でも、どうか何も気になさらないでって。東宮妃のお話があったら、迷わず受けていただきたいって。そうおっしゃっていたわ」

友の気遣いに胸が熱くなる。涙をこらえて応えた。

「わかりました」

「それと、もうひとつ。私が廊下を通りかかった時、教室の中で、だれかが噂話をしていましたよね。東宮さまに何か障害でも、あるかのような話を」

筆子が肩を叩いた時のことだ。

「あれは嘘よ。東宮さまは幼い頃に、ご病弱でいらしたから、勉強が遅れたこともあったけれど、聡明な方です。とても気さくで、ご自身の意見も、はっきりおっしゃるし」

手元の団扇に目を落として言う。

「日本人は黙っている方が、重々しいように思いがちだけれど、この先、西洋の王族と交流していくには、東宮さまの気さくさは、とても大事だと、私は思うわ」

洋行経験があるからこその言葉だった。

「それにね。私の夫は結婚してからも病気がちで、看病が辛《つら》かった時期もあったけれど。でも彼と結婚したことを悔いてはいないのよ。幸せだった時も長かったし、それに幸子を残してもらえたことが、何より幸せなの。あなたにだって、きっと幸せが待っている。先生は、そう信《し》じています」

筆子の言葉は、節子の心に染み入った。

節子は自邸に帰ると、離れ家を訪ね、道孝の前で両手をついて言った。

「東宮さまとの件、どこまでできるか自信はございませんが、精一杯のことは、させていただきます」

道孝は少し驚いた顔をしたが、すぐに目を輝かせて応えた。

「そうか。頼むぞ。頼むぞ」

ほどなくして婚約が内定した。噂は広がり、十一月三日の天長節《てんちょうせつ》には、節子の写真が報知新聞に掲載された。

そして翌明治三十三年、二月十一日の紀元節《きげんせつ》に合わせて、東宮嘉仁と九条節子の婚約が、正式に発表されたのだった。

3章　二十二歳の雪合戦

夜半の鐘の音が聞こえる。芝《しば》の増上寺《ぞうじょうじ》で撞《つ》く鐘だ。明治三十三年五月十日。節《さだ》子《こ》にとって長い長い一日が、始まろうとしていた。

耳を澄ますと、養育掛《がかり》の寿賀子《すがこ》が、廊下を摺《す》り足で進んでくる気配がする。声がかかるなと待っていると、案《あん》の定《じょう》、襖《ふすま》の向こうから聞こえた。

「姫さま、お時間でございます」

襖が開いて、手燭《てしょく》の明かりが揺れる。九条《くじょう》家では漏電《ろうでん》を嫌って、ほとんどの部屋で電気を使っていない。昔ながらの燭台を使う、雅《みやび》な暮らしだ。

節子は上半身を起こした。少しでも眠るようにと、母からも寿賀子からも言われて床《とこ》についたものの、結局、一睡もできなかった。

「お湯の用意が、できております」

かねてからの予定通り、まず湯殿に出向いた。高円寺《こうえんじ》村から連れてこられて、垢《あか》を落とされた湯殿だ。この風呂を使うのも、これが最後だった。

普通の華族に嫁《とつ》ぐのであれば、里帰りもできようが、東宮妃《とうぐうひ》となったら、ここは臣下《しんか》の家になる。もう気軽に立ち寄ることさえ、できなくなるのだ。

風呂から出ると、あらゆる手順が決まっていた。宮中から女官《にょかん》が来ており、すべてを取り仕切る。節子は、ただ、なされるがままになるしかない。

髪を梳《す》かれ、顔はもちろん、首から背中まで、白粉《おしろい》を塗《ぬ》り込まれた。衣装は古式ゆかしい十二単《ひとえ》。帯も紐《ひも》もなく、前合わせを左右から重ねるだけで、次を羽織《はお》り、また前合わせを重ねていく。

原色に原色を重ねていくのに、それが不思議と調和する。京都の長い歴史の中で、培《つちか》われた色合わせの技だった。しかし一枚重ねるごとに、重量が、ずしりと肩にかかる。

着つけが終わってから、両親の前に正座し、最後の挨拶《あいさつ》をした。

「おもうさま、おたたさま、長らく、お世話になりました」

おもうさま、おたたさまと呼ぶのも、これきりになる。幾子《いくこ》は泣いていた。道孝《みちたか》は少し目をしばたいていたが、深くうなずくと、今日の心得を諭《さと》した。

「何も心配は要《い》らぬ。式は、つつがなく進むよう、万端、手配している。稽古《けいこ》の通りに、すればよい」

式は宮中の賢所《かしこどころ》で執《と》り行われる。掌典長《しょうてんちょう》である道孝の仕事場だ。道孝は恐れながらと言いつつも、賢所と同じしつらえを、自邸内に設け、そこで稽古をさせてくれた。

それから女官に導かれ、節子は十二単の裾《すそ》を引きずりながら、玄関に出た。外は、もう夜が明けていた。五月晴《さつきば》れが期待できそうな朝だった。

玄関先の車寄せには、箱形の馬車が数台、並んでいた。東宮御所から来た侍従《じじゅう》たちが待ちかまえている。若い女官たちが近づいて、節子の十二単の裾を持つ。節子が女官とともに一台に乗り込むと、道孝も別の馬車に乗った。

扉が閉まり、車輪が前庭の砂利に食い込む音がして、馬車が動き始めた。おろおろと見送る幾子に、節子は小さく手を振った。後ろに控える寿賀子は、懸命に涙をこらえていた。

門から外に出ると、蹄《ひづめ》も車輪も軽やかな音に変わった。だが窓から外を見て驚いた。早朝にもかかわらず、氷川坂《ひかわざか》沿いには、ぎっしりと人垣ができていたのだ。まるで日枝《ひえ》神社の神輿《みこし》が通るかのようだ。警察官まで出て、人が道に飛び出さないように警備している。

赤坂田町の町並みを過ぎて、日枝神社下の大通りに出ると、さらに黒山の人だかりができていた。

節子の目が、ふいに一点に吸い寄せられた。押し合いへし合いする中に、五十がらみの夫婦が、肩を寄せて並んでいた。まぎれもなく大河原金蔵《おおがわらきんぞう》とテイだった。婚約が発表される前に、節子は高円寺村に挨拶に行った。その後、嫁入り衣装や道具を見せたくて、テイには屋敷に来てもらった。

だが輿入《こしい》れの日に、わざわざ夫婦揃《そろ》って村から出てきてくれるとは、思ってもいなかった。人混みの中で、テイは懸命に手を振っている。金蔵は口をへの字に曲げて、立ち尽くしていた。

節子は手を振り返したいが、軽々しく馬車から手を振ったり、お辞儀《じぎ》をしたりしては、ならないと言われている。化粧が落ちるからと、泣くことも禁じられていた。

懸命に涙をこらえ、夫婦の姿を見つめた。距離はあったものの、しっかりとテイと目が合った。金蔵は涙を我慢しているのか、怒ったような顔になっていた。

馬車は快速で進み、たちまち、ふたりの姿は遠のいていく。

五歳で別れる際に、金蔵が言った。

「なんだか俺は、竹取りの翁《おきな》になったような気分だな」

きっと今も、同じ言葉をつぶやいているに違いなかった。

馬車は半蔵門《はんぞうもん》から入り、宮城《きゅうじょう》の西側に位置する、吹上《ふきあげ》という一角に至った。そこは幕末までは江戸城の火除《ひよ》け地で、広大な草地や緑地があったという。

今も美しい森の中に、白砂利の道が延び、鳥居が設けられ、その先に、ひっそりと賢所が建っていた。神事を執り行う場所だ。

その車寄せで節子が馬車を降りると、先に降りていた道孝が迎えた。ほかにも大勢が並んでいたが、だれがだれかもわからない。

建物の中に導かれ、夫となる嘉仁《よしひと》と、初めて対面した。男雛《おびな》のような衣冠束帯《いかんそくたい》姿で、黒い烏帽子《えぼし》をかぶっている。まじまじと見る余裕はなく、ほんの一瞬だったが、まさに雲の上の人に見えた。

節子は、また不安になった。自分でよかったのか、やはり伏見宮禎子《ふしみのみやさちこ》の方が、似合いだったのではないか。そんな気がして落ち着かなくなった。

だが悩んでいる間もなく、神殿に導かれて、結婚の儀が始まった。自邸でも稽古した通り、嘉仁に続いて、神前に榊《さかき》の玉串を捧《ささ》げる。そして嘉仁が誓約文を読み上げて、式は終わった。

その予定時刻に合わせて、祝砲が轟《とどろ》いた。まだ朝の九時だった。

吹上からは、今度は嘉仁と同じ馬車に乗り込んだ。ふたりだけの空間だが、たがいに目も見交わさない。

馬車は宮城内を南に向かい、橋に差しかかった時に、嘉仁が初めて口を開いた。

「城内の道灌濠《どうかんぼり》だ。道灌濠の西側が吹上で、ここから先の東側に宮殿がある。幕府の西の丸があった場所だ。本丸だったところは、今は何もない」

節子は小さくうなずくばかりだ。自分のために説明してくれたのは嬉しいが、礼を言うのも妙で、小さくうなずくしかできない。

二重橋《にじゆうばし》を越えて、いよいよ宮殿の車寄せに近づく。堂々たる日本建築の玄関だった。

節子の緊張が、いっそう高まる。次は朝見《ちようけん》の儀、天皇と皇后に、直接対面する儀式が待っている。

嘉仁も緊張の面持《おもも》ちで、ふたりで馬車を降りた。ここでも大勢が待ちかまえており、いっせいに頭を下げる。節子は軽く会釈《えしやく》をしながら、そのまま宮殿に入り、すぐに嘉仁とは別々の着替えの間に導かれた。手早く十二単を脱がされ、ドレスに着替える。

時間に遅れることは、けっして許されない。そのために侍女《じじよ》たちも、ひどく緊張している。節子は足袋《たび》くらい自分で脱ぎたいが、小鉤《こはぜ》ひとつ外《はず》すことはできない。何もかも侍女の手で行わなければならず、ただ人形のように立っているだけだ。

ようやく十二単から解放され、身軽になったところで、ドレスの着つけに入った。数年前までの流行は、ひだをたっぷりと取り、中に鯨《くじら》の骨を張って、大袈裟《おおげさ》なほどスカートを膨《ふく》らませたバッスル・スタイルだった。だが今は全体に、ほっそりしたものが新しい。

節子のドレスも細身で、胸の下に切り替えがあるだけの、すっきりした意匠《いしょう》だ。その分、素材が豪華で、純白の総レースで仕立ててあり、後ろの裾が引きずるほど長い。半袖《はんそで》が二重重ねで、大きく空いた胸元には、三重のダイヤモンドの首飾りを巻いた。

髪は、おすべらかしの毛先を、頭頂部まで持ち上げて巻き、そこに王冠《おうかん》を差し込んだ。手には絹の長手袋をはめ、その上から首飾りと同じダイヤの腕輪をつける。

着替えの間《ま》から出ると、揃いの制服姿の少年たちが、素早く背後にまわり、ドレスの裾を持って歩く。

ふたたび嘉仁と出会い、初めて顔を合わせた。今度は陸軍少佐の軍服姿だった。それが東宮としての正装だ。

さっきよりも、よく顔を見ることができた。細面《ほそおもて》で彫《ほ》りが深く、鼻筋《はなすじ》が通って、口髭《くちひげ》を蓄えている。濃い眉《まゆ》はりりしく、逆に目元は、やや下がり気味で優しげだ。女学校の噂《うわさ》とは異なる上品な貴公子だった。

ふたり揃って、天皇との謁見所である正殿《せいでん》に導かれた。

正殿は柱のない大広間に、ランプ式の豪華なシャンデリアが、左右対《つい》になって下がっていた。全体の印象は西洋風だが、床は日本古来の寄せ木細工で、壁は錦《にしき》の布張り。天井は、やはり日本建築に多い格天井《ごうてんじょう》だ。漆《うるし》塗《ぬ》りの格子の中は、打掛の地模様にでもありそうな和柄で、まさに和洋折衷《せっちゅう》の空間だった。

はるか向こうの正面の玉座《ぎょくざ》に、天皇皇后両陛下が並んで腰かけ、嘉仁と節子は一緒に前に進み出た。

嘉仁が胸元から奉書紙《ほうしょがみ》を取り出し、広げて読んだ。内容は結婚の儀を済ませたという報告で、今後の抱負《ほうふ》と感謝の言葉も読み上げた。

かすかに声が震《ふる》えていた。節子は緊張しているのが自分だけでないことを知り、むしろ少し気が楽になった。

続いて天皇が、短い祝福の言葉を口にすると、御神酒《おみき》が運ばれてきた。御神酒は天皇から順に口をつけ、一緒に運ばれた料理に、形式的に箸《はし》をつけて、朝見《ちょうけん》の儀は無事に終了した。

外に出ると、節子は眩《まぶ》しさで目がくらみそうだった。車寄せで大勢の侍従たちが居並ぶ中、嘉仁に続いて箱形馬車に乗り込んだ。

ドレスの長い裾が、足元に押し込まれた。そして馬車が動き出したとたんに、嘉仁が小声で言った。

「ああ、やれやれ、ようやく終わった」

顔を近づけて、さらに声をひそめる。

「どうも帝は苦手だ」

率直すぎる言葉に、節子は驚いたものの、筆子が言っていた気さくさとは、これかと思い至った。

嘉仁は、さっきまでの緊張を解き、節子が古くからの友人であるかのように、ざっくばらんに話し始めた。

「でも、まだまだこれからだ。何々の儀、何々の儀と儀式が続く。特に宮中饗宴《きようえん》の儀というのは、何日も続けるらしいし、厄介《やつかい》なことだ」

節子は、わずらわしいのは自分だけではなかったかと、仲間意識が湧《わ》いて微笑《ほほえ》んだ。すると嘉仁も魅力的な笑顔を見せた。

馬車が宮殿から離れていく。二重橋を越え、桜田門《さくらだもん》から外に出ると、朝よりも、さらに人だかりができていた。

嘉仁は馬車の窓際で片手を挙げて、群衆の祝福に応《こた》える。下々《しもじも》に対しても気さくな東宮だった。

馬車は濠端沿いの三宅坂《みやけざか》を上り、懐かしい華族《かぞく》女学校の北を通って、青山の東宮御所に着いた。定刻通り十一時四十分だった。

そして供膳《くぜん》の儀として、ふたりでフランス料理の昼食をとった。前菜のテリーヌから始まって、一品ずつ運ばれてくるが、大皿に驚くほど山盛りにされている。その中から嘉仁は一切れを示し、それを給仕の女官が皿に取り分ける。

「きみも選びなさい」

「私は、いずれでも」

「いや、これは自分で選ぶのだ」

再度、勧められて、節子は遠慮がちに一片を指さした。次の魚も肉も山盛りだった。残ったものは、侍従や女官の口に入るのだという。

あらかじめ毒味はされているものの、たくさんの中から自分で選ぶことで、毒が紛《まぎ》れ込む危険性が減る。長い歴史の中で培われた食事の作法だった。

午後は東宮御所内で、天皇の親族に当たる各宮家との対面だった。その後、側近《そっきん》の侍従や女官たちから挨拶を受けた。

夜は夜で、三箇夜餅《みかよのもち》の儀といって、子孫繁栄を祈る儀式があった。夫婦ともに白《しろ》羽二重《はぶたえ》に着替えて、和室の寝所《しんじょ》に入ると、一口大の餅が、四枚の銀の皿に山盛りにされて運ばれてきた。

節子の年の数だけ載《の》っており、それぞれの皿から、ひとつずつ取って食べるのだ。

それが終わって、ようやく初日の行事が、すべて片づいた。ふたりきりになると、嘉仁は大きく息をついた。

「疲れただろう」

「東宮さまこそ、お疲れでしょう」

「まあ、つまらぬ儀式ばかりだしな。三箇夜餅など、いつの時代から始まったのだろう。餅を食べて力をつけて、子づくりに励《はげ》めというわけか」

嘉仁の冗談《じょうだん》に、節子は思わず口元に手を当てて笑ってしまった。そして笑いが収まると、改まって聞いた。

「今さら、このようなことを伺《うかが》っても、致し方ないことではございますが」

「何だ？」

「あの」

節子は、なおもためらいがちに聞いた。

「私で、よろしかったのでしょうか」

嘉仁は笑い出したものの、すぐに生真面目《きまじめ》な顔になって応えた。

「私は子供の頃から、何かというと熱を出して寝込んだ。病気は苦しいし、遊ぶこともできず、心通わせる友達もできない。健康は私の憧《あこが》れだった。だから九条節子という者が、だれよりも健康だと聞いて、その者がよいと、私は最初から望んだのだ」

　政府高官たちは、五摂家《ごせっけ》の発言権が増すのを嫌って、天皇に宮家の姫を勧め、天皇も五摂家を避けたがったという。

「それに私は、自分の母は皇后だと信じて育った。だから二位《にい》の局《つぼね》の子だと知った時に、とても哀しかった」

　二位の局とは柳原愛子《やなぎわらなるこ》といって、典侍《ないしのすけ》という高等女官のひとりだが、天皇の寵《ちょう》愛《あい》を受け、男女合わせて三人の子を産んだ。だが、そのうち育ったのは、嘉仁ひとりだった。

「私は、わが子には、そんな思いはさせたくない」

　だからこそ正妻に子が授かるよう、何より健康な女性を望んだのだという。

「私は生涯《しょうがい》、ほかの女性を寵愛しないつもりだ。西洋の王室では、それが当たり前で、何人もの妻を持つのは、遅れた国の証拠だそうだ。私は、そういう点でも、日本を西洋並みの国にしたい」

　嘉仁は、ごく自然な仕草《しぐさ》で、節子の手を取った。

「だから子を産んでほしい。元気な子を、何人も産んでもらいたいのだ。そして里子には出さず、ふたりで育てよう」

　嘉仁の手は、さらりとした感触だが、意外な温かさがあった。その体温に、けっして雲の上の人ではないのだと、初めて実感できた。自分と同じく、血の通った人であり、哀しんだり喜んだりするのだ。ならば生涯、同じ感情を共有しながら、一緒に生きていきたいと願った。

気がつけば、東宮妃候補になって以来、ずっと抱いていた不安が消えていた。節子は、そっと手を握り返した。

子ができるかどうかなど、約束はできない。でも、この東宮の望みならば、なんとしても、かなえたいと、心から願った。

結婚披露宴《ひろうえん》に当たる宮中饗宴の儀は、吹上御所の正殿で、華族、政府高官、軍人、文化人と、招待客を分けて繰り返された。

挙式が五月十日で、二十三日には新婚旅行として、新橋《しんばし》駅から御召《おめし》列車に乗った。

御召列車は、ひとつの車両の中央に、コーヒーテーブルと、ゴブラン織りのひとり掛けソファが、二脚ずつ向かい合わせに置かれている。その前後に従者たちの椅子《いす》がある。

侍従や女官たちが交替で、その席につき、警備の者たちは別車両に乗る。

旅行には、そのほかに有栖川宮威仁《ありすがわのみやたけひと》親王と慰子妃《やすこひ》も同行した。有栖川宮は嘉仁よりも十七歳上で、教育掛を兼ねた側近であり、兄のような存在でもある。

あごの細い輪郭《りんかく》に、彫りの深い大きな二重まぶたと、形のいい眉が印象的で、西洋的な美男子だ。一方、慰子は瓜実顔《うりざねがお》で目元が涼《すず》しく、上品な顔立ちだった。

列車が走り出すと、限られた空間だけに、夫婦ふた組で心おきなく話ができた。

嘉仁は楽しそうに、いろいろと節子に説明する。

「二年前に、この宮が来てくれるまで、私は地獄のような毎日を送っていたのだ」

有栖川宮も優しげな笑顔で言う。

「たしかに東宮さまのお側近くには、堅苦《かたくる》しいことを申す者しか、おりませんでしたので」

「幼い頃は、中山のじいが好きにさせてくれたのだが、御所《ごしょ》で暮らすようになってからは、うるさい奴らばかりだった」

中山のじいとは中山忠能《ただやす》といって、今上《きんじょう》天皇の外祖父《がいそふ》だ。嘉仁は赤ん坊の時から、中山家に預けられたが、誕生直後から全身に発疹《ほっしん》が出て、泣き声も弱々しかったために、育つかどうか危ぶまれた。そのため中山忠能は曾孫《ひまご》に当たる嘉仁を、大事に大事に育てた。

「幼心《おさなごころ》にも、よく覚えている。中山のじいは大酒呑みで、剛胆《ごうたん》なところがあったし、とても可愛《かわい》がってくれて、のびのび育ててくれた」

おのずから跡継ぎの皇太子に決まり、九歳からは東宮と呼ばれるようになった。そして中山の手を離れ、青山の東宮御所に移って、東宮専属の侍従たちがついた。学習院に入学したが、まだなお丈夫ではなく、十四歳で腸チフスに罹患《りかん》。激しい脱水症状で、命の危険にさらされた。

以降、海に面した葉山《はやま》と沼津《ぬまづ》、それに日光《にっこう》の三ヶ所に、御用邸が建てられた。嘉仁は毎年、夏には避暑《ひしょ》のために日光へ、冬には温かい沼津か葉山に、長く滞在するようになった。

そのために学習院は退学せざるを得ず、東宮御所に学者を招いて、個人指導が始まった。学友も定められたが、帝王学は、ほとんど一対一の講義だった。侍従たちは、勉強の遅れを気にして、二言目には、勉強、勉強と追い立てたという。

揺れる車内で、有栖川宮は端正《たんせい》な眉をしかめた。

「いくら一流の学者でも、十四、五歳の少年に教え慣れているわけではありません。それに勉強には、やはり仲間が必要で、人よりも、いい成績を取りたいと競い合ってこそ、励みになるのです」

一対一で習ったところで、頑張ろうという気にならないのは当然だという。

嘉仁は無理矢理、机に向かわされているうちに、頭が痛くなり、しまいには熱を出して寝込んでしまう。そしてまた勉強が遅れる。悪循環だった。

「御一新《ごいっしん》前までは、代々、帝や東宮は、禁裏《きんり》の奥の、さらに御簾《みす》の向こうで、女官にかしずかれて、静かに暮らしておいででした」

今上天皇にしても、十七歳までは、そのようにして育った。明治維新で東京に移り、軍服を着て馬に乗るようになって、劇的に暮らしぶりが変わった。

そんな新しい環境で、新たに皇子として生まれ、男らしさを求められて育つことになったのは、嘉仁が初めてだった。

「それだけに、どうお育てしていいのか、周囲に混乱があったのです」

そして、とうとう嘉仁が、侍従たちの言うことを聞かなくなってしまった。頑《がん》として机に向かおうとしないし、侍従たちは、それをわがままと見なす。もはや主従の間に、埋めることのできない溝《みぞ》ができていた。

それを憂《うれ》えた天皇が、有栖川宮に相談を持ちかけ、健康管理も含めた教育掛ならばと、宮が引き受けたのだ。有栖川宮家は代々、書道や和歌の指南役を務めており、無理のない任命だった。

「教養など、興味を持たれれば、すぐに身につきます。今はまず健康になることが先です。東宮妃さまには、その、お手伝いをしていただければと存じます」

節子は小さくうなずいた。

「私にできることが、ございましたら」

真向かいに座った夫人の慰子が言う。

「東宮妃さまには、これから、ご苦労がありましょう。私は武家から嫁ぎましたので、それはそれは怖《こわ》い女官がいて、いろいろ躾《しつ》けられました」

慰子の実家は、もと加賀《かが》藩主の前田《まえだ》家であり、武家と宮家では習慣も違うために、戸惑《とまど》うことばかりだったという。

「女官は、よかれと思って、いろいろ教えてくれるのでしょうが、もう怖くて怖くて。今でも苦労しております」

慰子自身も含め、四人で笑った。

「こんなふうに口を開けて笑っているのが知れたら、また叱《しか》られてしまいます」

なおも笑い、たがいに東京を離れる気安さを満喫《まんきつ》しながら、列車の旅を楽しんだ。

夜は別車両の寝台で休み、丸一日かけて、名古屋駅に着いた。そこからは馬車で伊勢神宮《いせじんぐう》に参り、神前に結婚を報告した。

その後、奈良から京都にまわり、御所に滞在した。かつての天皇の住まいだ。

広大な空き地のただ中に、御所だけが建っていた。明治維新までは、ぎっしりと周囲に公家屋敷が建ち並んでいたという。しかし東京に都が移った後は、どこも空き家になって荒れ果て、取り壊してしまったのだ。

有栖川宮がポケットから古地図を取り出し、指をさしながら説明した。

「わが家は、禁裏のすぐ南でした。九条家は堺町御門《さかいまちごもん》の脇です」

九条家の跡地に行ってみると、ちょっとした池が残っていた。今、赤坂の屋敷にある離れは、この池の畔《ほとり》に建っていたと聞いている。節子には急に京都が身近に感じられた。

前田家の京都藩邸は、平安神宮の南側の一帯だったという。そのほかにも古地図で見ると、諸藩の屋敷跡が、いくらでもあった。

有栖川宮が長州《ちょうしゅう》藩邸跡を示して言う。

「伊藤博文《いとうひろぶみ》などは丁髷《ちょんまげ》姿で、この辺《あた》りを行き来していたのでしょう」

伊藤博文といえば初代総理大臣で、今も政府内で重きをなしている。だが当時は下級武士だったという。

「私が生まれたのは御一新の六年前、文久《ぶんきゅう》二年でした。その頃の京都は、尊皇攘夷の掛け声のもと、暗殺が横行して大荒れだったそうです」

有栖川宮の説明に、嘉仁が、しみじみと言う。

「東京で学者から教えられても、ただの文字の羅列《られつ》で、覚えるのが苦痛だったが、こうして、その場に来てみると、歴史というのは面白いものだな」

有栖川宮は満足そうにうなずいた。

「さようでございましょう。そう仰《おお》せになると思っていました」

その後、孝明《こうめい》天皇と英照《えいしょう》皇太后の御陵《ごりょう》を参拝した。どちらも泉涌寺《せんにゅうじ》という寺にあった。京都の南東の山裾だ。明治維新前は神仏分離が厳しくなく、天皇陵も寺に造られたのだ。

嘉仁は、いつもは体力がなくて、すぐに熱を出すというが、まったく疲れ知らずだった。そのため滞在予定が二日間、延長され、京都帝国大学や第三高等学校など、見学先も増やされた。

そして京都帝大の附属病院を訪問した時のことだった。院長の案内で、外科病棟を見舞った際に、若い入院患者がふたりいた。すると嘉仁が寝台に近づいて、直接、患者に聞いたのだ。

「年はいくつだ？　どこが悪い？」

ふたりとも緊張のあまり、何も応えられない。

節子は旅行に先立って、古株の女官から、軽々しく下々に声をかけてはならないと、厳しく諫《いさ》められてきた。声をかけるのなら、あらかじめ知らせておき、返事を用意させる必要があるというのだ。

嘉仁も同じように、声かけは禁じられているはずだった。そのため院長も少し驚いた様子だったが、代わりに応えた。

「この者が十四歳で、脊髄《せきずい》の病《やまい》でございます。こちらが二十二歳で、大きな火傷《やけど》を負いました」

「そうか」

嘉仁は、ふたりに向かって言った。

「きっと治るゆえ、今は辛《つら》かろうが、養生するがいい」

見る間に、ふたりの目に涙が浮かぶ。思いがけない励ましに、泣くほど感激していた。

節子は夫の心を理解した。子供の頃から病気がちだったからこそ、病人の辛さがわかるのだ。まして若い患者だけに、黙ってはいられなかったに違いなかった。

東京を離れたのが五月二十三日で、帰りは六月一日に京都駅から御召列車に乗った。新橋駅着は翌日で、十日あまりに及ぶ旅になった。

列車の窓から、外を眺めていた嘉仁が、指をさして聞いた。

「あれが田起こしだな」

見れば、馬の後ろに鋤《すき》をつなげて、田を耕している男がいた。

「なるほど、ああして土を柔らかくしてから、この後、田に水を張るのか。それから梅雨時《つゆどき》には、田植えだな」

節子は微笑ましく感じた。

「私は農家で育ちましたので、珍しくはないのですが、ご覧になるのは初めてですか」

「いや、宮城内で、祭事として稲を育てているのを、見せられたことはあるが、興味がなかったゆえ、上《うわ》の空だった」

人々が食べていくために米を作る様子は、祭事とは印象が違うという。

「それに、この時期に、列車に乗ったことは、なかったしな」

日光でも葉山でも、御用邸に行くのは夏と冬に限られており、車窓から田で人が働いているのを見るのは、初めてだという。

向かいの座席で聞いていた有栖川宮が言った。

「東宮さま、また旅をいたしましょうか」

嘉仁は身を乗り出した。

「本当か？」

「これほど東宮さまが、お元気に旅ができるとは意外でした。これからは、もっと、あちこちに参りましょう。勉強になりますし、下々も喜びましょう。帝に、ご相談申し上げてみます」

今まで嘉仁は、ほとんど東宮御所に引きこもっていたという。

「もっと旅にお出になれば、歴史や地理だけでなく、下々の暮らしまで、ご覧いただけます。これは机の上の勉強の、何倍も大事なことです」

嘉仁は、すっかり乗り気になった。

「ならば、また、この四人で参ろう。それがいい」

節子は少したためらったが、思い切って言った。

「それでしたら、いつか会津《あいづ》に連れていって、いただけないでしょうか」

すると有栖川宮は心得顔で応えた。

「すぐには無理かもしれませんが、いつか、きっと、お連れしましょう。私は兄から、九条どののお気持ちは聞いています」

有栖川宮家の先代、熾仁《たるひと》親王は官軍の総大将だった人物で、目の前の有栖川宮の兄に当たる。彼の下に各地への先鋒隊が組織され、奥州への大将となったのが、九条道孝だった。

会津での不本意な結果は、有栖川宮家の兄から弟へと伝えられたという。

「とんやれ節を、ご存じですか」

有栖川宮に聞かれて、節子は軽く手を打ちながら歌ってみせた。

「みやさん、みやさん、お馬の前に、ひらひらするのは、なんじゃいな」

「それです。その歌は長州の者が作ったのですが、宮さんというのは、ほかでもない、私の兄のことでした」

「そういえば、そうでございますね。子供の頃は意味も考えずに、歌っておりましたけれど」

「合いの手で、トコトンヤレ、トンヤレナと歌いますね。つまり長州の者たちは、まさに、とことんやるつもりだったのです」

言われてみれば、その通りだった。

「兄も九条どのと同じで、会津を攻めるつもりなど、ありませんでした。でも下についた者たちは、とことん戦争する気になっていたわけです」

先代の有栖川宮も、戦争を抑えられなかったことを、やはり深く悔いていたという。

「そもそも会津藩は、私が生まれた頃に大荒れだった京都で、幕府から治安回復を命じられ、町に秩序を取り戻したのです。そのため孝明天皇から深く信頼されていたのに、あのようなことになって、本当に哀《あわ》れなことでした」

嘉仁は黙って聞いていたが、感慨深げに言った。

「できるだけ早く、会津の者たちの汚名をそそごう。敗者の無念を世に伝えよう」

節子は心から礼を言った。

「ありがとうございます。父が、さぞ喜びましょう」

「そういえば」

有栖川宮が、ふと思い出したように言う。

「東宮さまが若い患者に、お声をかけられた病院ですが、あの場所は、たしか」

ポケットから古地図を出して調べた。

「やはり、そうです。あの辺りは御一新前には、会津の藩邸があったはずです」

節子は偶然に驚いたが、嘉仁が意外なことを言った。

「ならば、あの若い患者たちは、もしかしたら会津で戦死した者が、姿を変えて、私の前に現れたのかもしれないな。無念を訴えるために」

常識では考えられない話ではあったが、節子にも、それが本当のような気がした。

この旅で、節子が感心したことが、もう一点あった。嘉仁の漢詩だ。宮廷趣味としては和歌が必須ではあるが、嘉仁は漢詩を好み、行く先々で筆を執った。

漢詩は漢学をもとにしており、主に武士の教養だった。特に幕府は、漢学を公認の学問として推奨《すいしょう》していた。

だが幕末の頃、国学《こくがく》が盛んになった。国学は神話に始まる日本独自の歴史や文化を大事にしており、おのずから中国文化を尊重する漢学と対抗した。

国学を学ぶ者は和歌をたしなむ。そういう意味で嘉仁の漢詩は、天皇家の中では異端ではあったが、節子は夫が人並み以上の教養人であることに、誇りを感じた。

節子は料理も針仕事も得意だ。そのために赤坂の東宮御所では、新妻らしく、嘉仁の身のまわりの世話をするつもりだった。

しかし食事の支度《したく》は専門の調理人がいて、手を出せなかった。ならば、せめて嘉仁の着替えなどは、女官に任せたくはなかったが、すべて禁じられた。

禁じたのは、萬里小路幸子《までのこうじゆきこ》という六十歳を過ぎた老女官だった。節子の伯母だった英照皇太后に仕《つか》え、さらに今上天皇の皇后にも仕え、そして節子の教育掛になったのだ。

萬里小路は、垂れ下がった頰《ほほ》の間で、への字に曲がった口を、おごそかに動かして言う。

「御所のお暮らしには、朝、目覚められてから、夜、お眠りにつかれるまで、定まった手順がございます」

節子は、それを逐一《ちくいち》、叩《たた》き込まれた。萬里小路が一挙一動を見張っていて、手順を間違えると、即刻、小言が飛んでくる。

ことに入浴は、一般には考えられない方法だった。全身が入る湯船は用いず、下半身だけを湯に浸し、女官たちが、新しい湯を肩から浴びせかけ続ける。そのために体が温まらないし、落ち着けない。

嫁ぐ朝、九条家での最後の入浴も、同じ方法だった。東宮御所から女官たちが来て、世話をしたのだ。ただ、あれは特別な日だからだと、節子は思い込んでいたのだが、それが今後、ずっと続くという。

節子は信じがたい思いで、萬里小路に聞いた。

「なぜ、湯船を使わないのですか」

「帝も皇后さまも東宮さまも、皆さま、あの方法です」

体を清らかに保つために、下半身が触れた湯に、上半身が触れないように、湯を分けているのだという。節子には理不尽《りふじん》な話に思えた。

「帝や東宮さまが清らかということは、わかりますが、何も私が、そこまでしなくても」

「いいえ、東宮妃さまは東宮さまの、お体に触れます。ですから、ご夫妻が同じように、清らかでなければなりません」

節子は、かなり覚悟を決めて嫁いできたつもりだったが、もはや一生、温かい湯船に浸《つ》かれないかと思うと悄然《しょうぜん》とした。

嘉仁の旅行についても、萬里小路は傲然《ごうぜん》と言い放つ。

「東宮さまのご旅行は、たいへんけっこうなことでございます。ただ今後のご同行は、ご遠慮なされた方が、よろしゅうございましょう」

「なぜですか」

「ご旅行中に、ご懐妊《かいにん》が判明したとなれば、いかがなさるおつもりですか。乗り物に揺られて、流産でもなさったら、大切なお胤《たね》を無駄にしたと、非難を浴びるのは、あなたさまなのでございますよ。だいいち、ご夫婦といえども、男女が人目をはばからずに旅行をするなど、世間が許しません」

妻は留守を守るのが常識だという。しかし節子は入浴方法よりも、なお納得ができなかった。

「でも東宮さまが、とても楽しみにしておいでです。それに東宮さまを支えてほしいと、有栖川宮さまも仰せでしたし」

萬里小路は、ぴしゃりと打つように言った。

「有栖川宮さまを、さまづけで、お呼びしてはなりません。仰せという言葉もなりません。東宮妃さまが敬語を使う相手は、帝と皇后さま、東宮さまの、お三方だけでございます。それに」

鮫《さめ》のように鋭い目で、節子を見据えて言う。

「東宮さまを、お支えするよりも、まず、なさねばならぬお役目があります。ご皇《こう》孫《そん》を、お産みになること。それも男のお子さまを、お産みにならねばなりません」

否も応もない迫力で、なおも言い立てる。

「それは、お妃のあなたさまにしか、できぬことなのでございますよ。何のために東宮さまが、あなたさまのように丈夫なお妃を、お迎えになったとお思いですか。立派な皇子さまを、お望みだからでございましょう」

節子は返す言葉がなかった。子を産む道具としてしか期待されていないのだ。

「もしも男のお子さまが、おできにならなければ、ほかの者をご寵愛いただかなければなりません」

「でも東宮さまは、それは、お嫌だと」

「その通りです。でも東宮妃さまに、おできにならなければ、仕方ありません」

「でも、それでは西洋人に、下等な国と思われてしまいます」

「別腹のお子さままでも、東宮妃さまのご実子ということで、お育てすればよいだけのこと」

「そんなごまかしは、効きませんでしょう。それに私に子ができなければ、ほかの女の方にできるとは限りません」

「何を仰せですかッ」

萬里小路の垂れ下がったまぶたが、たちまちのうちに吊《つ》り上がった。

「では東宮さまに、お胤がないとでも？」

さすがに節子は慌てた。

「いえ、そういう意味ではありません。私は、ただ」

萬里小路は、さらに胸を張って言う。

「いずれにせよ、どなたのお腹《なか》であれ、お子さまが、お生まれになったら、ほかでお育てするのですから、だれが産んだとしても、外の者にはわかりませぬ」

またもや節子は気色《けしき》ばんだ。

「里子に出すことも、私は納得していません。東宮さまも同じです。この御殿で、親子水入らずで暮らすつもりです」

「そのような勝手は許されません。天皇家のお子さまは、御所の外で、お育てするのが、はるか昔からの習わしでございます」

「でも、御一新から後、昔の習わしが、たくさん改められたではありませんか。何もかも昔の通りにするのなら、今も帝は京都の御所の御簾の奥に、おいでのはずです」

するとと萬里小路が少しだけ、穏《おだ》やかな表情に変わった。

「たしかに変わったこともございます。でも変えるべきことと、変えてはならぬことがございます。私は御一新の前から、皇太后さまにお仕えして、変えるべきことと、守るべきことを見極めてまいりました。その経験を、恐れながら、今ここで、お伝えしている次第でございます」

なおも淀《よど》みなく語る。

「ご自身が、お産みになったお子さまを、よそにお預けになるのは、たしかに寂《さび》しいことでございましょう。でも、お手許《てもと》で育てるとなれば、躾《しつけ》が難しくなります。乳母《うば》がお預かりしたお子さまを、ご両親の前で叱れますか。無理でしょう。どうしても甘やかしてしまいます」

「でも離ればなれでは、親子の情も持てません」

すると萬里小路は、当然と言わんばかりの顔をした。

「親子の情など、持たぬ方がよろしいのです」

天皇は公《おおやけ》の存在であり、たとえ、わが子を質《しち》に取られるようなことがあっても、情に流されてはならない。だから親子の情は禁物《きんもつ》であり、そういう意味でも里子に出すのだという。

「昔から、それが正しい方法であると、わかっているからこそ、続いているのです。習わしとは理があるものなのです」

還暦《かんれき》を超えた老女官の迫力には、とうてい太刀打《たちう》ちできなかった。

萬里小路幸子については、節子は嫁ぐ前から、九条家で寿賀子に聞かされていた。

「三百年近く前のことですが、萬里小路事件というものが、ございました」

徳川家二代将軍秀忠《ひでただ》に、和子《まさこ》という末娘がいて、まだ幼い頃から、いずれは時の天皇に嫁ぐという縁談があった。決めたのは初代将軍の徳川家康《いえやす》だった。

だが和子が年頃になった頃、すでに天皇には寵愛する典侍がいて、男児が生まれていたことが発覚した。天皇は、もう大人であり、ひとりやふたり子がいたところで、何の不思議もないというのが公家の感覚だった。

しかし将軍家では、それが男児だという点を重視した。武家では長男が世継《よつ》ぎになるのが当然だからだ。

そのため天皇に典侍を寵愛するよう勧めた者たちが、都から追放された。萬里小路家は昔から後宮《こうきゅう》の責任者であり、やはり処罰を受けた。それが萬里小路事件と呼ばれた。

その後、将軍家から和子が無事に嫁いできたが、何度、男児を産んでも育たなかった。毒殺の噂もあり、結局、女児が、わずか七歳で女性天皇の座についたのだ。ほぼ八百六十年ぶりの女性天皇、明正《めいしょう》天皇だ。

その後、明正天皇は二十一歳の時に、異母弟に譲位し、徳川家の血は天皇家に入ることはなかった。

寿賀子は説明しながら、声をひそめた。

「その事件以来、萬里小路さまでは代々、将軍家に対して、しこりを残されたようでございます。だからこそ御一新前には、公武合体に猛反対なさり、倒幕を目指されたという噂がございました」

つまり萬里小路家は、九条家とは敵対する立場だったという。その萬里小路家の幸子が、教育掛につくとしたら、かなり厄介だと、寿賀子は心配していたのだ。

節子としては、そんな昔の事件が明治維新まで影響し、さらには自分の身にまで降りかかろうとは、話を聞いた時には、にわかに信じがたかった。

しかし目の前の萬里小路幸子の強面《こわもて》を見ていると、さもありなんという気になってくる。

萬里小路は、いよいよ尊大に言う。

「長旅は、ご遠慮なさるべきですが、沼津や日光の御用邸には、ご一緒なさることも、ございましょう。その際に、お気をつけいただきたいのは、万が一、駅などで、下々が近づくことがあっても、けっして、お声がけなさいませんように」

それは以前にも、釘を刺されていたことだった。

「京都では病院の患者に、東宮さまが、お声がけなさって、周囲の者が慌てたそうでございますね。お優しいお心から、お言葉をおかけになったのでしょうが、あれは本来、ならぬことです」

節子は夫のことまで口出しされては、黙っていられなかった。

「東宮さまのなさることまで、あれこれ言われる筋合いは、ございません」

「これは、差し出がましいことを申しました。ともあれ、お妃さまも重々、お心掛けくださいませ」

「なぜ下々と口を利《き》いては、ならぬのです」

「この御殿の中でさえ、下働きの者は、東宮さまや、お妃さまの御前《ごぜん》に出ぬよう、姿を隠しております。まして、お言葉がけなど」

それは厚い身分の壁だった。それでも節子は納得できなかった。

「私は、かまいません。下々の者とも、親しく話をしたいと思います」

またもや萬里小路の顔が険しくなる。

「それはなりません。次の帝をお産みになるお立場ですから、東宮妃さまは神聖でなければなりません。下々などにとって身近であってはならぬのです」

「でも西洋の王族は、もっと気軽に、お話しなさると聞いています。ならば日本でも」

「フランス革命を、お勉強なさいましたか」

突然、話題を変えられて、節子は戸惑いながら応えた。

「いちおう、女学校で」

「ならば国王のルイ十六世や、マリー・アントワネット妃が、どのような最期《さいご》を迎えたかは、ご存じでしょう。下々の前に引き出され、罵詈雑言《ばりぞうごん》を浴びせられる中で、首を刎《は》ねられたのでございますよ」

彼らが悲惨な刑死に追い込まれたのは、民衆に軽んじられた結果だという。

「ですから東宮さまご夫妻は、下々にとって手が届かぬほど遠く、気高《けだか》く、尊く、あくまでも高貴なお立場でなければ、ならぬのです」

萬里小路幸子は知識の幅も広く、とうてい節子では相手にならない。ただ口をつぐむしかなかった。


夏に日光の御用邸に出かけ、秋口に東京に戻った頃だった。節子が子を宿したことがわかり、周囲が大騒ぎになった。

「どうか、お元気なお子さまを」

だれもが拝《おが》むように言い、その後の言葉も決まっていた。

「ぜがひでも、男のお子さまを」

節子は、もしも女の子や病弱な子が生まれてしまったらと、ただただ気が重かった。それでも嘉仁だけは、いたわってくれた。

「男でも女でもいい。きみが無事でいてくれることが、何より大事だ」

難産や産後の肥立《ひだ》ちが悪くて、命を落とす産婦はいる。それを案じてくれていた。

それから、ひと月も経たないうちに、懸案《けんあん》だった嘉仁の九州行啓《ぎょうけい》が決まった。天皇の地方行幸《ぎょうこう》は、軍事目的が多かった。軍港や陸軍の基地に出向いて、調練に立ち会い、兵の士気を高めるのだ。だが今度の旅行は、有栖川宮が約束した通り、嘉仁の実地見学が目的だった。

節子は取り残されるのが、少し心細かったが、妊娠《にんしん》中では、なおさら同行は無理だった。嘉仁は十月十四日、有栖川宮とともに意気揚々と出かけていった。

そして、ほぼ一ヶ月半後に帰ってきた嘉仁は、以前よりも少し顔が、ふっくらしていた。節子に会うなり、目を輝かせて言う。

「面白かったぞ。いろいろなものを見てきた」

新橋から神戸までは、一般列車の特等車両に乗っていき、舞子《まいこ》という景勝地にある有栖川宮の別邸で、旅の疲れを癒《いや》した。それから先は軍艦《ぐんかん》に乗り、瀬戸内海を西に向かったという。上陸地は小倉《こくら》で、完成間近の八幡《やはた》製鉄所を見学した。

「すばらしい工場だった。見上げるばかりの巨大な溶鉱炉《ようこうろ》ができていた。来年には火入れをするそうだ」

日本の工業化を象徴する工場だった。

熊本では、学生たちによる寒中水泳が披露《ひろう》され、嘉仁が「さぞ、寒かろうに」と口にした。すると周囲が恐れ入って、水泳は中止になってしまったという。

「私は学生が風邪でも引きはしないかと心配したのだが、あれは失敗だった。わざわざ寒さを我慢して泳ぐものなのだそうだ」

その後、嘉仁の一行は、熊本から、いったん久留米《くるめ》まで戻り、佐賀、佐世保《させぼ》、長崎とまわった。地元の祭や学校、農作業などを各地で見学したという。

「最後に福岡に戻って、香椎《かしい》神宮の境内《けいだい》で、松茸《まつたけ》狩りをしたのだが、これが、やけに採れるのだ。松茸は、なかなか採れないと聞いていたので、妙だなと思って、よく見ると、明らかに、ほかで採ったものを、根元だけ埋めてあった」

そこで嘉仁は「どうやら松茸に足が生えて、ここまで来たようだな」と冗談半分で言った。

「するとな、神官たちが、真っ青になってしまったのだ。あれも気の毒をしたが、可笑《おか》しかった」

身振りを交えた土産話《みやげばなし》に、節子は笑い通しだった。女官たちも笑う。

「駅でも、どこでも黒山の人だかりだ。私の姿を、ひと目でも見たいと思って集まってくる。手を振ってやると、大歓声が沸《わ》く」

いかにも楽しそうに話し続ける嘉仁を、節子は微笑ましい思いで見つめた。人前に堂々と姿をさらす態度も、妻として誇らしい。たとえ一緒に旅ができなくても、夫の楽しむ姿が嬉しかった。

節子の出産が近づくと、嘉仁は沼津の御用邸に出かけた。

出産は女にとって命がけだけに、迷信が伴う。悪霊《あくりょう》が現れて、難産を引き起こしたり、胎児《たいじ》や新生児を連れ去ってしまうと、昔から信じられている。

そのため嘉仁が近くにいては、悪霊に取り憑《つ》かれかねないと、周囲が懸命に掻《か》き口説《くど》いた結果、しぶしぶ東宮御所から出て、沼津に移ったのだ。

そして四月二十九日の夕食後、節子は何となく下腹が変だなと思った。しかし下手《へた》に知らせて、騒ぎになっては困ると、ためらっているうちに、突然、痛み始めた。

九時半に医者が駆けつけた時には、もう待ったなしの状況だった。節子は経験したことのない苦しみに、懸命に耐えた。そして、わずか四十分で生まれた。

男の子だった。すぐに大きな産声《うぶごえ》が聞こえた。立ち会った者たちから、産声にも負けない歓声があがり、医者が手放しで誉《ほ》めた。

「立派なご安産でございました。ご皇孫さまに、ご負担もかけず、まことに、まことに、よきお産でございました」

節子は心底、ほっとしていた。嬉しいなどとは思えない。とにかく責任を果たせたことで、ただただ安堵《あんど》するばかりだった。

新生児は産湯《うぶゆ》を終えると、すぐに連れ去られ、別室で乳母が乳を与えた。それは、あらかじめわかっていたことではあるが、抱くこともできず、ろくに顔も見られなかった。

自分は皇孫を産む道具。そう覚悟していたものの、生まれた赤ん坊を見れば、情が湧《わ》く。母親として育てられないことが、改めて寂しかった。

翌々日の朝刊一面に、皇孫誕生の記事が大きく載り、身長五十一センチ、体重が三千グラムの大きな赤ん坊で、きわめて元気なことなどが、詳しく書かれていた。

五月五日には宮殿で、命名式が執り行われた。称号は迪宮《みちのみや》、諱《いみな》は裕仁《ひろひと》と名づけられた。

節子は産後、乳が張ってたまらなかった。高円寺村の里親を思い出す。テイは男児だった実子を失い、その哀しみを埋めるようにして、節子を引き受け、乳を与えた。しかし今の節子には実の子がいるというのに、乳を捨てるしかない。その切なさが身に染みた。

生後ひと月で、乳母が抱いて宮殿に参内《さんだい》し、天皇と初めての対面を果たした。そして七十日目には、しきたり通り、里子に出された。

かつて嘉仁は公家で育ったが、裕仁は、川村純義《かわむらすみよし》という薩摩出身の海軍中将のもとに預けられた。武家の家風で、たくましく育てたいという天皇の意向だった。

　里子の件が落ち着いた頃、萬里小路幸子が言った。

「このたびは、お手柄でございました。でも、これでご満足なさらずに、ふたりといわず、三人でも四人でも、元気な男の子さまを、お産みくださいませ」

　節子は怒りを抑えて応えた。

「わかりました。三人でも四人でも、産みましょう」

　負けてなるかという思いだった。

　そして気がつけば、はや、ふたりめを宿していた。またもや男児への期待が、否《いや》応《おう》なしに高まっていった。


　年が改まって、明治三十五年が明けた一月の末、日英同盟が結ばれた。

　節子は安定期に入り、国際情勢に興味を持つようになった。嘉仁が学んだばかりのことを、口伝《くちづ》てで教えてくれた。

「九州の八幡で、製鉄所を見たと話しただろう。あの建設資金は、日清《にっしん》戦争の賠《ばい》償《しょう》金《きん》だったそうだ」

　清国では日清戦争に負けた結果、清王朝の財政の三年分を、日本に支払ったという。

「もらったわが国では、製鉄所でも何でも造れようが、それほどの支出を強《し》いられて、清国の民《たみ》は苦労しているのではなかろうか」

漢詩や中国文化を愛する、嘉仁ならではの感想だった。

日清戦争は節子が十一歳の時だったが、一昨年にも清国で、新たな武力衝突が起きた。外国の勢力を嫌う義和団《ぎわだん》という中国人の集団が、外国人やキリスト教の教会を襲撃し、北京《ペキン》の外国公使館街を包囲するまでに至った。これに清王朝が加担し、欧米列国に宣戦布告したのだ。

そのため欧米列国が手を結び、日本も参戦して、八ケ国による連合軍が結成された。そして主に日本とロシアが出兵し、義和団の蜂起《ほうき》を鎮圧したのだ。

だが皮肉なことに、これによって日本軍とロシア軍との間で、緊張が高まることになった。日本は日清戦争に勝って以来、中国大陸北部への進出を目指している。一方、ロシアはシベリアからの南下を目論《もくろ》み、義和団鎮圧後も撤兵しようとしない。

そこにイギリスが加わった。イギリスは香港《ホンコン》を租借《そしゃく》し、上海《シャンハイ》などの都市部には租界《そかい》を持っている。実質的な植民地だ。それを守るためにロシアの南下を危険視し、共通の敵に立ち向かおうと、日本と手を組んだ。それが日英同盟だった。

明治維新以降、政府は「脱亜入欧《だつあにゅうおう》」を掛け声にしてきたが、それが実現しようとしていた。だが節子には、あえて日本が危険な道に踏み込んでいきそうにも思える。以前、父の九条道孝が言ったことを思い出す。

「今や政府は増長している。強大な幕府を倒し、大国の清国まで打ち負かし、もはや怖いものなしだ。このままいけば、とてつもない相手に戦いを挑みそうで、空恐ろしい」

今の節子には、イギリスやロシアの動きが不気味だった。

そうしているうちに、ふたたび嘉仁の旅行計画が持ち上がった。今度の行き先は東北で、当然、会津も行程に組み込まれるはずだった。

いよいよ汚名をそそぐ機会が来たかと、節子は期待した。しかし、いつの間にか行き先は、北関東と信越に変更されていた。嘉仁は節子に不満をもらした。

「政府の方から横槍が入ったらしい。まだまだ賊軍《ぞくぐん》という意識があるのだ。有栖川宮は、ずいぶん頑張ってくれたのだが。結局、今回は見送りだ。でも、いずれはかならず行く」

そして五月二十日、嘉仁は有栖川宮とともに、信越に向けて出かけていった。節子としては会津への期待が大きかったこともあり、置いていかれた寂しさが、前よりも身に染みた。

臨月《りんげつ》に入ると、小鹿島筆子が見舞いに来てくれた。筆子は、節子が東宮妃に内定した年の末に、華族女学校を退職した。娘を預けてある滝乃川《たきのがわ》学園という障害児施設を、手伝うという話は聞いていた。

しかし、せっかくフランス語の力があるのに、節子としては、もったいない気がしていた。それを察して、筆子の方から事情を打ち明けた。

「フランス語の教師は、もう私でなくても、務まる方が育っていますし」

それに比べて、障害児教育は担《にな》い手がいないという。娘の幸子は十七歳になっているが、次々と新しい子供たちが入所してくるし、自分が専念するのが、もっともいい方法だという。

「それにね」

筆子は少し恥じらいながら言った。

「滝乃川学園の校長先生が、とても素敵な方で、実は、いずれ結婚したいと思っているのです」

節子は驚いたが、すぐに祝福した。

「それは、おめでとうございます。どんな方なのですか」

「石井亮一《いしいりょういち》先生とおっしゃって、クリスチャンで、以前は立教《りっきょう》女学校の教頭をなさっていた方なのです」

アメリカまで障害児教育の視察に行っており、幸子が十歳の時から、預かってもらっているという。

「幸子も慕《した》っているのですれど、ただ」

目を伏せて、言いにくそうに続けた。

「私より六歳も年下なのです」

節子は意外な話に、いよいよ驚きはしたが、笑顔で首を横に振った。

「でも先生は、お若く見えるし、六歳くらいなら平気でしょう」

筆子は、なおも言い淀《よど》む。

「それに石井先生は初婚なの。だから私の方も、向こうのお家も、周囲は反対ばかり」

筆子は再婚だし、石井亮一には金がない。障害児教育の必要性が、いまだ認識されておらず、学園経営は火の車だという。

「でもね、障害のある子供たちを助けたいという姿が、とても素晴らしくて、私は、そこに惹《ひ》かれたの。こんな年になって、こんなことを言うのは変だけれど」

しかし節子には、それがむしろ心に染みた。幸子の美しい歌声も、耳の奥によみがえる。すると妊娠中で感受性が強くなっているせいか、自分でも思いがけないことに、涙がこぼれてしまった。

萬里小路からは、人前で感情を露《あら》わにしてはいけないと禁じられている。東宮妃が泣いたり腹を立てたりしたら、周囲の責任問題になるからだ。だが筆子の前では、こらえられなかった。

「すみません。泣いたりして」

「私こそ、ごめんなさいね。自分の話ばかりして」

そして筆子は静かに聞いた。

「私でよければ、お話しください。また、ひとりで抱《かか》えているのでしょう。話せば、ずっと楽になりますよ」

節子は少し迷ったが、何もかも打ち明けた。

「いろいろなことが、うまく進まないし、それに、お産が怖いのです。最初の時よりも」

前年、節子の姉の範子《のりこ》が、出産で命を落とした。範子は山階宮《やましなのみや》家に嫁ぎ、すでに男児をふたり産み、三人目が女児だった。しかし産後の肥立ちが悪く、出産から十日ほどで、命を落としたのだ。

宮家であるにもかかわらず、節子は葬儀にも行かせてもらえなかった。東宮妃という身分が、今さらながら恨《うら》めしかった。

以来、出産が怖くなってしまったのだ。そんな精神状態のところに、重苦しい国際関係が重なり、いっそう節子の心に影を落としていた。

「いつかは東宮さまが帝になり、恐れ多くも私が皇后になります。その時、日本が大きな戦争への道を進んでしまうのではないかと、それが恐ろしくて」

節子は指先で頬を拭った。

「こんなふうに悪いことを考えていては、お腹の子に、よくないと思えば思うほど、余計に不安になってしまうのです」

すると筆子は節子の手を取って、形のいい眉をひそめた。

「だれでも、お産の前は不安になります。それが当たり前です」

節子は首を横に振った。

「でも最初の時には、平気でしたのに」

「それは向こう見ずだっただけのことです。今のお妃さまこそが、普通なのですよ。私も娘を三人、産みましたが、ひとりめよりも、ふたりめの時の方が不安でした」

出産経験のある筆子だからこそ、言葉に重みがあった。

「それに、東宮さまが帝になられたら、けっして戦争など起きません。外国と戦争するためには、帝のお許しがなければ、ならないのですから。お優しい東宮さまが、そんなことを、お許しになるはずがないでしょう」

納得のいく慰《なぐさ》めであり、心に深く響いた。気がつけば気持ちが落ち着いていた。

しだいに泣いたことが恥ずかしくなった。

「ほら、もう大丈夫でしょう」

そう言われて、ようやく節子も微笑むことができた。すると筆子は遠慮がちに言った。

「できれば滝乃川学園に、いつか、お連れしたいわ」

「幸子さんの学校に？」

滝乃川学園は、東京の北の郊外にあるという。

「東宮妃さまともなれば、なかなか気軽には、お出かけできないでしょうけれど、ああいう子たちが一生懸命、勉強している姿は、とても励まされるものです」

「わかりました。いつか、きっと」

そんな約束をしてから、数日後の六月二十五日、節子は無事に、ふたりめを出産した。

やはり安産で、またもや元気な男の子だった。この次男は称号が淳宮《あつのみや》、諱は雍《やす》仁《ひと》と名づけられた。

節子は、この次男にこそ、九条道孝の夢を託そうと考えた。先々は会津の血を引く姫を、妻に迎えるのだ。その決意を密《ひそ》かに御印《おしるし》に込めた。

御印とは、天皇家で、ひとりひとりが持つ徽章《きしょう》だ。身のまわり品の柄などに用い、節子自身は藤だ。長男の裕仁は若竹にしたが、今度の次男は若松に定めた。会津若松の地名に、ちなんだのだ。

兄弟で若の文字を使ったのだが、本来、松竹梅の順を重んじるなら、長男が若松で、次男が若竹であるべきだ。だが長男に会津から妻を迎えるのは、さすがに無理であり、だからこそ長男が竹で、次男が松でなければならなかった。

雍仁は松の柄の産着《うぶぎ》にくるまれ、天皇との面会を経て、七十日目に、長男の裕仁と同じく、川村純義のもとに引き取られていった。


翌年、嘉仁が肩を落として、節子に言った。

「有栖川宮が辞めるかもしれない」

節子は驚いた。

「なぜですの？」

「いろいろ批判があるのだ」

有栖川宮は東宮の教育掛になって以来、それまでの詰め込み勉強一点張りの侍従たちを一掃《いっそう》した。だが、その分、敵も作った。

さらに前の北関東と信越の旅の時から、嘉仁は時おり単独行動を取るようになった。早朝に、こっそり宿舎を出て、ひとりで散歩を楽しんだり、予定の行程から外れて、人力車を走らせたりした。

最初は、会津に行かれなかった不満から、いたずら心が生じたのだが、嘉仁を知る者がいない場で、のびのびと行動するのは、何よりの楽しみとなった。

有栖川宮は黙認していたが、それが批判を招いた。地元の警察が血眼《ちまなこ》になって捜《さが》したり、人力車夫が叱責《しっせき》されたりで、混乱を招いたというのだ。

そして、とうとう六月中旬になると、有栖川宮自身が、嘉仁と節子に暇乞《いとまご》いに来た。

「近々、帝に辞任のお許しをいただこうと思っています。もっと長く、お仕えしたかったのですが、いろいろと事情がありまして」

有栖川宮は、はっきりとは言わなかったが、嘉仁のわがままを放任していると、圧力がかかっているのは明白だった。

「東宮さまは、もう二十五歳ですし、お妃さまは二十歳におなりです。元気なご皇孫が、おふた方も、お生まれになりましたし、これからは、どうか、ご夫妻で力を合わせて、ご自身の思う方向に、自信を持って、お進みください」

有栖川宮が教育掛になった目的は、嘉仁の健康回復だった。その点は節子と結婚して以来、長い旅程もこなせるようになったし、自信をつけている。だから当初の目的は達成できていた。

「私がおりませんでも、侍従たちは今までと変わらず、お仕えさせていただきますので、ご案じ召されますな」

以前の勉強一辺倒の侍従たちが、復活する心配はないという。

節子としては一生、有栖川宮が側近を務めてくれるものと信じていただけに、戸惑うばかりだが、仕方ないことだった。

それどころか、今まで、どれほど楯《たて》になってくれたかと思うと、おのずと頭が下がる。もはや嘉仁にも、引き止めることはできず、有栖川宮は東宮御所を去った。

節子は、有栖川宮がついていかないのならと、予定されていた和歌山瀬戸内海の行啓への同行を望んだ。九州と北関東信越は、どちらも妊娠中で無理だったが、今回は身軽だけに、一緒に出かけたかった。だが同行しないという形で、すでに前例ができてしまっており、今度も取り残された。

嘉仁は十月六日に出発し、三十日に東京に戻ってきて言った。

「今度は警戒、警戒で、なかなか下々に近づく機会がなかったが、それでも年寄りや子供に、声をかけるくらいはできた。彼らが喜んでくれる顔を見るのは、何より心が癒される」

翌明治三十七年二月、節子が恐れていたことが起きた。日露戦争の勃発《ぼっぱつ》だ。

政府は天皇や東宮の神格化を、いっそう推《お》し進め、天皇の名のもとに、兵士たちを戦いに駆り立てる。そのために東宮の下々に対する気さくさを嫌ったのだ。

嘉仁は天皇に対し、出征願いを出した。戦場は朝鮮半島から、その北部に広がる満州だ。みずから総督となって現地に赴《おもむ》き、外交交渉による早期終戦を目指そうとしたのだ。

有栖川宮の手を離れて、さらに自分で積極的に行動したかったのだが、許可は下りなかった。嘉仁は寂しそうにつぶやいた。

「結局、帝は、私を信用なさらないのだな」

思い切った申し出も、かえって、わがままと見なされてしまった。

例年の行啓計画もなくなった。その代わり、十一月三日の天長節《てんちょうせつ》に、青山練兵場での観兵式に、嘉仁は天皇のかたわらで初めて参列した。

その日、嘉仁が東宮御所に帰ってくると、節子はたずねた。

「今日は何か、お言葉は、ございましたか」

嘉仁は軍服を脱ぎながら、首を横に振った。

「いつもの通りだ。ああとか、そうとか」

節子は嫁いで四年になるが、やはり天皇と親しく会話したことは、ほとんどない。年間二十回に及ぶ祭祀《さいし》が、吹上の賢所で行われ、そのたびに会食も催《もよお》される。それでも交わす言葉は多くはない。

天皇は糖尿病《とうにようびよう》の持病があり、今や階段の昇り降りにも苦労するほどだ。そのせいで、口数が少ないのかとも思っていた。

一方、皇后は気さくな人柄で、節子が機嫌伺いに出かけると、喜んで迎えてくれる。そして天皇の無口の理由を話した。

「お若い頃には、どなたとでもよくお話しになったけれど、今はご病気もあるし、しだいに感情を外にお出しにならなくなってしまったの。特に東宮や、あなたには、お親しくなさらないわね。親子の情を持ってはならないと、子供の頃から言い聞かされて、お育ちになったからでしょうね」

それでも政府高官や軍人に対しては、はっきり意見を伝えるという。

「でもね、あなたが元気な皇孫を産んでくれたことを、とても、お喜びなのですよ。ただ立場上、お礼は口になさらないの」

嘉仁とは正反対の親子だった。そのために、いよいよ関わりが希薄になってしまうらしい。

嘉仁は、父子の溝が埋められない苛立《いらだ》ちを振り払うかのように、乗馬に熱を入れた。東宮御所の一角には馬場と馬房《ばぼう》がある。毎日のように愛馬を引き出し、風を切って走らせる。

節子は柵《さく》の外で、人馬一体となった美しい姿を見つめた。かつて病気がちだったということが嘘《うそ》のように、嘉仁は健康を取り戻していた。

その夏、節子は三度目の妊娠が確定した。そして萬里小路に訴えた。

「この子が、もし女の子だったら、手元で育てるわけには、いかないでしょうか」

萬里小路は深く皺《しわ》の刻まれた首を、きっぱりと横に振った。

「男女かかわらず、お手元でお育てになるのは、かなわぬことです」

「でも、そろそろ子供たちが、こちらに帰って来る時期です。ならば次の子も」

来年には、長男の裕仁が五歳になり、東宮御所の別棟として皇孫御殿を建てて、次男の雍仁とともに迎えようという話が進んでいる。

だが萬里小路は、なおも首を横に振った。

「それは、まだ決定ではありません。今ここで、お三人目を、お手元でなどと仰せになれば、お子さま方のお帰りが遠のきましょう」

節子と萬里小路は、以前ほどは、ぶつからなくなった。有栖川宮が嘉仁の楯になってくれていたように、萬里小路も外からの風当たりを懸念して、節子に苦言を呈《てい》すのだと、理解できるようになっている。それでも産んでも産んでも、自分で育てられないのは空《むな》しかった。

そんな会話からほどなくして、裕仁たちの里親、川村純義が六十九歳で亡くなった。川村家からは、皇孫をお返ししたいと申し出があったが、それでもなお、子供たちが戻ってくる時期は決まらなかった。

そして翌明治三十八年が明けて間もない一月三日、節子は無事に三人目の皇孫を産んだ。またもや男児だった。三人も続けて男とは、もはや節子の大手柄として、大騒ぎになった。今度は称号が光宮《てるのみや》、諱は宣仁《のぶひと》、御印は若梅と決まった。

沼津の御用邸から帰ってきた嘉仁も、目を細めた。

「たいしたものだ。男ばかり三人もとは」

節子は首を横に振った。

「いいえ、男女、どちらが授かるかは、私の力ではございません」

だが嘉仁は笑って言う。

「自分の手柄だと、胸を張っていればいいさ。その方が、言いたいことも言える」

それから節子は、もういちど萬里小路に確認した。

「今度の子も、やはり里子に出されるのですか」

今も抱かせてもらえず、別の部屋で育てられている。このままでは恒例《こうれい》通り、七十日目に、どこかに里子に出されそうだった。案の定、萬里小路は厳しい口調《くちょう》で応えた。

「当然です」

また気がふさぐ。産後の肥立ちは、いつも通り順調だったが、夜になると、いろいろなことが気にかかり、寝つきが悪かった。

その冬は全国的に雪が多かったが、ちょうど床上《とこあ》げの翌朝、一月二十五日に、東京でも大雪が降り積もった。東宮は避寒のために沼津に出かけており、侍従たちも、あらかた留守だった。

その日、たまたま節子は、萬里小路が新しい女官を叱っている場に出くわした。新しい女官とは鍋島信子《なべしまのぶこ》といい、実家は旧佐賀藩主で、華族女学校の後輩だった。すでに外交官と婚約が整っており、海外へ出る前の社会勉強として、短期間の予定で女官を務めている。婚約相手は松平恆雄《まつだいらつねお》といって、実は旧会津藩主の六男だと聞き、節子は目をかけていた。

それが萬里小路に叱られて泣いていたのだ。萬里小路は節子だけでなく、若い女官たちにも厳しく、恐れられる存在だった。

節子は無性に腹が立った。理由は何であれ、自分が目をかけている女官であり、まして三男の里子の件も重なって、もはや我慢の限界を感じた。

萬里小路がいなくなってから、まだ眼を赤くしている信子に、小声で命じた。

「乗馬靴《じょうばぐつ》を持ってきて。ほかの人にも手伝ってもらって、侍従たちのものも、全部、中庭の出入り口に集めなさい。萬里小路に気づかれないようにね」

節子は嘉仁の勧めで、乗馬を楽しんだことがあった。だが萬里小路が禁じた。もしも妊娠初期に気づかずに、馬上で揺れたら、流産するというのだ。

それでも乗馬用の丈《たけ》の長い革靴は持っている。そのほかに男性用の乗馬靴も、持って来させた。すべて揃うと、信子や若い女官たちに命じた。

「なるべく暖かい格好をしなさい。革の手袋もね。今から雪だるまを作るから」

若い女官ばかり六、七人が集まったが、だれもが驚いて目を丸くしている。

「雪だるま、作ったことないの？」

節子が聞くと、女官たちは顔を見合わせて、心許《こころもと》なげに言う。

「兄や弟たちが作っているのを、見たことはありますが」

「じゃあ、初めてね。一緒に作りましょう」

節子は率先して外套《がいとう》を着込み、襟巻《えりま》きや毛糸の靴下、それに革の手袋まではめて、乗馬靴を履《は》き、胸を張って裏庭に出た。

女官たちは寒そうに肩を縮こませながら、後に続く。もう雪は上がっており、裏庭は一面の銀世界だ。

「まず小さな雪玉を、それぞれが作るのよ。それを、ひとつに固めて、大きくしてから、雪の上を転がすの」

雪だるま作りは、高円寺村でも赤坂の九条家でも、何度か経験がある。

小さな雪玉が集められて、ひとつになり、それを転がし始めた。女官たちも白い息を吐《は》きながら、力を合わせて転がす。手足はかじかむものの、だんだん体全体が温まってきた。

ひとりが足を滑《すべ》らせて、悲鳴をあげて転び、それで大笑いになった。本人も笑って立ち上がる。女学生どころか、小学生のような騒ぎだ。さっきまで嫌々だった女官たちが、目を輝かせていた。

あらかた胴《どう》の部分ができると、二手に分かれて、片方の組が頭を作り始めた。別の組は、目や鼻の材料を探しに、建物に駆け込んだ。

そして頭の雪玉が充分に大きくなった頃には、別組が石炭桶《せきたんおけ》や箒《ほうき》を持ち、白い息を弾《はず》ませて駆け戻ってきた。

全員で力を合わせて、頭を胴の上に載せる。何度も滑り落ちては、下敷きになる者もいて、そのたびに大笑いになった。

そして、とうとう頭が定位置に載った。石炭を目の位置に埋め込み、薪《まき》で鼻と口を作り、箒を持たせて、仕上げに石炭桶を頭にかぶせて帽子《ぼうし》にした。

「できたあ」

節子も女官たちも大歓声をあげた。

その時だった。御殿の出入り口から怒声が聞こえた。

「なあにを、しておいでですかあッ」

萬里小路だった。

「この雪の中、若い娘が足腰を冷やして、いいとでも思っているのですかッ」

鬼のような表情で、スカートの裾をたくし上げ、こちらに向かって大股で近づいてくる。女官たちは恐怖で立ちすくんでいた。

だが節子は小声で命じた。

「急いで雪玉を作ってちょうだい。雪合戦よ」

しゃがんで、手の中で雪玉を固めてから、立ち上がりざまに大声で告げた。

「敵だああッ。やっつけろおおッ」

次の瞬間、駆け出して、萬里小路に向かって雪玉を、力いっぱい投げつけた。女官たちが後に続き、われもわれもと雪玉を投げる。

萬里小路は思わぬ反撃に驚き、慌てて御殿に引き返した。ドレスの背中にも頭にも、雪玉がぶつかる。

萬里小路が御殿に逃げ込むと、節子たちは手を打って笑った。それから敵味方に分かれて、ひとしきり雪合戦を楽しんでから、ようやく室内に戻った。

ストーブに盛大に石炭をくべて、大きなたらいに湯を張った。気の利く女官が、甘い生姜湯《しょうがゆ》を作って、全員に振る舞う。

ストーブを囲んで、たらいに足を浸《ひた》し、生姜湯の湯気に息を吹きかけて冷ましながら、すすった。

「ああ、暖かい。人心地《ひとごこち》ついたわね」

節子が言うと、信子や、ほかの女官たちも、穏やかな笑顔で口々に言う。

「最初は寒かったけれど、本当に楽しゅうございました」

「雪だるまもですが、何より萬里小路さまが」

「そうそう、あの逃げっぷり」

「大慌てなさって」

声を殺して笑った。

その時、背後のドアの取っ手が、カチャリと音を立てた。一瞬で女官たちの笑顔が凍《こお》りつく。節子が振り向くと、萬里小路が冷ややかな表情で立っていた。

「みなさん、応接室に、おいでなさい」

節子は、たらいの中で立ち上がった。

「お説教でしたら、私ひとりで聞きます。ほかの者は、私に従っただけですから」

手ぬぐいで足を拭《ふ》くと、手早くスリッパを履いた。そして女官たちが心配そうに見送る中、萬里小路の後をついて、応接室に向かった。

節子が先に部屋に入った。煉瓦《れんが》づくりの暖炉に火が入り、薪が燃えている。ゴブラン織りのひとりがけ椅子に座ると、萬里小路は後ろ手でドアを閉め、向かい側の椅子に腰かけた。そして、いつも通りの口調で話し始めた。

「今年、二十二歳に、おなりでしたね」

「その通りです」

「女官たちも十九か、二十歳《はたち》か。そのくらいの年齢でございましょう」

「そうですね」

「そのような若い娘が足腰を冷やして、子が産めなくなったら、どうなさるおつもりです？」

節子は胸を張って言い返した。

「農家の娘たちは、冬は雪の中を駆けまわり、女房たちは、お産の後、三、四日もすれば、冷たい水で洗濯をします。それでも子だくさんです。雪遊びをしたくらいで、子が授からなくなることなど、ありません」

萬里小路は厳しい口調で言う。

「そのような女たちと、こちらの女官たちとでは、生まれ育ちが違います。それよりも、ご自身のことです。先日、お床上げが、お済みになったばかりではございませんか」

「私こそ雪遊びくらい、何でもありません。お望みでしたら、四人でも五人でも、産んで差し上げましょう」

　萬里小路は冷ややかに応えた。

「それは頼もしいことですね」

「六人でも七人でも、八人でも九人でも十人だって、産んでみせようではありませんか」

　次第に声が高まる。

「それを片端から、連れて行けばいいでしょう。私には、ひとりも抱かせずに」

　涙がひと筋、流れた。今まで萬里小路の前では、どんなに叱られても、どんなに悔しくても、涙を見せたことはない。だが、この日ばかりはこらえきれなかった。

　手早く指先で頬を拭って言った。

「私だって、鬱憤《うっぷん》ばらしが必要です。笑ったり泣いたりしたい。なのに、それさえも禁じられて、もう頭が変になりそうです」

　その時、勢いよくドアが開いた。真鍮《しんちゅう》の取っ手を握っていたのは信子だった。その後ろに、さっきの女官たちが勢揃いしている。全員、泣き顔だった。

　信子が部屋に飛び込み、絨毯《じゅうたん》の上に正座するなり、両手を前について深々と頭を下げた。

「お許しください。お妃さまは、私が萬里小路さまに叱られたのをご覧になって、可哀想《かわいそう》にと思ってくださったのです。それで気晴らしに、外に連れ出してくださったのです」

後ろの女官たちも、雪崩《なだれ》を打ったように部屋に入って、絨毯に座り込んだ。そして次々と頭を下げて、涙声で訴える。

「お妃さまを、お叱りにならないでください。ご皇孫を三人も、お産みになって、お手柄と言われながらも、何のご褒美《ほうび》もないのです。おひとりくらい、抱かせて差し上げてくださいませ」

「そうです。あまりに惨《むご》いではございませんか。次々と連れ去られて」

萬里小路は、もはや何も言わなかった。暖炉の薪が、ぱちぱちと音を立てて燃える。

下がった口の端を、なお、への字に曲げて、いつにも増して怒ったような顔をしていたが、唐突《とうとつ》に立ち上がった。そして黙ったまま、部屋から出て行った。

節子も女官たちも、しばらく泣いていたが、何も言わない萬里小路が、いっそう不気味だった。

それから数日後、信子が、実家から聞き及んできた話を伝えた。

「皇孫御殿のことは、政府の中に、まだ時期が早いと仰せの方が、おいでのようです」

要するに嘉仁が気ままなので、子供たちは東宮御所から引き離しておけという意見があるという。子供たちに悪影響があると困るというのだ。建設途中の皇孫御殿など、空き家にしておけばいいという。予想以上に逆風が強いことを、節子は初めて知った。

だが三月に入ると、萬里小路が意外なことを言った。裕仁たちが里親の川村家から戻ってくるというのだ。節子は思わず腰を浮かした。

「それは本当ですか」

「本当です」

三男の宣仁も里子ではなく、乳母がついて、東宮御殿で育てていいという。いよいよ嬉しい話だった。

しかし萬里小路は、さらに意外なことを言った。

「長らくお世話になりましたが、これを機に、お暇《ひま》をいただくことにいたします」

節子は耳を疑った。

「暇を？　辞めるのですか」

「もう、帝のお許しはいただきました。私も年ですし」

節子が十七歳で嫁いできた時に、すでに還暦を過ぎていた。五年経った今は、六十代も後半になっているはずだった。

「でも、なぜ急に？　もしかして」

恐る恐る聞いた。

「あの雪合戦の、せいですか」

萬里小路は、かすかに苦笑した。

「そうですね。それまでも考えておりましたが、あれで決めました」

「それは困ります。あれは、ただの悪ふざけです」

さすがに節子は慌てた。

「あの時のことは謝りますから、あれで辞めるなどとは」

しかし萬里小路は首を横に振った。

「東宮妃さまは、お仕えする者に、謝ってはなりません」

それ以前に、謝るようなことは、してはならないと、常々、言われている。

「何も雪をぶつけられたから、へそを曲げたわけではございません。ただ、あの時の若い女官たちの態度を見て、私は役目を終えたと感じました。東宮妃さまが、あれほど慕われておいででしたら、それでよいのです。私の役目は、下の者たちに愛されるお妃さまを、お育てすることでした」

役目は達成されたのだという。

「有栖川宮さまも辞められましたし、ご皇孫を、お三方も産んでいただきました。いつでも立派な皇后さまに、おなりいただけます。どうか、これからは東宮さまとおふたりで、ご自身のお考えで、お進みください」

節子は萬里小路の決意が、揺るぎないことを知った。

「本当に辞めるのですね」

「はい」

「ひとつだけ、教えてください」

改めて聞いた。

「子供たちが帰ってくるのは、あなたが働きかけてくれた結果ですか」

「いいえ、私ができることなど、何もございません。大勢の者が力を尽くしたのです」

「でも、あなたが外に伝えなかったら、大勢が手を貸すこともできなかったでしょう。政府内には反対があったと聞いています。もし、そうだとしたら」

節子は、ひと息ついてから続けた。

「礼を言います。ありがとう」

すると萬里小路は、また口の端をへの字に曲げて、怒ったような顔になった。たるんだ下まぶたの際《きわ》に、わずかに涙が溜《た》まっている。節子は初めて気づいた。この怒ったような顔が、彼女の泣き顔なのだと。

萬里小路は洟《はな》をすすって言った。

「長らく、お世話になりました。心残りは、何ひとつ、ございません。幾久《いくひさ》しゅう、ごきげんよう」

そして部屋から出ていった。

ドアが閉まるなり、節子は泣いた。あれほど嫌いだったのに、なぜ涙が出るのか。辞めるなどと聞けば、大喜びするはずだったのに。

萬里小路は、節子が恥をかかないように、下の者たちから後ろ指をさされないようにと、そんな配慮《はいりょ》から、あえて嫌われ役を引き受けてきたのだ。

これから節子は自分の考えで行動する。その分、風当たりも強くなる。世の中の動きについても、自分で勉強しなければならない。だが、それでも大丈夫だと判断したからこそ、萬里小路は身を引いたのだ。その思いがわかるだけに、涙が止まらなかった。

春のうららかな日に、裕仁と雍仁の幼い兄弟が、里親を務めてきた川村純義の妻、春子《はるこ》に連れられて、東宮御所に帰ってきた。

裕仁が五歳で、雍仁が四歳だが、弟の方が発育がよく、背格好は変わらない。揃いの濃紺《のうこん》のセーラー服に、半ズボンという姿が愛らしかった。

しかし、ふたりとも春子の後ろに隠れてしまい、前に出て来たがらない。節子は、自分が初めて九条家に戻された時を思い出し、無理には呼び寄せなかった。ただ嘉仁は気軽に自分から近づき、頭を撫でたり、話しかけたりする。

皇孫御殿は別棟として新築されている。そこに、しばらく春子に滞在してもらい、少し慣れさせることにした。

翌日から嘉仁は張り切って、皇孫御殿に出向き、子供たちと遊んだ。一緒に愛馬に乗せてやったり、鬼ごっこをしたり、父子で大はしゃぎで、すぐに仲よくなった。

特に次男の雍仁は活発で人なつこく、節子にも近づいて、抱っこをせがむ。節子は抱き上げはしたものの、慣れないことで、落としはしまいかと気が気ではない。すぐに下ろしてしまった。雍仁も窮屈《きゅうくつ》だったらしく、下りたとたんに走り去ってしまう。

節子は少し情けなかった。あれほど、わが子を抱きたいと願っていたのに、いざとなると、あやすこともできないのだ。裕仁に至っては近づいてもこない。

だが一緒に日光の御用邸に滞在した際に、歩み寄りの機会が訪れた。親子で敷地内を散歩中に、裕仁が雑草を指さして言ったのだ。

「これはヒメジョオン、こっちはモリアザミ」

花が咲いていないものでも、葉の色や形で見分けがつくらしい。

「それはハルノノゲシで、これはボタンヅル」

「裕仁は、よく知っているのね」

節子が誉《ほ》めると、珍しく得意そうな顔をした。

「みんな、名前があるんです。雑草ではありません」

雑草と呼んで引き抜いてしまうのは、可哀想だという。

「裕仁は、お花の博士のようですね」

すると初めて笑顔を見せた。

「僕、大人になったら、そういう博士になりたいです」

以来、毎日、散歩をして、新しい草花を見つけると、一緒に図鑑《ずかん》で確かめた。少しずつ母子の溝が埋まっていくようで、節子は、とても嬉しかった。

だが次に御用邸に行った時には、裕仁は、草花に目を向けなくなってしまった。

理由を聞いても応えない。代わりに弟の雍仁が口をとがらせた。

「男はね、花なんか、駄目なんだよ」

すると裕仁が珍しく、むきになった。

「違うッ」

兄弟喧嘩《げんか》になりそうなのを、節子は止めて聞いた。

「花の名前を覚えたらいけないって、だれかに言われたの？」

しかし裕仁は口を閉ざして応えない。おそらくは、花など女々《めめ》しいと、だれかに言われたに違いなかった。

節子は残念に思った。大人たちが雑草と呼ぶ草花を、裕仁は愛《め》でる。だが周囲としては、男の子には草花より、軍艦の名前でも覚えさせたいに違いなかった。

せっかくの共通の話題がなくなって、また母子の会話が成り立たなくなった。

御用邸から東京に戻ると、嘉仁が外出を勧めた。

「子供も三人も生まれたし、そろそろ、どこかに出かけてみたら、どうかな？　たとえば華族女学校でも。きみが行けば、みんな喜ぶだろう」

節子が皇后に相談すると、大賛成してもらえた。帝の許可も得て、七月に華族女学校に出かけた。懐かしい母校をひとまわりし、夏休み前の授業風景も見た。ただ筆子がいないことが寂しかった。

続いて東京蚕業《さんぎょう》講習所という養蚕《ようさん》の学校にも出かけることにした。幕末の貿易開始以来、養蚕は国家事業として奨励《しょうれい》されている。絹糸は外貨獲得のための重要な輸出品だった。

高円寺村では藍玉《あいだま》の生産が盛んで、養蚕は片手間ではあったが、それでも節子にも経験がないわけではない。

それに皇后も、みずから社会の手本となるべく、宮城内に小屋を建てて、養蚕を試みている。以前から節子は、蚕《かいこ》を飼う季節になると、よく手伝いに出向いていた。

自分も東宮御所で育ててみたいと考え、華族女学校に続く視察先を、東京蚕業講習所に決めたのだ。

場所は、東京の北に位置する西ヶ原《にしがはら》だと聞き、地図で確かめていたところ、すぐ近くに滝野川という見覚えのある地名があった。筆子から来た手紙の住所を、急いで調べると、はたして西ヶ原の隣村だった。

あれから筆子は、滝乃川学園の学園長を務める石井亮一と結ばれた。周囲の反対を説き伏せての結婚だった。いつか来てほしいとは言われていたが、まだ実現できていない。

養蚕の視察と一緒に行っていいかと、嘉仁に相談すると賛成してくれた。だが帝に許可を得る前に、侍従たちが渋い顔をした。養蚕は国家事業だからかまわないが、障害児教育の必要性は、いまだ社会に認知されておらず、公式に行くべきではないというのだ。

特に滝乃川学園が、キリスト教の教義に則《のっと》って運営されていることも、神道《しんとう》の観点から問題視された。それでも節子は行ってみたくて、筆子に連絡し、内々の訪問ということで出かけた。

東京蚕業講習所は、とても興味深かった。養蚕の試験場も兼ねており、蚕だけでなく、桑の木も何種類も植えて、育てやすく病気に強い品種を探っていた。その結果を受講生に教えて、よりよい養蚕方法を広めているのだ。

節子が蚕を手に載せて撫でると、だれもが驚いたが、笑って応えた。

「お蚕さんを触《さわ》れなければ、絹物を着る資格が、ありませんでしょう」

特に小石丸《こいしまる》という日本の古来種を譲り受け、東宮御所で育てることにした。

そして講習所の視察を終えると、そのまま馬車を預け、わずかな従者だけで、滝乃川学園まで歩いていった。

筆子は満面の笑顔で迎えてくれた。もしかして面《おも》やつれしているかと案じていたが、以前よりも生き生きとしていた。

夫となった石井亮一は、筆子が惹かれた相手だけあって、目元が優しげな好男子だった。

「よく、おいでくださいました」

石井は手を胸元に当てて、西洋式に挨拶する。

学園の職員や生徒たちには、節子の名前も身分も伝えていない。それでかえって、子供たちの自然な姿を見ることができた。

幸子とは麻布の屋敷で会って以来、六年ぶりの再会だったが、よく顔を覚えており、大喜びでつきまとった。節子には、それが愛しかった。

石井亮一は立教女学校の教頭当時、孤児となった少女たちを引き取って、この場所で教育を始めたという。身寄りのない少女たちを放っておけば、遊郭《ゆうかく》に売られてしまうからだ。

少女たちに読み書きをはじめ、針仕事や工芸を教えて、自立できるようにしてから、世の中に送り出した。そういった少女の中に、たまたま知的障害児がいたことから、その方面にも着手し、筆子の娘を預かるようになったという。

筆子は微笑んで言う。

「本当は、どこの学校でも、幸子のような子供と、普通の子供たちとが一緒に学べればいいのだけれど。でも、ここなら苛《いじ》められることもないし、お友達もできるし」

節子は教室の隅に、ピアノがあることに気づいた。かつて麻布の筆子の家にあった天使のピアノだ。

「先生、何か、お弾《ひ》きになって。また幸子さんや子供たちの歌も、聞かせていただきたいわ」

　しかし筆子は首を横に振った。

「でも賛美歌しか教えていないので。残念ですけれど」

以前ならともかく、今はキリスト教の歌など聞かせたことが、万一わかったら、節子の立場が悪くなるというのだ。

「かまいません。ぜひ」

なおも筆子がためらっていると、幸子が、また美しい声で歌い始めた。周囲の子供たちも、次々と後に続く。石井も歌った。

とうとう筆子はピアノの蓋《ふた》を開けて、鍵盤《けんばん》を弾き始めた。ピアノと子供たちの歌声が一体になって、教室に響いた。

節子は今度も深い感動を覚えた。幸子だけでなく、どの子も天使のように見えた。

放っておけば、セキのように苛められ通しで、生きていかねばならない子供たちだ。でも、ここでは石井亮一と筆子のおかげで、救われている。

ふたりにしてみれば、並大抵《なみたいてい》の苦労ではない。いったん子供たちを引き受けたからには、途中で放り出すこともできない。夫婦は強い意志で、あえて険しい山に挑んでいた。

節子は自分も東宮妃として、そして、いつかは皇后として、弱い者にこそ目を向けたいと思った。筆子が、ここに呼びたがった理由も理解できる。自分も頑張ろうという気になるのだ。

会津の名誉回復も、まだまだ遠い。うまくいかないことは山ほどあるけれど、健康な男児を三人も授かったのだから、もっと前向きに、強く生きようと決意した。

4章　大正浪漫

明治四十五年、節子《さだこ》が二十九歳になった五月下旬のことだった。夕方になって嘉仁《よしひと》がつぶやいた。

「なんだか、だるいんだ。頭も痛い」

額《ひたい》に手を当てると、少し熱っぽかった。すぐに床《とこ》につかせて侍医《じい》を呼んだが、旅の疲れが出たのだろうという診断だった。節子は珍しいことだと感じた。

あれから嘉仁は精力的に全国をまわった。北は北海道から南は鹿児島まで、各県いちどは出かけており、この三月には山梨を訪問して、残るは沖縄だけになった。

嘉仁は訪問に際して、万事簡略にと望んだが、行啓《ぎょうけい》が決まると、訪問先には国の費用が投入され、道路が整備されて、電気が通る。そのために各県が競い合って、来訪の順番を待っている状態だった。

行啓の後に、各地から新聞が送られてくる。嘉仁の写真が掲載され、時に地元の人々と親しく交流する記事が載《の》っている。東宮《とうぐう》の人気のほどがうかがえ、節子は、それを読みながら、夫から土産話《みやげばなし》を聞くのが楽しみだった。

今年は山梨県から帰って、すぐに滋賀県と三重県に軍事演習の視察に出かけた。そして五月上旬には東宮御所《ごしょ》に帰り、子供たちも大喜びで迎えた。今や裕仁《ひろひと》は十二歳、雍仁《やすひと》は十一歳、そして三男の宣仁《のぶひと》も八歳になった。

ただ何分にも山梨、滋賀、三重と続けざまの旅行だったために、たしかに疲れが出たのかもしれなかった。それでも十日ほどで元気になった。

しかし梅雨《つゆ》に入ると、また頭痛が起き、微熱が出た。節子は手ぬぐいを水桶《みずおけ》で絞って、夫の額に当てて言った。

「今年は早めに日光に参りましょう」

御用邸での静養は、嘉仁も節子も何より楽しみにしている。子供たちと、ひとつ屋根の下で過ごせる貴重な時間だった。だが出かけるにも熱が下がらなくては、どうにもならない。

そうこうしているうちに七月に入った。節子は嘉仁の寝間着《ねまき》を着替えさせていて、ぎょっとした。胸元に赤い出来物が見つかったのだ。見れば、脇の下にも、もうひとつ発疹《はっしん》がある。

もしかして疱瘡《ほうそう》ではないかと総毛《そうけ》立った。嘉仁の祖父に当たる孝明《こうめい》天皇は、疱瘡で亡くなったとされている。だが嘉仁の腕には、種痘《しゅとう》の跡がある。予防接種しているのは間違いないが、免疫《めんえき》がつかない場合もある。

波多野敬直《はたのよしなお》という東宮大夫《だいぶ》が、節子の身を案じて、看護婦をつけるように勧めた。

「このようなことを申し上げるのも、はなはだ失礼かとは存じますが、もしも、お子さまが、おできになっていたら、取り返しのつかないことになります」

波多野は嘉仁からの信頼も厚い侍従《じじゅう》だ。貴族院議員で、すでに司法大臣の経験もある。優しげな顔立ちで、細やかな心づかいができる人物だ。

しかし節子は首を横に振った。今のところ妊娠の可能性はないし、種痘は子供の頃に済ませてある。

翌日になると、嘉仁の発疹は全身に広がっていた。節子は枕元につききりで看病し、懸命に回復を祈った。

そして侍医の診断が下った。疱瘡ではなく水痘《すいとう》だという。節子は、ほっとした。水痘は主に子供がかかる流行病《はやりやまい》で、節子も小学校入学前にかかっている。ただ非常に軽く、一日、熱を出しただけで、翌日から元気に飛び跳ねていた。

しかし大人になってから罹患《りかん》すると、重くなることが多いという。肺炎なども併《へい》発《はっ》すると重態になりかねないと、侍医に釘を刺されて、また青くなった。

その後も看病を続けた。子供なら重くても一週間で瘡蓋《かさぶた》が乾くところ、次々と新しい発疹ができて、いつまでも治らない。嘉仁は気だるげに訴えた。

「私は不安でならない。きみと結婚する前のように、戻ってしまわないだろうか」

このまま、また病気がちになってしまわないか、心配でたまらないという。節子は夫の手を取って励《はげ》ました。

「戻ったりはいたしません。私が一緒に、おりますもの」

嘉仁は小さくうなずいた。


梅雨が明けても、症状は好転しなかった。そして七月十九日の夜、驚くべき知らせが届いた。

波多野がドア越しに目くばせをする。尋常《じんじょう》ではない雰囲気《ふんいき》を感じ、節子が急いで寝所《しんじょ》の外に出ると、小声でささやいた。

「帝が、お倒れになったそうでございます」

一瞬、目の前が暗くなった。天皇は数え年で六十一歳。公務はこなしてはいるものの、糖尿病《とうにょうびょう》が進み、歩行もおぼつかない。いつ何が起きても、おかしくはない状態だった。それだけに来るべきものが来たという気がした。

「すぐに馬車と、私の着替えの用意を」

女官に命じて、もういちど寝所に舞い戻ると、嘉仁は眠っていた。顔中に発疹がある。

なぜ、こんな時期にという思いが湧《わ》く。だが嘆《なげ》いたところで仕方ない。節子は女官に看護を頼み、手早く着替えて、宮城《きゅうじょう》に急いだ。

馬車が夜の街を駆ける。節子は懸命に祈った。どうか回復してほしいと。このまま崩御《ほうぎょ》に至れば、すぐさま嘉仁が天皇となり、待ったなしで祭祀《さいし》や行事が始まる。今の体調では、とうていこなせない。

そうなれば出だしから、天皇としての資質が疑われる。老臣たちの中には、嘉仁を、わがままと見なす者が少なくない。旅行中の気ままさに加えて、決定打になったのは、三年前に完成した新しい東宮御所だった。

もともと東宮御所は、紀州徳川家の広大な屋敷跡にある。その青山寄りの一角に、嘉仁と節子が暮らす従来からの東宮御所と、子供たちの暮らす皇孫御殿とがある。

同じ敷地の四谷《よつや》寄りに、新東宮御所が建ったのだ。節子が東宮妃に内定した年に、若い夫婦の住まいとして着工し、十年の歳月をかけて完成した。

だが完成披露《ひろう》に出向いて、嘉仁も節子も呆気《あっけ》に取られた。それは、まるで絵葉書で見るベルサイユ宮殿さながらの豪華絢爛《ごうかけんらん》ぶりだったのだ。

普請《ふしん》道楽を自称する山県有朋《やまがたありとも》の案内で、節子は嘉仁とともに内部に足を踏み入れて、さらに驚いた。どこもかしこも金ぴかで、広すぎる部屋が、これでもかと続く。行事になら向くが、ここで暮らすなど、とうてい考えられなかった。

嘉仁は、ことさら大袈裟《おおげさ》なことを嫌うだけに、不満顔を隠さなかった。

山県は長州出身の政府重鎮で、髪も口髭《くちひげ》も眉毛《まゆげ》までもが真っ白だ。それが癖《くせ》なのか、白い口髭を時々なでつけながら、得々と語った。

「こちらの御殿は、私が総理大臣だった頃に、建設を決めさせていただきました」

設計は、山県の奇兵隊《きへいたい》時代の仲間で、洋行帰りの元長州藩士が担当したという。

「次の帝となられる東宮さまには、このような西洋の王家に負けぬ宮殿が、相応《ふさわ》しいかと存じます。家具類も、すべてヨーロッパに特注いたしました」

四谷側の道路から建物までの間は、芝生《しばふ》広場が続き、木立もない。そのため鉄枠の門から素通しで見える。まさに天皇家の力を、国内外に誇示《こじ》するための建物だった。

嘉仁は冷ややかに言い放った。

「ここで見世物《みせもの》になって、暮らせと言うのか。こんな仰々《ぎょうぎょう》しい部屋で、一日中、靴も脱がず、くつろぐこともできないのだぞ」

山県は白い眉をひそめた。

「しかし膨大《ぼうだい》な費用と、十年という歳月をかけて、わざわざ東宮殿下の御為《おんため》に、ご用意させていただいたのですから」

「勝手に決めて始めたことだろう。私は何ひとつ意見は聞かれていない」

着工した時、嘉仁は二十一歳だったが、住まう本人の意向は一顧《いっこ》だにされなかったのだ。山県は鼻白《はなじら》んだ様子で、黙り込んだ。

節子は遠慮がちに聞いた。

「この裏手にでも、日本建築の別棟をつなげて、普段は、そちらで暮らすわけにはいかないのですか」

やはり暮らしの場は日本建築がよかった。それも道路から素通しではなく、今まで通り、木立にでも囲まれて、人の目を気にせずに暮らしたい。

だが山県は首を横に振った。

「そのような別棟の計画はございますが、侍従や女官たちのための建物になります。おふたりには、やはり、こちらで」

日本建築では新鮮味がないというのだ。しかし、嘉仁は、どれほど周囲が勧めても、今の御殿から移ろうとしなかった。さらに西洋風を好まない天皇が、贅沢《ぜいたく》すぎると言ったこともあって、新東宮御所は空き家のままになった。

そのため山県のような老臣たちの中には、せっかく膨大な費用をかけて建てたのにと、しこりが残り、いっそう嘉仁を快《こころよ》く思わない風潮《ふうちょう》が生まれたのだ。

そんな中で、東宮が、倒れた天皇の見舞いにも行かないなどということが起きたら、どんな批判を浴びるかしれない。

馬車が二重橋を渡って宮城に入り、奥宮殿の車寄せに着くと、節子は急いで降りた。奥宮殿は正殿のある表宮殿とは、渡り廊下でつながった別棟で、天皇の住まいだ。中は慌ただしい雰囲気だったが、すぐに寝所に案内された。

薄物《うすもの》の天蓋《てんがい》がかかった寝台に、天皇は横たわっていた。枕元に皇后と、嘉仁の実母である柳原愛子《やなぎわらなるこ》、それに、まだ嫁いでいない内親王と、医者や看護婦たちがついている。

愛子や看護婦たちが場所を空ける。節子は枕元に近づいた。天皇は、むくんだ顔で、目を閉じている。皇后が目を潤《うる》ませて言う。

「八時頃に、夕食の席に着かれてまもなく、目がくらむと仰《おお》せになって。そのまま、お倒れになりましたの」

それきり意識は戻らないという。熱も高く、侍医の診断は尿毒症《にょうどくしょう》だった。

胸元が、かすかに上下しており、それで息があることだけはわかる。だれもが言葉は少ないが、このままなら崩御が遠くないことは明らかだった。

ほどなくして嫁いだ内親王たちが駆けつけ、節子は場所を譲って、寝所の外に出た。すると柳原愛子が目立たぬように、後を追って出てきた。

「東宮さまの、お加減は、いかがですか」

水痘であることは、すでに伝えてある。節子は伏し目がちに応《こた》えた。

「まだ発疹が収まっていませんので」

「そうでしたか。これから、いろいろ、たいへんかもしれませんが」

嘉仁の今後を案じていた。

「なんとか、お見舞いだけでも、おいでになれれば、よろしいのですが」

節子は伏し目がちのままでうなずいた。

嘉仁と柳原愛子の母子関係には、微妙なものがある。嘉仁は皇后こそが母という建前《たてまえ》から、愛子を母親として認めていない。だから顔を合わせることがあっても、言葉をかけることもない。

節子は端《はた》で見ていて、愛子が気の毒だった。嘉仁も本当は、親しくしたいのではないかという気もした。だが差し出がましい真似《まね》はできない。ただ天皇の崩御を前にして、嘉仁の立場を思いやれるのは、実母だからこそだった。

節子が別室に控えていると、夜半過ぎになって、侍医から改めて状態が伝えられた。

「しばらくは、このままかと存じます。体力も、おありですので、今夜、どうこうということは、ございませんでしょう」

そこで見舞いは、いったん引き取ることになった。

節子が東宮御所に戻ると、嘉仁は目を覚ましていた。か細い声で聞く。

「何か、あったのか」

節子は黙っていることはできないと観念して、枕元で告げた。

「実は、帝が、お倒れになりました」

嘉仁が苦悩の表情を浮かべた。節子は言い添えた。

「でも今すぐ、どうこうということではないそうですので、まずは東宮さまは、ご病気を治されますよう」

嘉仁は申し訳なさそうに言う。

「すまない。こんな時に」

天皇の重態は、翌二十日には公表され、それを受けて二十一日の新聞には、病名とともに脈拍数や体温などが、克明《こくめい》に記された。

節子は宮城の奥御殿と東宮御所とを、何度も行き来した。そして波多野に頼んだ。

「どうか、朝見《ちょうけん》の儀の式次第と、勅語《ちょくご》の内容を、できるだけ早く決めてもらってください。東宮さまに準備をしていただけるように。何人くらいが参列するかも、知らせてください。できれば、だれが来るのかも」

孝明《こうめい》天皇が崩御し、今上《きんじょう》天皇に代わったのは、幕末の京都御所《ごしょ》だった。一連の式典は、おそらく御簾《みす》の向こうで、ひっそりと執《と》り行われたに違いない。

東京での式典は初めてのことであり、まして政府高官や老臣たちも列席する。なんとしても嘉仁には、あらかじめ充分な稽古《けいこ》をして、心の準備をしてもらいたかった。

以前から早めに準備をと、内々に周囲には頼んではいたが、天皇の崩御後の準備など、恐れ多いとして、だれも手をつけようとしなかったのだ。

二十三日になって嘉仁は熱が下がり、顔の瘡蓋がはがれて、だいぶ目立たなくなった。服に隠れる部分の瘡蓋も乾いている。

翌二十四日も発熱はなく、ようやく奥御殿まで見舞いに出かけられた。ほかの見舞客も看護婦たちも遠ざけられ、皇后だけが枕元で待っていた。

「間に合って、ようございました」

皇后は嘉仁を枕元に導いた。節子が後ろに続く。

嘉仁は黙って対面し、しばらく父親の寝顔を見つめていたが、小さく頭を下げ、短時間で退出した。

廊下で柳原愛子が泣きながら立っていた。嘉仁は口を固く結んで、その前を通り過ぎる。やはり声をかけようとしない。そして馬車に乗り込み、そのまま東宮御所に帰るなり、また寝込んでしまった。

節子は人払いをして、寝台の隅に腰かけた。嘉仁は、こちらに背中を向けて泣いていた。そっと肩に手を触れると、嘉仁は涙声でつぶやいた。

「情けない。こんなことで、情けないばかりだ」

不安で押し潰《つぶ》されそうになる自分を、ただ責めていた。

親子の情が深いわけではない。むしろ父親は煙《けむ》たい存在だった。だから父との別れが哀しいわけではない。

それよりも不安なのだ。束縛《そくばく》を嫌う嘉仁が、日本でもっとも窮屈《きゅうくつ》な立場に、否《いや》も応《おう》もなく押し上げられようとしている。いつかはという思いはあったものの、身近に迫ると、精神的に不安定になるのは、致し方なかった。

そのうえ五月から二ヶ月も具合が悪いだけに、なおさら気が弱くなっている。以前、節子に訴えたように、このまま病弱な身に戻ってしまわないか、心配でならないのだ。

節子は首を横に振った。

「だれでも病気の時には、心細くなります。かならず東宮さまは、お元気になりますし、お元気になれば何もかも、うまくいきますとも」

自分自身にも言い聞かせるつもりで、言葉を継いだ。

「新しい時代が始まるのです。ふたりで手を携《たずさ》えて、新しい時代に踏み出しましょう。少しばかり失敗したところで、かまいはしません。胸を張って進みましょう」

それから五日後の七月二十九日、夜十時四十三分、皇族たちが見守る中、とうとう天皇は崩御した。

その日のうちに新天皇に引き継ぐという決まりがあり、それでは間に合わないために、公式な死亡時刻を遅らせ、三十日に入ってからの崩御とされた。

さっそく三十日の深夜一時、嘉仁が神殿に赴《おもむ》き、剣璽渡御《けんじとぎょ》の儀が執り行われた。神器《じんぎ》と天皇の公印を、嘉仁が引き継ぎ、大正に改元するという詔書《しょうしょ》を読み上げた。読み上げげながら、少し体が左右に揺れ、緊張が節子に伝わってきた。

それでも滞《とどこお》りなく儀式は済んだ。いよいよ嘉仁が三十四歳で、百二十三代天皇となり、二十九歳の節子が新皇后になるのだ。重い責任が、ふたりの肩にかかる。

翌日には正殿で、朝見の儀が行われた。かつて節子が挙式の後に、先帝と初めて対面したのと、同じ大広間だ。全体が洋風ながら、寄せ木細工の床に、格天井《ごうてんじょう》という和洋折衷《せっちゅう》になっている。

夫婦揃《そろ》って正殿に入ると、圧倒されるほどの数の参列者だった。大礼服姿の男たちとローブデコルテ姿の夫人たちが、左右に何列にもなって並んでいた。皇族、華族、政府高官、官僚、軍人まで数百人はいる。

あれほど頼んだのに、結局、勅語の原稿には時間がかかり、充分な稽古の余裕がなかった。初めてのことだけに、だれもが混乱していた。

前列には山県有朋の白髪頭《しらが》もある。すでに七十代半ばに至り、まさに元老《げんろう》だ。それ以外の老臣たちも、表面上は神妙に取り繕《つくろ》っているが、いかにも、お手並み拝見といった視線が、嘉仁に注《そそ》がれる。

かつて、だれよりも味方になってくれた有栖川宮《ありすがわのみや》は、数年前から肺を病《や》み、明石海峡《あかしかいきょう》に面した舞子《まいこ》の別邸で静養している。病状は芳《かんば》しくなく、とうてい東京に戻っては来られない。もう頼りにできる皇族はいなかった。

嘉仁と節子は壇上に立ち、重厚な卓の前に進み出た。塗《ぬ》り盆の上に巻物が置いてある。嘉仁が手に取り、巻きを開いた。そして、ひとつ息をつくと、冒頭から読み上げ始めた。

「朕《ちん》、にわかに大喪《たいそう》にあい、哀痛《あいつう》きわまりなし」

長い言葉が続く。上半身が、わずかに揺れ始めた。

「朕、今、万世一系の帝位をふみ、統治の大権を継承す」

さらに体が左右に揺れる。昨日よりも揺れが大きい。

「祖宗《そそう》の皇謨《こうぼ》にしたがい、憲法の条章により、これが行使をあやまることなく、もって先帝の遺業を失墜《しっつい》せざらんことを期す」

それから、なんとか最後まで読み終えて、巻物を戻した。

前日の剣璽渡御の儀は、少人数の式典だった。だが今日は大勢の前であり、そのうえ稽古が充分でなかったこともあって、はっきりと緊張が表に出た。気がつけば周囲からは、そら見たことかと言わんばかりの視線が浴びせられていた。

節子は心が痛かった。しかし同時に、負けん気も湧き上がる。もはや新しい帝《みかど》を支えていくしかない。それが自分に課せられた使命だった。


崩御からひと月半後、青山の陸軍練兵場の広場に、仮設の葬場殿が建てられ、一般の葬儀に当たる大喪の礼が執り行われた。

今度は充分な準備期間もあり、嘉仁は無事に哀悼《あいとう》の言葉を読んだ。また少し体が左右に揺れたが、朝見の儀の時ほどではなかった。

そのまま明治天皇の遺体は、特別仕立ての霊柩《れいきゅう》列車で京都に運ばれ、伏見桃山《ふしみももやま》陵《りょう》に葬られた。この嘉仁の京都行きに、節子も同行を望んだが、実現はできなかった。

それからほどなくして、山県有朋が面談を願い出た。形式張らずに話をしたいというので、会食の席を設け、節子も同席した。

山県は真っ白な髭を、いつものように時々なでつけながら、明治天皇の偉業を得々と語った。

「幕府崩壊までの混迷から抜け出せたのは、ひとえに先帝のおかげでございます。これからも国力の増大に、いっそう努められ、日本が世界の一等国になれるよう、お努めくださいませ」

少し課題が大きすぎたと思ったのか、言い直した。

「ともあれ新帝におかれましては、偉大なる先帝のご威光《いこう》を汚さぬようになさるのが、第一でございましょう」

嘉仁も節子も黙って聞いていたが、酒が入ったせいか、次第に話がくどくなってきた。

「今後は、わがままは許されません」

旅行中の自由な行動や、豪華な東宮御所を嫌ったことを、やはり、わがままと見なしていた。

「もっと落ち着きが必要かと存じます。帝は体を左右に揺らす癖が、おありですが、あれは見苦しゅうございます。大事な式典の際には、くれぐれも、お気をつけください」

新帝に苦言を呈することが、自分に課された役目だと思っているらしい。節子にも説教をした。

「ご旅行のことでございますが、皇后さまは今まで通り、留守を守られるのが本分《ほんぶん》でございましょう」

嘉仁が、さすがにむっとして言った。

「皇后が旅に同行するのも、わがままと申すのか」

山県は笑って首を横に振った。

「いえいえ、皇后さまは、わがままなど仰せになりません。ただ夫婦であろうとも、男女が人目をはばからずに旅行をするなど、まだまだ抵抗が大きゅうございますので」

退職した萬里小路《までのこうじ》と同じ意見だった。嘉仁は、なおも言い返した。

「ならば、これから下々《しもじも》に慣れさせればよい。西洋では当然、夫婦は一緒に旅行する」

山県は声を張り上げた。

「されど、ここは西洋ではございません」

それから一転、白髪頭を慇懃《いんぎん》に下げた。

「私でお手伝いできることでしたら、何なりと、ご相談ください。先帝には深く、ご信頼いただきました」

だが節子の同行を反対されたことで、嘉仁は、かえってかたくなになった。崩御から三ヶ月後、やはり京都で百日祭が催される。これに関しては、意志を押し通し、一緒に出かけることにした。

夫婦で京都行きの御召《おめし》列車に乗ると、嘉仁は別車両に乗っていた内務大臣の原《はら》敬《たかし》を、側近くに呼んだ。

内大臣は副首相のような立場であり、特に原は、誠実な人柄だという定評があった。年は五十七で、山県のような明治維新を経験した元老たちよりも、だいぶ若い。

嘉仁と節子に対面する座席を勧めると、原は恐縮しながら座り、嘉仁が勧める紙巻き煙草《たばこ》を、一本、受け取って吸った。多弁ではなく聞き上手で、嘉仁は話しているうちに、つい本音が出た。

「私は先帝の足元にも及ばないと、山県に説教をされた。正直なところ、先帝と引き比べられるのが、情けなくてならない」

すると原は、かすかに訛《なま》りのある口調《くちょう》で応えた。

「老成された先帝と、現在の帝を比べれば、それは差も生じるかもしれませんが、先帝も御一新《ごいっしん》の頃には、わずか十七歳であらせられましたし、混乱もあったことと存じます」

明治維新によって担《かつ》ぎ出された時には、担いだ薩長《さっちょう》側も二十代、三十代の若さで、混乱の中を突っ走った。そんな疾走《しっそう》の中で、先帝と臣下の信頼関係が築かれていった。

そして臣下が老成し、信頼関係が出来上がったところに、嘉仁が新しい帝として入ってきたのだ。そのために先帝と違う行動は嫌われ、足りない部分ばかりが目立つのだという。

「どんな世界でも、創業者よりも二代目の方が、評価が低くなるものです。たとえ、そのふたりに能力の差がなかったとしても、創業者を讃《たた》えるあまり、そうなりがちです」

節子は、なるほどと気持ちが楽になった。隣に座る嘉仁の表情も明るくなっている。

朝見の儀の際には、老臣たちから冷ややかな視線を浴びせられたものの、その後は一転、擦《す》り寄ってくる者も増えた。だが原の態度は、そういった機嫌取りの連中とは異なり、誠意が感じられた。

いろいろ話しているうちに、節子は原の訛りが、奥州《おうしゅう》の言葉だと気づいて聞いた。

「どちらの出身ですか」

「盛岡です」

薩摩《さつま》や長州《ちょうしゅう》の出身者は、藩閥《はんばつ》の中で優遇される。だが、それ以外の出身だと、相当の努力をしない限り、政府の中で浮かび上がれない。まして盛岡となれば、戊《ぼ》辰《しん》戦争で朝敵《ちょうてき》になった藩だけに、いっそう厳しかった。

原は昔話をした。

「戊辰戦争の時、私は十三歳でした。ですから銃を持って戦ったわけではありませんが、事の次第は理解できる年齢でした」

そして節子に顔を向けて聞いた。

「お父上の九条《くじょう》さまが奥羽先鋒《おううせんぽう》総督として、盛岡においでになったのは、ご存じですか」

「嫁《とつ》ぐ前に聞きました」

九条道孝《みちたか》は当初、仙台に留《とど》まっていたが、配下の世良修蔵《せらしゅうぞう》が福島で殺害されると、仙台から追われ、盛岡に移った。だが盛岡でも歓迎されずに、さらに秋田に移動して、そこで戦争に巻き込まれたのだ。

原は目を伏せて言う。

「あの時、盛岡藩に、もう少し気骨《きこつ》のある者がいれば、官軍と会津《あいづ》藩の間を取り持つ好機だったのです。それができずに戦争が起きてしまい、まことに残念なことでした」

九条道孝は六年前に亡くなったが、節子は、その遺志を原に打ち明けた。

「父は会津戦争を抑えられなかったことを、深く悔いておりました。そして二度と戦争を起こさないことと、会津の汚名をそそぐことを、私に託《たく》したのです」

原は意外な話に、少し驚いた様子だった。嘉仁が口を開いた。

「会津の名誉回復には、有栖川宮も尽力《じんりょく》してくれた。有栖川宮の兄も、会津戦争を嘆いていたそうだ」

そして車窓の外に目をやった。

「私は東宮として全国各地をまわったが、東北には、なかなか行かれなかった。まして会津への行啓には、反対する者が多かった。それを有栖川宮が、いろいろ工作して、実現させてくれたのだ」

有栖川宮は、会津若松に近い猪苗代湖《いなわしろこ》の湖畔《こはん》に、わざわざ自分の別邸を建てた。そこに嘉仁を呼ぶという名目で、ようやく行啓を実現させたのだ。

嘉仁は車窓から片肘《かたひじ》をおろして、原に視線を戻した。

「会津に行った時に、地元の者たちが、私に願い出たことがある。靖国神社《やすくにじんじゃ》のことだ。会津戦争の戦死者は無理でも、せめて禁門《きんもん》の変の戦死者は、靖国に祀《まつ》ってもらいたいというのだ」

靖国神社は、幕末維新の戦死者を祀るために、明治五年に完成した神社だ。祀る対象は、官軍側の戦死者に限るために、朝敵となった会津藩士は祀られない。だが禁門の変は幕末に起きた争乱だ。長州藩が京都御所に突入を図り、それを幕府や会津藩が撃退したのだ。その時に六十人ほどの会津藩士が戦死した。彼らは御所を守って死んだのだから、靖国神社に祀ってほしいというのが、地元の願いだった。

嘉仁は、もういちど窓の外を見て言った。

「会津の者たちにとっては、これが名誉回復の第一歩なのだ。阻《はば》む壁は高かろうが、私としては望みをかなえてやりたいと思う」

すると原は深くうなずいた。

「そういうことでしたら、帝の即位の礼に合わせて、恩赦《おんしゃ》のような形で、実現させましょう。お任せください」

それから政治の話になり、原は自分の理想を語った。今は薩長中心の藩閥で政治が動いているが、先々は本格的な政党政治を目指したいという。

「明治維新は政治の形だけでなく、さまざまな変化をもたらしました。でも倫理観や文化は、前の時代を引きずっています。洋服を着ようと、馬車に乗ろうと、因《いん》習《しゅう》は変わっていません」

特に男尊女卑《だんそんじょひ》の考えが、薩摩や長州からもたらされ、むしろ江戸時代よりも女性の地位が下がったという。

「大正は新しい時代にいたしましょう。ご夫妻で、こうして旅行をなさるのも、新しい時代に相応《ふさわ》しいことです。一夫一婦制を実行なさった限りは、古い因習も打ち破るべきです」

嘉仁は満足そうにうなずき、節子も新しい時代の到来を期待した。

東京に戻って、天皇としての公務が始まってみると、予想以上に激務だった。先帝の喪中のために、祝い事は控えられたが、普段なら十一月に、最大の行事である新嘗祭《にいなめさい》があり、年が変われば元旦から新年祝賀の儀がある。そして歌会始《うたかいはじめ》、宮中晩餐《ばんさん》や宮中午餐《ごさん》と大きな役目が目白押しだ。

大臣が替われば、その任命があり、ほかにも各国に赴任する大使の任命、各国から来日する外交官との謁見《えっけん》、勲章《くんしょう》の授与、さらに、さまざまな式典への臨席などもある。

また政府高官や軍人との面談も、常に順番待ち状態で、軍事的な視察にも出かける。神事、政治、軍事、すべてが天皇ひとりに集約されていた。

特に書類は煩雑《はんざつ》だった。政府の重大事項には、天皇の最終決裁が必要だけに、膨大な量の書類に、署名と捺印《なついん》を繰り返す。翌日には、また新しい書類が届き、作業は終わることがない。かつての詰め込み教育と同じだった。まして首元の詰まった軍服姿で、長時間、机に向かわなければならなかった。

それでいて嘉仁の意志が反映されるわけでもない。疑問を口にすると、かならず担当役人が、こう告げる。

「この件に関しましては、いつも先帝は何も仰せにならずに、お快く御名御璽《ぎょめいぎょじ》をいただきました」

どれも覆《くつがえ》す余地のない書類だった。

嘉仁は毎日、表宮殿で公務をこなす。事務的な公務は、午前中の二時間だけに設定されていたが、とうてい時間内には終わらなかった。

疲れ切って奥宮殿に帰ってきて、節子に言った。

「これだけの作業を、こなしていただけでも、まったく先帝の偉業だったと思う」

節子は言葉を尽くして慰《なぐさ》めた。

「でも先の帝が書類に目を通されたのは、午前中だけだと伺っています。慣れれば、そのくらいで済むようになりましょう。それに今は特に、書類が滞《とどこお》っていますし」

明治天皇が倒れてからこの方、すべての決裁が滞っており、それが山のように積み上げられていた。侍従たちが手分けして読み、内容を手短に伝えて、嘉仁が署名するだけにしても、遅々《ちち》として進まない。

もはや沼津の御用邸での避寒《ひかん》も、日光での避暑も望むべくもない。子供たちと遊んでやる余裕も、乗馬の時間もなく、気晴らしがない。時折、頭痛を訴えることもあり、節子は夫の健康が気がかりだった。

世の中の動きにも不安があった。萬里小路幸子《ゆきこ》が去って以来、節子は、みずから勉強を始めている。新聞各紙を熟読し、わからないことは、できるだけ専門家を呼んで聞いた。

歴史や社会の推移も調べ直した。女学校では江戸時代は暗黒であり、明治維新以降は万民にとって、明るい社会が開かれたと習った。山県など老臣たちも、そう力説する。だが何もかもが改善したとばかりは、言えないことがわかった。

明治初期には一揆《いっき》が頻発《ひんぱつ》していた。農民たちは土地にしばられることがなくなり、教育の機会も与えられ、さぞ喜んだかと思いきや、当人たちにとっては急激な変化に抵抗が大きかったのだ。

地租《ちそ》改正といって、江戸時代の米による物納の年貢《ねんぐ》から、現金での納入へと、税制が大きく変わった。年貢の場合には、米が不作の年には納める量も減ったが、現金の納入額は一定であり、農家にとっては、むしろ厳しい年も増えた。

また徴兵《ちょうへい》制度は農家の働き手を奪い、教育制度の充実にしても、子供も労働力という状況下では、ありがた迷惑という一面があった。

武士階級も不満だった。廃藩置県で藩がなくなり、仕事と収入を失った。さらには廃刀令で、刀を持つという誇りも手放した。特に官軍として勝者になった藩では、何の褒美《ほうび》もないことから、佐賀で佐賀の乱、長州で萩《はぎ》の乱、鹿児島で西南《せいなん》戦争が起きた。

一連の争乱が鎮まると、今度は自由民権運動が激化して、全国各地で暴動が起きた。それに対応するため、明治二十二年に憲法が制定された。選挙権を持つ層は、かなり限られてはいたが、まがりなりにも議会が開かれたのだ。

明治二十年代後半になると、日清戦争が起きて、膨大な賠償金を獲得できた結果、はからずも日本は活気づいた。

続いて三十年代には日英同盟が結ばれ、日露戦争に勝利した。しかし今度は、国内の戦勝意識とは裏腹に、賠償金は取れなかった。結局、戦費だけが出ていき、ふたたび経済が停滞する結果となった。

明治四十年代に入ると、維新の功労者たちが老人となり、同じ藩出身の後継者が続いて、いよいよ藩閥が確乎《かっこ》たるものとなった。

また日清日露の戦勝の結果、朝鮮半島を併合《へいごう》し、中国北部にも進出して、軍人の発言力が増した。

しかし藩閥政治や軍への批判が高まり、新しい勢力が、政党という形でまとまり始めた。そんな時に明治天皇が崩御し、世情の不安定な中で、嘉仁は天皇という重責を引き継いだのだ。

明治天皇の崩御から数ヶ月後、突然、陸軍大臣が、嘉仁宛に辞表を提出してきた。以前から陸軍は軍備の増強を要求していたが、嘉仁も内閣も承認しなかった。これに抗議しての辞任だった。

当然、後任が続くべきだったが、陸軍からはだれも立たない。軍人でなければ陸軍大臣にはなれないために、内閣が立ちゆかず、総辞職に追い込まれた。陸軍が要求を通すために、大臣の座を質に取ったようなものだった。

もう十年以上も内閣総理大臣は、公家出身の西園寺《さいおんじ》公望《きんもち》と、長州出身の桂《かつら》太郎《たろう》が、交互に務めていた。しかし総辞職後、またもや桂が三度目の首相の座についた。そのために、いよいよ批判が高まった。

東宮時代、気さくな姿を全国に示していた嘉仁が、新天皇になったことで、新しい時代への期待が広まった。それなのに相変わらず桂が総理になったことで、人々の落胆《らくたん》が大きかったのだ。

しかし大正二年と年が改まって間もなく、嘉仁は風邪《かぜ》を引いてしまった。混乱の最中《さなか》だけに、寝込んでいると、また老臣たちから白い目を向けられそうだった。

「寝てはいられない。陸軍の横暴《おうぼう》を許すわけにはいかない。下々のための政治が行われるように、なんとしても頑張りたい」

嘉仁は熱にうかされながらも、起きようとして、ゆっくり休めない。そのせいで余計に長引いた。

節子は皇后になる前年、生まれて初めて大病を経験した。子供たちの春休みに合わせて、葉山の御用邸に滞在していた三月末だった。激しい吐き気と下痢《げり》に襲われ、高熱も続き、腸チフスと診断されたのだ。

うつらないように、すぐに嘉仁や子供たちを東京に返して、侍医と看護婦、それに、わずかな女官たちだけで、病気と闘った。

それまで風邪ひとつ引かないほど丈夫だっただけに、自分の体が思うようにならないのは辛《つら》かった。これで死ぬのかと覚悟もした。しかし幼い子供たちを残して逝《い》くのは、母親として耐えがたかった。

それでも、なんとか回復に向かい、三ヶ月あまり後には床払《とこばら》いができた。元気になって東京に戻ると、嘉仁も子供たちも大喜びで迎えた。

その時、節子は夫に言った。

「今度の病気は、私に課された試練だったような気がします。病気がちな方の辛さを、理解するための」

丈夫な者は病弱な者を、軟弱と見下しがちだ。日頃の摂生《せっせい》が足りないなどと批判するし、ちょっとぐらい具合が悪くても頑張れと励ます。だが病気が本人の意志とは関わりないことを、節子は身をもって実感したのだ。

今度の嘉仁の風邪は、大事には至らずにすんだ。だが、その間に暴動が起きた。国会議事堂を群衆が取り囲んで、警官隊と衝突し、警察署や新聞社に放火する騒ぎにまで発展した。

結局、桂内閣は、わずか六十二日で総辞職に至った。こうした暴動は、明治天皇が健在だった頃から起きていたが、内閣を辞職に追い込むまでの力を持ったのは、これが初めてだった。

嘉仁は自分を責めた。

「私がしっかりしていれば、こんな騒ぎには、ならなかったかもしれない」

そして政情不安の中、またもや嘉仁は病《やまい》に倒れた。今度は肺炎を発症し、今までにない重態に陥《おちい》ってしまった。節子は枕元につききりで看病し、懸命に回復を祈った。

五月二十二日には熱は三十九度を超えた。以前の水疱よりも、はるかに苦しそうだった。侍医たちにも緊張の色が濃い。

二十三日には、さらに熱は上がり、新聞が大々的に病状を書き立てた。もしかして、わずか二年で、ふたたび崩御が繰り返されるかという重苦しい空気が広がっていく。

節子は枕元で、夫の寝顔を見つめた。細面で彫《ほ》りが深い。いつもは優しげに微笑《ほほえ》む目元は、今は黒々とした隈《くま》で縁取《ふちど》られている。

顔も見ずに結婚した相手なのに、今や心から愛《いと》しく、かけがえのない人だ。この人を失いたくない。逝ってほしくない。まだ三十五歳なのだ。

もしも、このまま崩御ということになれば、裕仁が新天皇の座につく。わずか十三歳の子供だ。支えるのは、母親の自分しかいない。

新帝の重圧に、裕仁も、自分自身も耐えられるのか。節子は恐ろしさを感じて、夫の寝顔を見つめながら、懸命に祈った。なんとしても回復してほしいと。

だが侍医は診察をするたびに、沈鬱《ちんうつ》な表情を浮かべる。熱は上がったり下がったりを繰り返す。節子は体温計の水銀の目盛りを見るたびに、どこまで上がるのかが怖かった。

湯冷ましを飲ませても、吐き戻すようになった。水分もとれなくては、絶望的に思えた。

嘉仁は節子と波多野を枕元に呼んで、苦しげな息で言った。

よく聞き取れなかったが、意味はわかった。陵《みささぎ》と言っているのだ。天皇の墓所を意味する。もはや嘉仁は死を覚悟し、自分の墓の心配をしているに違いなかった。

「みささ……」

節子は胸が潰れそうな思いで、首を横に振った。

「きっと、よくなられます。だから何も、ご心配は要《い》りません」

しかし嘉仁は、なおも苦しそうに言う。

「とう、きょう、に。みささぎ、を、とうきょう、に」

節子は夫の意図を理解した。明治天皇陵は京都郊外の伏見桃山にある。祭祀があれば、京都まで出かけなければならない。その手間と費用を案じて、嘉仁は東京に自分の墓を造ってほしいというのだ。

波多野も理解したらしく、小さくうなずいている。節子は夫の手を握って言った。

「わかりました。御陵は東京に造りましょう。でも、ずっと先のことでございます。どうか、どうか、お元気になってくださいませ」

すると嘉仁は、かすかにうなずき、疲れたのか目をつぶった。

だが、その日を境に、奇跡的に快方に向かった。熱が三十九度を超えることが減り、次第に三十八度台が続き、いつしか三十七度台になっていた。

湯冷ましも飲めるようになり、目のまわりの隈も、日毎《ひごと》に薄くなっていく。看病する者の表情に、明るさが戻った。

侍医が様子を見ながら聞いた。

「重湯《おもゆ》を、召し上がりますか」

嘉仁は小さくうなずく。

節子は手ずから重湯を作り、背中に枕を入れて、夫の上半身を起こした。そして出来上がった重湯を、匙《さじ》で勧めた。

嘉仁は幼い子供のように、ひと匙ずつ飲み込む。節子には、その様子が愛しかった。いつしか椀《わん》は空《から》になり、嘉仁は穏やかな眠りについた。

次に目を覚ました時には、みずから上半身を起こし、薄い粥《かゆ》を口にした。峠《とうげ》を越したことが、節子は心の底から嬉《うれ》しかった。

「もう大丈夫です。このまま、よくなられますよ」

その次に目覚めた時に、嘉仁は言った。

「立ち上がりたい」

自分で御不浄《ごふじょう》に行きたいという。節子は少し不安だったが、手を貸すと、そろそろと寝台の角に移動し、両足を下ろして腰かける体勢になった。

「いかがですか」

節子が聞くと、嘉仁は大きく息をついてから応えた。

「大丈夫そうだ」

まだ足の力が心許《こころもと》ない。節子は若い侍従を呼んで左側を任せた。そして自分は、右の脇の下に肩を入れて、夫の体を支えた。そして三人で力を合わせて立ち上がった。

しかし、すぐに立ちくらみに襲われて倒れそうになり、慌てて腰かけさせた。それでも節子は前向きに言った。

「お立ちになられました。ご自身の両足で、お立ちになられましたよ」

嘉仁の口元が、わずかにほころぶ。

それから二度、三度と立ち上がらせ、部屋の中を少し歩き、ついに御不浄まで連れていくことができた。

次には人の手を借りず、自分で寝台の角をつかみ、立ち上がった。そのまま摺《す》り足で、壁伝いに御不浄まで行き、また歩いて戻った。

節子はかたわらを一緒に歩き、寝台に戻った時には、思わず手を叩《たた》いた。

「ようございました。本当に、ようございました。帝が、これほど頑張り屋さんでいらしたことを、今まで存じませんでした」

それは偽《いつわ》らざる気持ちだった。一時は死まで覚悟したのに、奇跡のような回復だった。侍医も侍従たちも、泣きながら拍手をしていた。嘉仁は恥ずかしそうな笑顔を見せた。

それからも順調に回復していき、五月末には、とうとう床払いに至った。

六月からは公務に復帰することになった。久しぶりに執務室に出向く朝、節子は少し痩《や》せた背中に軍服の上着を着せかけて、祝いを口にした。

「ご全快、おめでとうございます。お元気になられて、本当に嬉しゅうございます」

すると嘉仁は振り返って言った。

「私も嬉しい。ただ、この間も言ったが、陵のことは決めておきたい。私たちの墓陵は京都ではなく、東京に造ろう。大正神宮も不要だ」

明治天皇を祀るために、大規模な明治神宮の建設が、すでに老臣たちから提案されていた。

「でも、お元気になられたのですから、今から墓陵や神宮のご心配など、なさらずとも」

節子はなだめたが、嘉仁は首を横に振った。

「いや、いつかは決めることだ。京都では行き来がたいへんだし、東京なら出費も少なくてすむ」

大袈裟なことを嫌う嘉仁らしい考えだった。

「実は病気の間に、私の大喪の礼の夢を見たのだ。場所は武蔵野《むさしの》の西の果てだった。高尾《たかお》辺《あた》りの山裾《やますそ》だ」

遠くを見るような目で言う。

「きみが育った武蔵野の地を見守りながら、未来永劫《えいごう》、ふたりで寄り添って、静かに眠るのだなと思ったら、不思議に穏《おだ》やかな気持ちになった。何も怖くなかった」

節子は胸が熱くなり、言葉を受け入れた。

「身に余る思《おぼ》し召しでございます」

「おそらく私が先だ。きみは参拝に行く時に、列車で高円寺村を通る。それも楽しいことではないか」

あと一年ほどで東京駅が開業する。もう数年越しの工事が続いており、煉瓦《れんが》づくりの立派な駅舎になる予定だ。

高円寺を通る鉄道は、かつては新宿が起点だったが、都心に向かって延び続け、今や御茶ノ水《おちゃのみず》から万世橋《まんせいばし》駅まで来ており、中央線と呼ばれている。東京駅が開業したら、中央線も乗り入れる予定だ。

「目が覚めてから夢を反芻《はんすう》していたら、怖いどころか、むしろ楽しみな気がしてきた。すると不思議なことに、快方に向かったのだ」

嘉仁は頬《ほほ》を緩めた。

「陵の敷地は、一面、杉木立にしたい。日光の東照宮《とうしょうぐう》の参道のように」

杉は嘉仁の好きな樹木だ。木立の中で醸《かも》し出される、爽《さわ》やかな空気を好んだ。

「わかりました。でも入るのは、ずっと後にいたしましょう。帝も私も、すっかり老いてからに。どうか、長く連れ添わせてくださいませ」

「そうだな。死ぬのは爺《じい》と婆《ばあ》になってからでいい。それまで頑張ろう」

言葉に力を込めた。

「いちどは死を覚悟した命だ。これからは世のために、精一杯の力を尽くそう」

嘉仁は力強い足取りで、表宮殿の執務室に向かった。その後ろ姿が頼もしくて、節子は、そっと目頭《めがしら》を拭《ぬぐ》った。


その夏は久しぶりに、日光の御用邸で過ごした。前年にコレラが流行したこともあり、東京では暑い時期の食中毒が怖かった。

公務は内容を見直し、できるだけ簡略化して、必要不可欠の書類だけ、日光で目を通すことにした。明治天皇とは異なる行動に、批判も覚悟したが、無理をして健康を害するよりはという判断だった。

だが日光で悲しい知らせを受け取った。舞子の別邸で静養中だった有栖川宮が、とうとう亡くなったのだ。有栖川宮には息子がおらず、皇室典範《こうしつてんぱん》により養子を迎えることも禁じられているため、宮家の断絶は免《まぬか》れない。

嘉仁と節子は、せめて祭祀を引き継がせたいと、自分たちの三男で、九歳の宣仁《のぶひと》に、高松宮《たかまつのみや》と名乗らせた。もともと高松宮は有栖川宮の旧称であり、有栖川宮家の先祖を祀ることができる。

翌大正三年の夏も嘉仁と節子は、幼い高松宮を含め、三人の子供たちとともに、日光に滞在した。

すでに長男の裕仁《ひろひと》は十四歳になり、学習院初等科を卒業して、四月から帝王学の個人教授に入っている。ただし嘉仁の希望で、一対一の授業ではなく、五人の学友が選ばれて、一緒に学んでいた。日光にも学友を招いた。

裕仁は幼い頃から口数が少なく、何か言いたくても、言葉を呑《の》み込んでしまうようなところがある。節子との間でも、相変わらず話は弾《はず》まない。それでも学友たちと楽しそうにしていれば、母親としては心温まる思いがした。

静養中の八月七日だった。突然、加藤高明《かとうたかあき》という外務大臣が訪ねてきた。

時の首相は大隈重信《おおくましげのぶ》であり、嘉仁の信頼を得ている。もともと加藤は、大隈の秘書官をしていたことがあり、今や大隈が全面的に外交を任せている人物だった。

年齢は五十五歳で、原敬などと同年代だ。細面だが大きな鼻の持ち主で、その上に丸眼鏡《まるめがね》を載《の》せ、鼻の下には口髭を生やしている。

加藤は節子にも同席を願うと、差し迫った口調で、ヨーロッパで始まった戦争の話をした。

「ドイツとオーストリアとイタリアが同盟を組み、これにイギリスとフランス、ロシアが連合して対抗し、大きな戦争が始まっています」

加藤は持参したヨーロッパの地図を広げた。

「この通り、ドイツとオーストリア、イタリアは、ロシアとフランスの間に位置し、両側から敵に囲まれています。そのために中央同盟国と称しています。これに敵対するイギリス、フランス、ロシアは連合国と申します」

さらに世界地図も広げた。それは中央同盟国側と連合国側の領土と植民地が、それぞれに色分けされていた。イギリス、フランスなどの連合国側が、圧倒的に広いことが、一目瞭然《いちもくりようぜん》だった。

「植民地には本国の軍隊が駐留していますので、そちらにも飛び火し、植民地でも戦争になるでしょう」

戦争はヨーロッパ内だけに留まらず、世界中に広がるという。さらに加藤は中国を指さした。

「ドイツは山東《さんとう》半島の青島《チンタオ》を、軍事拠点にしています」

そして本題に入った。

「実は今日、暗号文の電報が、イギリスから届きました。イギリスは日本に協力を求めており、ドイツ軍をアジアから一掃《いっそう》してほしいそうです」

嘉仁は眉《まゆ》をひそめた。

「一掃とは、ドイツと戦争をするという意味か」

「その通りです」

「駄目だ。戦争は許さない」

即答だった。しかし加藤も引かない。

「お待ちください。日英同盟がありますので、これは拒《こば》むことのできない要請です」

嘉仁は、むっとした。

「ならば、その方は、わざわざ日光まで、何をしに来たのだ」

最初から決まっていることなら、加藤が説明に来る意味がない。加藤は大きな鼻の頭に、汗をてからせて応えた。

「もちろん、日英同盟を破棄するという選択肢《せんたくし》もございます。でも、今、腰を上げなければ、いずれ日本は亡国《ぼうこく》に向かいます」

ドイツはヨーロッパでは新興国だが、破竹《はちく》の勢いで力をつけているという。そのアジア拠点である青島は、黄海《こうかい》を隔《へだ》てて朝鮮半島の対岸に位置する。もしもドイツが、連合軍に勝利するようなことがあれば、青島から大幅に覇権《はけん》を広げ、朝鮮半島に触手《しょくしゅ》を伸ばすのは疑いないという。そうなると日本も無事ではすまなくなる。

「でも逆に、今、日本がドイツ軍を中国から追い払っておけば、先々まで万全です」

イギリス、フランス、ロシアの連合国は、それぞれ中国に租借地《そしゃくち》や租界《そかい》を持っており、ドイツの拡大策を懸念している。そのために日本の参戦を望んでいるという。

「植民地で戦闘があると申しましても、やはりヨーロッパが激戦地になります。ドイツも軍艦をヨーロッパに移し、青島は手薄になるでしょう。そこを突けばいいだけです。日本が味方すれば、連合国の勝利は確実です」

わずかな働きだけで、日本は勝ち組に属し、そのうえ連合国に大きな恩を売れるという。もういちど世界地図を示した。

「連合国側は、これほどの植民地を有しています。それに対してドイツが有する地域は、わずかです」

両者の力の及ぶ範囲は、比べものにならないほど連合国側が広大だ。これほどの力の差があるのだから、勝利は確実だという。嘉仁は反論した。

「勝ちが見えているのなら、何も日本が手を出すこともあるまい。放っておけばいい」

「いいえ、参戦して勝利を収めれば、日本は一躍、世界の一等国の仲間入りです。イギリス、フランス、ロシアなどと肩を並べられるのです」

わずかな労で、大きな国益が得られるという。

「それに、国民の気持ちが、戦争でひとつにまとまれば、暴動もなくなります。社会不安が収まるのです」

「いいや、社会不安を戦争で覆《おお》い隠すなど、奇策だ。本当に下々のためになるように、図《はか》るべきではないか」

「下々を思われるお気持ちは、たいへん、ありがたく存じます。されど国民の不満を、国外に向ける政策は、古今東西を問わず、正当に行われてまいりました。どうか国益を第一に、お考えください」

嘉仁は、なおも首を横に振った。

「いくら国益といえども、他国の戦争に首を突っ込むなど、私には納得できない」

加藤は少し困り顔になったものの、一転、挑《いど》むように聞いた。

「ならば日英同盟を、破棄なさいますか」

日英同盟は、ロシアが中国に覇権を広げるのを抑えるために、かつて加藤自身が尽力して締結した同盟だ。これによって日本はロシアに勝利し、国際的な地位を高めた。今度はロシアとドイツが入れ替わっただけで、状況は、日露戦争前とそっくりだった。

加藤は、さらに自信ありげに言う。

「もしも日英同盟を破棄すれば、日本はドイツに近づいたと、世界は見なすでしょう。いっそドイツに味方して、イギリスと戦われますか。どちらに味方するのも、お嫌と仰せでしたら、日本は孤立します」

もう鼻の汗は消えている。今度は嘉仁が不安げに、目をしばたいた。

「戦争を許すつもりはない」

「では、どうなさいますか」

「少し考えたい」

するど加藤は待っていたとばかりに、身を乗り出した。

「少しとは、三十分ほどで、よろしいでしょうか」

嘉仁は驚いて聞き返した。

「三十分?」

「ならば一時間で、いかがでしょうか」

嘉仁は黙り込んでしまった。加藤は追い立てるように言う。

「こういった外交交渉は、時間をおいてはなりません。敵国に情報がもれないうちに、即断するのが鉄則です」

なおも嘉仁は応えず、顔色が悪くなっていく。見かねて節子が聞いた。

「でも、わずか三十分や一時間で、これほど大きな責任を、帝おひとりに迫るとは、あまりではありませんか」

加藤は予測していたように応えた。

「帝おひとりに責任を負っていただくなど、滅相《めっそう》もないことです。すでに閣議を予定していますし、そこで元老たちも含めて、意見を聞くことになっています」

嘉仁は節子と顔を見合わせた。加藤は手順を説明した。

「閣議で賛同が得られたら、どうか東京に、お戻りください。そこで改めて御前《ごぜん》会議を開いて、お許しをいただければ幸いです」

今度は節子も何も言えなかった。嘉仁にしても、できることなら外交の専門家を何人か呼んで、充分に意見を聞き、それから判断したいに違いない。

目の前の加藤自身が、だれよりも国際情勢に詳しいが、ほかの閣僚の中にも外交に通じる者は少なくない。ならば閣議では反対意見も出るだろうし、そう簡単に開戦でまとまるとは思えなかった。

嘉仁も同様に考えたらしく、加藤に向かって言った。

「ならば、よく協議せよ」

加藤は、うやうやしく一礼してから、急いで東京に戻っていった。

翌八日の深夜、電報が届いた。ドイツへの宣戦布告が、閣議で決定したという。

これほど呆気なく決まろうとは、嘉仁も節子も思いもかけなかった。

急いで東京に帰ると、首相の大隈重信自身が、上野駅まで迎えに来ていた。大隈は片方が義足で、杖《つえ》をついて歩く。かつて爆弾を投げつけられて、片足切断の重症を負ったのだ。

イギリス製の御料車に乗り込むなり、嘉仁は大隈に食いつかんばかりに聞いた。

「だれも反対する者は、いなかったのか」

前の座席の大隈は、後ろを振り返って応えた。

「反対は、おりませんでした。山県有朋が、やや不審顔でしたが、取り立てて反対したわけではありません」

節子は基本的な疑問を口にした。

「これほど大事なことを、議会に諮《はか》らずに、決めてよいものなのですか」

「こういったことは秘密裏に進めねばならず、議会に諮るものではありません。閣議と御前会議を経れば、決定できます」

たとえ広く議会に諮ったところで、結論は同じだという。

「イギリスは日本の参戦を、微塵《みじん》も疑っていないはずです。それに応えなければなりません」

どうあっても後戻りは不可能な状況だった。大隈は念を押した。

「ですから御前会議では、お認めいただかないわけには、まいりません」

嘉仁は怒りを含んだ声で聞いた。

「ならば会議の席で、ただ黙っていろと言うのか」

「いいえ、ぜひともドイツへの宣戦布告を、お命じください」

沈黙さえも許されなかった。


御前会議は八月十五日の午後に予定された。その直前に、嘉仁は、閣議で不審顔だったという山県有朋を呼んで、念のために意見を聞いた。何かあったときのための証人として、節子を同席させた。

「山県、その方は、ドイツへの宣戦布告に反対なのか」

すると山県は白い口髭をなでつけ、白髪頭を曖昧《あいまい》に振った。

「このたびの一件は、重大この上ない事件でございますので、八日の閣議以来、私は一貫して、内閣に注意し、警告してまいりました」

「ならば反対なのだな」

嘉仁の念押しに、なおも山県ははぐらかした。

「私としては言うべきことは、言い尽くしましたので、もはや何もございません。内閣には内閣の意見もありますし、老臣が申すようには、ならないことも、たくさんございます。ここは充分に内閣の意見を、お聞きになり、ご聖断をくだされますよう」

節子は落胆した。山県は御前会議で、参戦反対の旗手《きしゅ》になるつもりはないのだ。反対するにしても賛成するにしても、嘉仁が決断して責任を負えと言わんばかりだった。

嘉仁が議場に入り、すぐに御前会議が始まった。だが会議は短時間で終わり、節子は夫を待ちかまえて聞いた。

「どうなりました？」

嘉仁は苦しげな表情で応えた。

「反対意見は出なかった。ドイツへの宣戦布告は、もはや動かせぬことだった」

「それで、帝は何と仰せに？」

「何も言わなかった」

嘉仁は終始、口を閉ざし続け、閣僚たちは黙認と受け取ったという。

　そして十五日にドイツに最後通牒《つうちょう》を打電し、その返答期限の二十三日に、日本は宣戦布告した。これによってヨーロッパでの戦争は、アジアにも拡大し、世界大戦と呼ばれるようになった。

　それから数日後、嘉仁は疲れ切った顔で節子に聞いた。

「私は、どこか変か」

　意味がわからずに聞き返した。

「変とは？」

「正直に言ってくれ。変に思うほど、体が揺れているか。以前、山県に、体を揺らす癖は止めろと言われたが、私は自分で揺らしているつもりはない」

　節子は遠慮がちに応えた。

「そういえば、緊張なさると、そんな癖が、おありのようですが」

　たしかに体を揺らす癖は、明治天皇の崩御の後、朝見の儀でも目についた。今日も、その癖が出て、老臣のだれかから、指摘されたに違いなかった。

「でも、ただの癖でございましょう。変というほどのことでは、ございません」

「ならば、よいのだが。今日、転びそうになったのだ。すると冬も沼津で静養した方が、いいのではないかと勧められた。駄々《だだ》っ子には引っ込んでいろと言わんばかりだ」

節子は転びそうになったと聞いて、さすがに思い当たることがあった。ここのところ嘉仁は、足がもつれることが、何度か続いているのだ。それでも、あえて軽い調子で応えた。

「去年、肺炎をこじらせて、大病をなさいましたし、少し運動不足で、おみ足が弱くなられているのかもしれません。また乗馬でもなさっては、いかがですか」

嘉仁は、まだ不安そうながらも、小さくうなずいた。

「そうだな。時間が取れるといいのだが」

「それほど、お気になさることは、ないかと存じます」

節子は話題を変えた。

「それよりも戦争のことですが、やはりだれかをお呼びになって、もう少し詳しい事情を、お聞きになられては、いかがですか」

「そうだな」

嘉仁は少し考えてから言った。

「原敬を呼ぼう。奴なら外交に詳しいし、今度の事情にも通じていよう」

原は今は入閣しておらず、蚊帳《かや》の外だったが、だからこそ裏事情が聞けそうだった。

原は、さっそく参内《さんだい》し、聞かれるままに、少し訛りのある言葉で応えた。

「私の知る限りでは、このたびの参戦は、もともとイギリスからの要請ではなく、加藤高明外務大臣から、イギリスに持ちかけたことのはずです」

嘉仁は節子と顔を見合わせてから聞いた。

「持ちかけるとは、どういうことだ？　日英同盟で、最初から参戦が決まっていたのではないのか」

「日英同盟の条文には、そういった場合の協力義務は、盛り込まれていません」

嘉仁は驚いて言葉を失った。代わりに節子が、記憶をたどって聞いた。

「でも、私は、はっきりと聞きました。イギリスから暗号文の電報が届いたと。八月七日のことです。それに日英同盟があるので、イギリスからの要請は断れないと」

嘉仁も思い出して手を打った。

「そうだ。たしかに加藤は、そう言ったぞ」

原は即座に答えた。

「それは、日本側から持ちかけた後、最終的にイギリスが返答してきた電報です。同盟国に対して日本から持ちかけた話を、今さら断れないという話でしょう」

嘉仁も節子も呆然《ぼうぜん》とした。原は順序立てて説明した。

「私は直接、聞いたわけではありませんが、加藤外務大臣は閣議の席で、ふたつの理由を示して、参戦を提案したそうです。ひとつは日英同盟を結んでいる立場上、誠意を見せるべきだという点。もうひとつは、これを機に、ドイツがアジアに持っている根拠地を奪い、国際上の地位を高めようという点です」

嘉仁は原に聞き返した。

「ドイツの利権を奪うために、参戦したというのか」

「その通りです」

ドイツは山東半島の青島のほかに、南洋諸島と呼ばれる太平洋の島々をも、実質的な植民地にしている。ドイツがヨーロッパ戦線に手一杯になるのを待って、日本は領土を拡大しようという目論見《もくろみ》だという。

加藤はドイツ軍を追い払うことを、何より強調した。そのため嘉仁も節子も、ドイツ軍が撤退《てったい》した地域は、そのまま中国に返すのだと思い込んでいた。

だがそれが、いかに甘い考えかを、思い知らされた。軍を出して戦争するのだから、勝利したら、敵の利権を分捕《ぶんど》るのが当然だった。それが国益という言葉の意味だった。

嘉仁は大隈を呼び、また節子を同席させた。杖をついて現れた大隈に向かって、血相を変えて詰め寄った。

「なぜ嘘《うそ》を言った？　日英同盟の条文には、参戦の義務などないそうだな」

大隈は椅子《いす》に腰かけ、杖に両手を載せて首を横に振った。

「条文にはありませんが、同盟を結んでいる以上は、道義上、戦争があれば助け合うのが当然です。断ることなどできません」

嘉仁は怒りを抑えて、もう一点の疑問を問いただした。

「なぜ戦争までして、ドイツの持つ利権を狙《ねら》う必要がある？　国益という欲のためか」

大隈は冷静に応えた。

「わが国は現在、中国から満州の一部を租借していますが、まもなく返さねばなりません。この期限を延ばすためにも、中国での拠点を増やして、足固めをしておくべきなのです」

満州の租借権は、日露戦争の勝利によって、ロシアから引き継いだものだった。

「返せばいいではないか。借りたものなら、期限までに返すのが当然だ。どうして、そこまでして領土を増やしたがる？」

「いいえ、返すことはできません。日本は人口が急増しており、いずれ耕作地が足りなくなります。そのための移民先として、どうしても満州や南洋諸島が必要なのです」

江戸時代の農家は、長男しか継ぐことができなかった。次男三男は、実家の厄介《やっかい》者として一生独身で暮らすしかなかったのだ。

だが明治維新によって、だれもが結婚できるようになり、生まれる子供が急増した。そのうえ西洋医学が広まったことで、早世する子供も減っている。

江戸時代には、日本の人口は増えも減りもせず、既存《きぞん》の耕作地で、すべての日本人が食べていかれた。しかし今や、明治維新当時と比べて、人口は倍増しているという。

「このままでは爆発的に増え続けます。食料を輸入しても追いつきませんし、その対価にする輸出品もありません。もはや海外への移住しか、手はないのです」

「だが満州は中国人のものだ」

嘉仁の主張に、大隈は首を横に振った。

「いいえ、満州は万里《ばんり》の長城《ちょうじょう》の外側ですから、中国人自身、自分たちのものだという意識は薄いのです。実際、広大な荒れ地として放置されています」

そこに日本人が入植して、荒れ地を耕作地に変えると同時に、企業が進出して工業化を進める。そうすれば中国人の雇用も増えて、日中両国にとって得策だという。

「今さら江戸時代には戻れませんし、国民に子供を産《う》むなとも言えません。しかし、このままでは日本人が飢《う》えるのが、目に見えているのです」

嘉仁は返す言葉を失った。かたわらで聞いていた節子も呆然とするばかりだった。だれかが、どうにかできる問題ではなかった。

大隈が、また杖をつきながら帰ると、嘉仁は頭を抱《かか》えた。

「どうしても戦争は止められないのか。どうしても中国の土地を、日本のものにしなければならないのか」

節子は夫の気持ちが理解できた。嘉仁は漢詩が好きで、以前、こんなことを言ったことがある。

「漢詩を読んでいると、中国文化の高さが実感できる。日本は古くから、中国文化の恩恵《おんけい》にあずかってきた。長い歴史の中で、立場が逆転したのは、ごく最近のことだ」

長い間、漢字や漢方医学はもとより、建築や出版や航海術など、あらゆる技術が、中国からもたらされた。だが幕末から明治にかけて、日本は西洋化に転じたことで、中国に先んじることができた。

一方、中国は中華思想が邪魔をして、西洋の軍事技術や文化を、容易には採《と》り入れられなかった。とはいえ、それは、ここ数十年のことであり、長い長い歴史の中で、ずっと中国文化がアジアを牽引《けんいん》してきたのだ。

嘉仁は頭から手を離して、つぶやいた。

「その長い歴史を忘れて、中国や中国人を軽《かろ》んじるのは間違っている。朝鮮の者たちを軽んじるのも、あってはならないことだ」

かつて嘉仁は、東宮時代に日本全国をまわり、その延長として、朝鮮半島にも足を延ばした。その時、日本人が朝鮮を見下していることに気づき、自分は朝鮮語の勉強を始めた。日本人の意識を変えさせ、朝鮮の人々には友好を示したかったのだ。

しかし訪韓《ほうかん》の三年後、日韓併合によって、朝鮮半島が日本の領土となった。現地では反感が大きいのは明らかだった。だが日韓併合は明治天皇の治世の出来事であり、嘉仁の手の届かないところで起きていた。

もはや日本人の選民意識は揺るぎない。その大きな流れの中で、嘉仁ひとりが、どう行動しようとも、一顧だにされなかった。

そして今、世界大戦が始まり、嘉仁は己《おのれ》の無力を嘆く。

「そもそも私は、こんな立場にいるべきでは、ないような気がしてならない」

節子は驚いて聞いた。

「なぜ、そんな風に、お考えになるのです。もっと自信を、お持ちください」

「いいや、大隈のような老臣たちは、それぞれの才覚で、出世を果たしてきた。だが私は、たまたま天皇家に生まれただけだ。戦争など断じて許さないつもりだったのに、結局、止めることはできなかった。そもそも人の上に立つ資格など、私にはないのだ」

「そのようなことはございません。太古の昔から続く天皇家に、たったひとりお生まれになった皇子さまでは、ございませんか」

「その血が重いのだ。なぜ私は、この家に生まれたのか。できることなら下々の家に生まれたかった」

天皇である嘉仁の意志に反して、戦争が起き、世の中が動いていく。その苛立《いらだ》ちと嘆きは、慰めようがないほどに大きかった。

節子は亡き父を思う。九条道孝は会津戦争を止められなかったことを、長く嘆き続けた。だが節子は今、初めて実感した。戦争を止めることが、どれほど困難かを。

翌大正四年の春、節子は四度目の妊娠《にんしん》が確実になった。今までに十八歳で長男の裕仁を産み、十九歳で次男、二十二歳で三男を産んだ。以来、十年も子ができる気配がなかった。

そのために久々の妊娠には、驚きと喜びがあった。それに今度は、嘉仁が天皇になってからの子だけに、最初から皇子か皇女《こうじょ》という扱いになる。

久しぶりの朗報に、嘉仁も喜んだ。

「思えば、私たちに課せられた、もっとも大きな役目は、血統を次の世代に引き継ぐことだ。元気な子供たちを、ひとりでも多く残せれば、とりあえず胸は張れるな」

節子も微笑んだ。

「子ができなければ、女に白い目が向けられ、たくさん男の子が生まれれば、女の手柄と誉められます。でも本当は、夫婦の手柄ですのにね」

十一月には京都で、嘉仁の即位の礼が執り行われる。その時、節子は臨月前で、一緒に行かれないのが残念だった。それに夫の足のもつれも気になっていた。しかし嘉仁は大丈夫だと言う。

「東宮の頃は、ひとりで出かけたものだ。それに堅苦しい式典にも慣れたしな」

嘉仁は万事、簡略にと望んだが、十一月十日の即位の礼当日は、前代未聞の大式典となった。京都御所の紫宸殿《ししんでん》で、嘉仁が勅語を読み、大隈重信が国民代表として祝いを述べた。

そして三時半に、全国一斉に万歳三唱《ばんざいさんしょう》が唱《とな》えられた。花火が上がり、神社、役所、学校と、あらゆる場で、声高らかに両腕を上げて、三十七歳の新帝の即位を祝った。

東京の靖国神社では、禁門の変で戦死した会津藩士たちが、集まった遺族の前で、無事に祀られた。嘉仁の会津訪問が名誉回復の第一歩であり、これが二歩目となった。

翌月二日、節子は産気づき、またもや男児を産んだ。晴れがましい皇子の誕生は、即位の礼の喜びに、さらに花を添えた。

称号は澄宮《すみのみや》、諱《いみな》は崇仁《たかひと》、御印は若杉と決まった。長男から若竹、若松、若梅と、松竹梅を使い切ってしまい、今度は嘉仁が好きな杉にしたのだ。

世界大戦の戦況は、内閣の予想通り好調で、日本軍は山東半島や南洋諸島から、たちまちドイツ軍を追い払った。

一方、ヨーロッパでは戦火の拡大によって、工場が破壊され、植民地であるアジア諸国に、物資が届かなくなった。

その穴を埋めるようにして、日本は輸出を増やし、工業生産を飛躍的に向上させた。特に繊維業と造船業の伸びは著しかった。衣料と戦艦が、世界的に不足したのだ。

そんな景気の上向きに、嘉仁の即位と皇子の誕生という祝賀ムードが加わったことから、東京株式市場で株価が急騰《きゅうとう》した。そして空前の大好況が始まった。

成金《なりきん》が次々と生まれて、軽井沢《かるいざわ》に別荘が建ち並び、庶民はチャップリンの活動写真に押しかけた。曲乗り飛行機が空を舞い、路面電車が街を走った。男たちはステッキを手にして、麻の背広にカンカン帽姿。

女性の意識も大きく変わった。有閑《ゆうかん》マダムたちは「今日は帝劇《ていげき》、明日は三越《みつこし》」と飛び歩き、「新しい女」たちによって『青鞜《せいとう》』という雑誌が刊行された。またカフェーの女給たちは着物に白エプロン姿で、客に酒を勧めながら、自分も甘いポートワインを口にした。

もはやおとなしく家を守ることが美徳ではないと、女たちは世に訴えたのだ。それに応えて人々は「命短し恋せよ乙女」と歌った。

アールヌーヴォーやアールデコの美意識がもたらされ、竹久夢二《たけひさゆめじ》の絵が人気を博した。都会の人々は、だれもが新しもの好きの上昇志向に突っ走った。

しかし浮き沈みも激しかった。株急騰のほぼ一年後、ドイツとの講和の噂《うわさ》が流れると、一転、株価は暴落した。好景気が大戦特需《とくじゅ》であることは、だれもが心得ていたのだ。

それでもなお都会では浮かれていたが、地方の庶民の暮らしは厳しかった。食料も物資も軍優先となり、すべての物価が高騰していた。

そんな世界大戦最中の大正六年、ロシア革命が起きた。社会主義国家が成立し、単独でドイツと講和を結んで、連合国から外れた。日本を含めた連合国側は、社会主義が自国に影響することを恐れ、ソヴィエト連邦《れんぽう》を敵視し始めた。

　大正七年の夏も、嘉仁と節子は子供たちとともに、日光の御用邸で過ごした。嘉仁の体の揺れや足のもつれが、さらに目立つようになり、頭痛も訴え始めた。そのため侍医から静養を勧められたのだ。

　日光で過ごしていた八月初めだった。嘉仁はシベリア出兵の命令書に、署名を求められた。そして筆を持ったまま、節子の前で深い溜息《ためいき》をついた。

「これは、たった一枚の紙だが、兵士たちの命がかかっている。できることなら署名したくはない」

　さらに、もどかしげに言う。

「世界大戦は四年も続いているのに、終えようという気運は、日本のどこにもない。戦争は儲《もう》かるものだと、だれもが思い込んでしまった」

　すでに日本海軍は地中海にまで遠征し、戦死者も出している。だが遠いヨーロッパでの海戦など、ほとんどの日本人にとって、まったく他人事《ひとごと》だった。

　それどころか日本中が戦争の拡大を歓迎していた。戦争は、すべてを破壊する。壊れれば、また新しいものが売れる。戦争が続く限り、好況も続くと、だれもが信じていた。

だが地方では米価の高騰に、庶民があえぎ続けていた。そして日本海側の富山湾に面した魚津《うおづ》という港町で、とうとう女たちが口火を切った。台所を預かる主婦たちが、地元産の米を船に積み込ませまいと、体を張って阻止したのだ。

ちょうど、そこにシベリア出兵が発表された。すると庶民は、さらに大量の米を軍に持って行かれると案じ、またたく間に、騒動は富山各地の港町に広がった。数日のうちに炭鉱などにも波及し、各地で米問屋が襲われた。

嘉仁も節子も、すぐさま日光から東京に戻った。暴動の鎮圧には、警察だけでなく、軍まで出動した。八月十三日には、政府は一千万円の国費を、米価引き下げに投入すると発表し、日本全国で米の安売りを実施した。

一連の騒動は米騒動と呼ばれ、時の内閣は辞職に追い込まれた。代わって首相の座についたのが原敬だった。それまでの総理大臣は華族が続いており、初めての平民宰相《さいしょう》として、庶民からの期待が高まった。

しかし嘉仁の体は、いよいよ疲れやすく、騒動の対処などには、もはや耐えられなくなっていた。そして風邪が長引き、十月の天長節《てんちょうせつ》の観兵式《かんぺいしき》を欠席した。

薬が処方されると、節子は侍医に頼んだ。

「私にも同じものをください」

不審顔の侍医に言った。

「あなたを疑っているわけではありません。ただ帝が少しでも心安らかに、お薬をお飲みになるように、帝の目の前で、薬を二等分してください。片方を私が飲みます」

食べ物には毒味役がいるし、大盛りの大皿から、嘉仁も節子も自分で選んで、女官が目の前で取り分ける。残りは侍従や女官たちが食べる。だから毒の入りようがないが、薬は医者を信用するしかない。

しかも嘉仁の祖父に当たる孝明天皇には、毒殺の噂がある。病気が、いったんは好転したのに、薬を飲んでいるうちに、どんどん悪化していったと言われている。そんなことを疑い始めたらきりがない。そのために節子は、みずから毒味を申し出たのだ。しかし侍医は容易に承知しなかった。

「健康な方に投薬して、どのような結果になるかは、見当がつきません。皇后さまが、ご体調を崩されると、困りますし」

「いいえ、私の体など、どうなってもかまいません。もう四人も元気な男の子を産みましたし。あとは、ひとえに帝の御為になればと、願うばかりです」

「わかりました。ならば私もいただきます。毎回、皇后さまと私が交互に、お薬を飲むことにいたしましょう。そうしてこそ医者として、ご信頼をいただけるでしょうし」

節子は提案を受け入れた。そして毎回、嘉仁の前で、油紙に包んだ粉薬を二等分し、その片方を嘉仁が、残りを節子と侍医が、交替で飲んだ。

翌月、栃木県内で行われた陸軍の特別大演習には、嘉仁は、なんとか出席できたものの、左足が不自由なのは、だれの目にも明らかだった。もはや足がもつれるなどという段階では、なくなっていた。

世界大戦は十一月十一日に至って、ようやくドイツが降伏した。今度は戦勝気分があって、以前ほどは株価は暴落しなかったものの、それでも経済は不安定だった。

この年の帝国議会開院式に、嘉仁は出席できなかった。帝国議会の通常会期は、毎年十二月から三ヶ月間だ。天皇は、この開院の宣言をすることになっている。しかし大勢の議員の前で、足を引きずる姿をさらすのは問題だとして、引き止められたのだ。

とはいえ議会の開院宣言を欠席するとなると、ただの疲れでは言い訳がつかない。とうとう侍医が、神経系の疾患《しっかん》だろうと判断した。しかし精神科に対しての偏見《へんけん》は強く、専門医を宮中に呼ぶだけでも、抵抗が大きかった。

そのために葉山の御用邸での静養中に、内々に呼ぶことにした。実際に診察を受けられたのは、大正八年の二月だった。

精神科医は嘉仁の手足の動きを、丁寧に調べて言った。

「あまり、お気にかけることは、ありません。時間はかかりますが、よくなりましょう」

さらに精神科医は別室で、節子と波多野に診断結果を伝えた。すでに波多野は宮内大臣の地位にあるが、大事な診断だけに、葉山まで来てもらったのだ。

医者は重い口調で告げた。

「恐れ多いことながら、帝は脳のご病気と見受けられます。体が揺れるとか、足がもつれる、手が震える、さらに頭痛などの症状から判断して、おそらくは小脳という部分が、縮んでいく病気ではないかと存じます」

節子は一瞬、目の前が暗くなった。脳内の病気という憶測《おくそく》はあったものの、専門医から現実として突きつけられると、あまりに衝撃が大きかった。それでも気を取り直し、すがるような思いで聞いた。

「治りましょうか」

「今の医療では、原因すらわかりません。うつる心配はありませんが、まだ治療方法は見つかっていません」

「ならば、この先は」

「同じ症状の患者を診《み》たことがありますが、この病気は、とてもゆっくり進行します。ですから急に悪くはなりませんが、いずれは立てなくなり、話もできなくなることも、お覚悟なさってください」

その先に死が待っていることは、聞かなくても明らかだった。

医者が退出してから、波多野がつぶやくように言った。

「そういえば、ずいぶん前から、お体が揺れることがございました。先帝から落ち着きがないと、お叱りを受けられたこともございます。でも、ご病気でいらしたとは」

山県有朋からも叱られた。だが落ち着きがなかったわけでも、緊張のせいでもなかったのだ。それなのに嘉仁が悪いと見なされ続けたのが、節子には哀《あわ》れでもあり、悔しくもあった。

波多野は口を濁《にご》した。

「されど、このようなご病気だと、公表するわけには」

精神科の受診ですら、内密にしなければならないほど、心や頭の病気は偏見が大きい。筆子《ふでこ》のように知的障害のあるわが子を、堂々と人に紹介するのは、非常に勇気の要ることだった。

波多野は、いよいよ申し訳なさそうに言う。

「頭の病気となると、遺伝すると思い込む向きも、多うございますし」

天皇家は神聖な血統であり、そんな遺伝があってはならないのだ。かたわらに控えていた侍医も、遠慮がちに口を開いた。

「帝は、ご幼少の頃に、脳脊髄膜炎《のうせきずいまくえん》を患《わずら》っておいでです。今度のご病気を、公表しなければならない時が来たら、その時の影響だとすべきかもしれません」

かつて華族女学校で、嘉仁のことを「おつむを患った方」だという噂があった。たしかに幼い頃に、脳脊髄膜炎に罹患していた。だが、まったく後遺症などなかったのは、だれよりも節子が知っている。

なのに無理にでも、そこに原因を持っていかなければならない。どうしても遺伝ではなく、嘉仁個人の病気にしておく必要があるのだ。だがそれでは、またもや嘉仁ひとりが悪いことにされてしまう。節子は無性に腹が立った。

「遺伝などいたしません。それは私の産んだ四人の子供たちが、先々、証明してくれましょう」

そして後日、長男の裕仁を東宮御所から呼んで、病状を打ち明けた。普段は感情を露《あら》わにしないが、さすがに顔色が蒼白《そうはく》になった。節子は言葉少なに伝えた。

「あなたが次の帝になるのが、早くなるかもしれません。とにかく、いついかなる時でも、覚悟はしておきなさい」

裕仁は小さくうなずくと、気を取り直したように、はっきりと言った。

「わかりました。帝や皇后を、お支えできるよう、相応の覚悟はしておくつもりです」

裕仁は三年前、十六歳で、正式に皇太子に決まった。以来、東宮と呼ばれ、住まいも東宮御所で独立している。久邇宮《くにのみや》家の良子《ながこ》女王との婚約も内定した。

それでも弟たちよりも小柄で、長男らしく生真面目《きまじめ》だ。それだけに節子には、息子の健気《けなげ》な言葉が、だれかに教え込まれたようで、むしろ哀れな気がした。

ドイツの降伏とともに、すぐに大使節団が組織され、横浜からヨーロッパへと船出した。そして一行がパリに到着するのを待って、パリ講和会議が始まった。大戦後の世界平和を保つための国際会議だった。

その内容が逐一《ちくいち》、外務省に打電されてきた。講和会議の参加は三十数カ国に及んだが、その中で五名もの代表者が認められたのは、イギリス、フランス、アメリカ、イタリア、そして日本の五ケ国だけだった。

新聞は大活字で書き立てた。華々《はなばな》しい戦勝によって、日本はアジアの主導国となり、イギリスやフランス、アメリカなどと同等の、世界の第一等国に躍《おど》り出たと。

嘉仁は開いたままの新聞を、節子に手渡した。ここのところ手の動きが緩慢《かんまん》になり、自分で畳《たた》むのがもどかしいのだ。

「加藤高明の筋書き通りに進んだな。今頃は、あの大きな鼻を、自慢げに膨《ふく》らませているのだろう」

さらに表情をくもらせた。

「講和会議などと言っても、どうせ、どれほどの領土と賠償金を、ドイツから分捕るかの相談だ。日本も、さぞ分け前をもらえることだろう。天狗《てんぐ》になるのも、ほどほどにしたいものだ」

パリ講和会議は半年間も続き、六月には参加各国が揃って、ヴェルサイユ条約に調印した。やはりドイツには、とてつもない額の賠償金支払いが課せられた。さらに今後、戦争を抑止《よくし》するために、国際連盟を発足させることとなった。

日本は連盟の常任理事国に食い込むことができた。日本以外ではイギリス、フランス、イタリアの三カ国。結局、アメリカは加盟しなかったが、とりあえず日本としては、世界の一等国という揺るぎない看板を得たのだ。

その夏は連盟の準備で、さまざまな書類が押し寄せ、嘉仁は日光に出かける機会を逸《いっ》した。節子としては心配でたまらなかった。

ここのところ手足の動きは、以前よりも、しっかりしている。だが真夏の執務室は、空気が湿気を帯びて、耐えがたい暑さだ。油蟬《あぶらぜみ》の声と、天井の扇風機の単調な音だけが響く。

そんな部屋で、嘉仁はきちんと軍服を着込み、額に汗をにじませて、ただただ署名を続けた。

八月の半ば過ぎだった。奥に帰ってくる時には、目の下に隈ができ、疲れ切った表情だ。取った。汗で脱ぎにくいのかと、節子は手を貸しながら言った。

「くれぐれも、ご無理を、なさいませんように」

するとと嘉仁は上着を脱ぎきって応えた。

「らいしょううた」

節子は、おやっと思った。大丈夫だと言おうとしたらしい。嘉仁は自分でも変だと思ったようで、もういちど言った。

「らい、しょうう、た」

明らかに口がまわっていない。節子は急いで駆け寄り、手近な椅子に腰かけさせて、ネクタイを緩め、シャツのボタンを外《はず》した。

「お医者を呼びましょう」

だが嘉仁は、大袈裟にするなと言いたげに、首を横に振った。そして大きく息をつくと、口を開けて、試すように何度か動かし、それから声に出して言った。

「いいや」

もういちど息をついてから言い直した。

「大丈夫だ。何でもない。ちょっと頭が痛いだけだ」

　言葉は戻っていた。

「ならば、お水を」

　節子が女官に、コップで水を持ってこさせると、嘉仁はひと息で飲みきった。暑さで脱水状態だったらしい。ともかく大事には至らなかったことで安堵《あんど》したものの、やはり油断はできなかった。

　それから数日後、特に昼間の熱気の引かない夜だった。嘉仁が夕食の席で、テーブルのナフキンを取り上げて聞いた。

「松平《まつだいら》夫人が来るのは、いつだったかな」

　節子もナフキンを手にして応えた。

「明日ですわ」

　松平夫人とは、かつて女官を務めていた信子《のぶこ》のことだ。あれから、会津藩主の六男で、外交官の松平恆雄《つねお》と結婚した。彼らが海外赴任《ふにん》から帰るたびに、節子は宮中に招いて話を聞く。明日も、その予定だった。

「また雪合戦の話を、するのだろうな」

「そうですね。いつも、しますもの」

「よほど痛快だったのだろう。きみが味方してやったし」

ふたりで笑っていると、女官が料理を運んできた。嘉仁は大皿から、自分の取り分を選びながら言った。

「亭主の方は、また外国なのか」

「ええ、明日は信子さんだけです」

「まあ、ひとりでもいいさ。彼女の外国の話は、なかなか面白い」

「信子さんは、よく勉強していますわ。外交官は夫婦で夜会に出ますし、国際事情に通じていなければ、ほかの国の外交官夫人たちと、対等に話ができないのでしょうね」

節子も大皿の一部を指さし、ふと夫に視線を戻して、息を呑んだ。嘉仁の体が椅子から、ずり落ちかけていたのだ。

大皿を運んできた女官も、小さな悲鳴を上げ、慌てて皿をテーブルに置いて駆け寄った。

節子は椅子のかたわらにひざまずいて、夫の顔をのぞき込んだ。苦しげに眉を寄せている。節子は手早く襟元を緩めながら、後ろを振り返って叫んだ。

「担架《たんか》をッ」

だが嘉仁は、節子の手をつかんで、首を横に振った。

「だ、大丈夫だ。担架など要らない」

言葉はしっかりしていた。そして目を二、三度しばたくなり、椅子の肘掛けをつかんで、自力で座り直した。もう普通の状態に戻っている。しかし節子は休むように勧めた。

「もう床につかれた方が、よろしいでしょう。食事も寝室に運ばせますから。どうか無理は、なさらないで」

すると嘉仁はうなずき、しばらく呆然と椅子に座っていたが、自分で様子を見ながら、ゆっくりと椅子から立ち上がった。

すでに侍従たちも心配顔で集まってきていた。節子が手を貸し、もう片方に若い侍従が付き添って、寝室に向かった。途中でよろけ、両側から支えた。

寝台に横たわってから、嘉仁が言った。

「心配をかけて、すまない。でも大丈夫だ」

そう言いながら、どこか言葉も変だった。

「ご無理をなさいますな。明日の信子さんとの約束は延ばしましょう」

「いいや。明日でいい。もし明日になっても、まだ私の調子が悪いようだったら、きみだけでも話を聞いて、それを教えてくれ。特に中国や朝鮮のことが気がかりだ」

ここのところ朝鮮半島では、日本からの独立運動が広がり、満州では、日本軍と中国軍とが衝突《しょうとつ》した。小さな記事だったが、嘉仁は新聞で読んで、気にかけていた。
　はたして翌日は微熱が出て、頭痛もひどく、執務室にも出られなかった。節子は
看病が気になったが、嘉仁から再三、勧められて、信子の来訪が知らされると、ひ
とりで応接室に出た。
　信子は笑顔で立ち上がり、ごきげんようと挨拶《あいさつ》を交《か》わした。だが嘉仁の体調が悪
いと告げると、眉をくもらせた。
「それは、ご心配でございましょう」
「あなたの話を聞けないのを、とても残念がっていました。ほかの者たちは、表向
きのことしか話してくれないし」
　女官が銀の盆で紅茶と洋菓子を運び、節子と信子の前に置いた。節子は紅茶を勧
めながら聞いた。
「パリ講和会議の結果は、新聞に華々しく描かれていましたが、実のところ、どう
だったのでしょう」
　信子は軽く頭を下げてから、紅茶茶碗を引き寄せた。
「日本人は、なかなか討論に入っていかれなかったようです。英語は話せても、討
論そのものに慣れていませんし」

ヨーロッパでは昔から、嫌というほど戦争や紛争を繰り返している。そのために討論は手慣れたもので、それぞれ自国の利益を声高《こわだか》に主張しては、適当なところで手を打つという。

「ですから日本が国際連盟の常任理事国になれたのは、上出来というところです。やはり開戦後、すぐに参戦したことが、よかったのだと、たいがいの者が申します」

まさに勝てば正義だった。戦争は避けるべきだなどという考えは、もうどこにもない。

「ただ国際連盟は、アメリカの不参加で、精彩を欠くことになりました」

アメリカは今度の世界大戦には、イギリスに味方して参戦したものの、たいして利益はこうむらなかった。そのため今後はヨーロッパの紛争には関わらないように、国際連盟には加わらなかったという。

信子は紅茶に砂糖を入れて、話を続けた。

「それに日本が連盟の常任理事国になったことで、中国との摩擦《まさつ》が増しています」

「中国のことは、帝も気にかけておいでです。どんな様子なのです?」

「日本が大国という顔を持つにつれて、反日感情や危機感が高まっているようです」

長い間、中国は中華思想の国であり、日本など取るに足らない国だった。しかし、ここ五十年ほどで立場が逆転した。

「でも中国人としては、四千年の歴史の中で、たかが五十年という意識があるのです。それを理解しないと、対立が深まるばかりです」

信子の意見は、嘉仁の感覚に近かった。

「満州の事情も、日本人は誤解しています。万里の長城の外側だし、荒れ地として放り出されているのだから、使ってもかまわないという話ですが、実は放牧地として利用している遊牧民族がいるのです」

ただし遊牧民は、稲作民族のように土地所有の意識がない。そのために日本人が荒れ地と見なして入植しても、清《しん》王朝の時代には、さほど抵抗がなかった。清王朝にとっては、日本という存在も、万里の長城の外側の土地も、取るに足らないものだったのだ。

だが遊牧民は自衛の必要性から、武装して馬賊《ばぞく》になった。さらに軍閥《ぐんばつ》と呼ばれるまでに成長し、今では実質的に自治権を行使しているという。

「それに中国は領土が広大すぎて、国家としての統一感や、国境の意識が、長い間、希薄でした」

清王朝が滅びたのは、明治から大正に変わった年だ。そして中華民国《ちゅうかみんこく》が誕生した。

「とはいえ中華民国政府は、いまだ中国全土を治めきれていません。軍閥は勝手に地元を支配していますし、中国共産党も力を持ち、独自の軍を有して、中華民国政府と対立している状態です」

かつて日本政府は、あえて中国の混乱を狙って、満州の軍閥と親密だったこともあった。だが原敬が首相になって以来、軍閥との縁は切り、中華民国政府に近づいている。

「中華民国政府に自国を治める力がないことも、大きな問題ではあるのですが、とにかく日本は軍事衝突を避けるべきです。戦火が拡大する恐れがありますし」

日本は満州の日本人を守るために、日本軍を常駐させている。この軍が現地の軍閥と衝突すると、収拾が厄介になるという。中華民国政府と軍閥との足並みが揃わず、停戦交渉がまとまらない危険があるのだ。

「それにアメリカも、日本の中国進出を危険視しています」

イギリスやフランスは中国の都市に、自分たちの租界を持っている。その利権を守るために、日本の満州進出も容認している。しかしアメリカは中国に進出しておらず、日本の大陸への拡大路線には、かなり批判的だという。

節子は、空になった紅茶茶碗を横によけて聞いた。

「でも日本の新聞は、威勢のいいことしか書きませんね」

信子はうなずいた。

「世界大戦に勝って世界の一等国になったと、勇ましく書き立てれば、読者が飛びつきますし、部数も伸びるのでしょう」

節子は勇ましさの陰に、不気味なものを感じずにはいられなかった。

「また時々、話を聞かせてください。きっと次は、帝も同席なさいますから」

信子も、夫が帰国したら、また新しい情報を知らせると約束して、その日は話を終えた。


その年の十二月の帝国議会開院式も、嘉仁は出席できなかった。それからも体調は一進一退を繰り返しながら、確実に悪い方向に進み、床につく日も増えていった。

年が改まって、大正九年の春になると、いよいよ戦後の恐慌がやってきた。大戦中に破壊されたヨーロッパの工場が、次々と操業を再開し、日本製品の市場が取り戻されていったのだ。今までにも、ちょっとしたきっかけで好況と不況が繰り返されたが、今度は原因が、はっきりしているだけに深刻だった。

そんな最中の三月二十六日、節子は新聞を広げ、片隅に目が釘付けになった。滝乃川学園が火災に遭《あ》い、知的障害児六人が焼死したという記事だった。節子は痛ましさで、思わず両手で顔を覆った。

お忍びで滝乃川学園を訪ねて以来、御手許金《おてもときん》を遣《や》り繰《く》りして、毎年末に匿名《とくめい》で寄付を続けている。その礼状が、かならず筆子から届く。

四年前に受け取った手紙には、筆子の娘で、節子にも懐《なつ》いていた幸子《さちこ》の死が綴《つづ》られていた。三十一歳の若い命を閉じたのだ。

昔、高円寺村で、セキの母親が、目尻《めじり》を指先で拭って言った。

「厄介払いができて、よかったじゃないかって言う人もいたけどね」

節子は自分自身が子を持って、初めて、あの母親の涙を理解した。厄介払いなどではない。障害があり、弱い子だからこそ、愛しかったのだ。

筆子も、さぞ嘆いていることだろうと、節子は慰めの手紙を書き送った。それからも時折、手紙のやり取りが続いた。

今年は筆子からの礼状に、三月に新館を新築する予定だと書かれており、改めて寄付を送った。すると筆子が、その礼を言いに訪ねてきたばかりだった。

節子は波多野敬直《よしなお》を呼んで聞いた。

「少し、まとまった火事見舞いを出せませんか。建て直しのお金もかかるでしょうし。この不景気では、なかなか寄付も集まりにくいでしょうし」

波多野はすぐに用立ててくれて、慌ただしく女官に持たせて滝乃川学園に遣《つか》わせた。

ちょうど同じ日に、精神科医による嘉仁の二度目の診察があった。前回は原因はわからないという話だったが、今度の診断は違った。

「恐れながら、やはり幼い頃に罹患された脳脊髄膜炎の影響と存じます」

どうしても医者としては、そこに原因を求めなければならないのだ。節子は予想はしていたものの、やはり夫が哀れだった。

翌日、首相の原敬が現れて言った。

「そろそろ、ご病気を公表しなければなりません」

もはや軍事視察のような公務は無理だった。ならば病気であることを、世間に伝える必要があった。

「ただし脳のご病気となると、衝撃が大きいように思います。今回は先帝と同じ糖尿病と、座骨《ざこつ》神経痛ということにしては、いかがでしょうか」

原の誠実さを知っているだけに、その提案は拒みにくい。それでも節子には、即座に承諾《しょうだく》はできなかった。

「一日だけ、待ってもらえますか」

「皇后さまが納得されるまで、何日でも、お待ちいたします」

原が帰ってから、節子は夫の枕元に戻った。ちょうど眠っており、かつての大病を思い出す。天皇の座について二年目で、肺炎が重くなり、生きるか死ぬかの経験をしたのだ。

あの時は崩御まで覚悟したが、奇跡的に回復した。重湯を飲み、粥を口にし、自分で御不浄まで歩いて行くことができたのだ。

あの奇跡が、もういちど起きてほしいと願う。だが今度は、あの時と違って、長年にわたって病気が進行してきている。嘉仁の気力や体力で、どうこうできるものではない。

嘉仁が目を覚ますのを待って、節子は、さりげなく告げた。

「原が、お目通りを願っております」

「ようきの、はっぴょう、か」

やはり呂律《ろれつ》がまわらないが、病気公表の件だと察していた。節子は覚悟を決めて応えた。

「さようでございます。糖尿病と座骨神経痛と、発表させていただきたいそうです」

嘉仁は目を伏せて黙り込んだ。回復できない情けなさがあるのだ。節子は首を横に振って言った。

「やはり知らせるのは、やめましょう。いずれ治りましょうから、下々に、要らぬ心配をかけることは、ありません」

公表することによって、病気が決定的になることが、節子自身、嫌だった。だが嘉仁は視線を上げて、ゆっくりと応えた。

「はっぴょう、して、よい」

嘉仁は、もう逃げられないことを覚悟している。ならば節子も、覚悟を決めなければならなかった。

そして三月三十日、天皇が糖尿病と座骨神経痛で伏していると公表された。

翌月半ばのことだった。筆子が訪ねてきた。

前に訪問を受けた時には、還暦《かんれき》を迎えても、なお美しかったが、今度は顔に火傷《やけど》の跡があり、さすがに打ちひしがれた様子だった。そのうえ応接室に入ってくる姿は、杖をつき、片足を引きずっていた。

「その足は、火事で？」

節子が聞くと、筆子は曖昧にうなずいた。園児が六人も死んだのに、自分が足の怪我《けが》だけで生き残ったことに、負い目を感じているらしい。

「私のことなどより、帝がご病気と、新聞で拝見しました」

節子も曖昧に応えた。

「まあ、今すぐ、どうこうというご病気ではないのです。ご体調のよろしい時には、書類の署名くらいはなさるのですが、今日は床に臥《ふ》せっています」

そして筆子に椅子を勧めた。

「それより園の再建で、お忙しいのでしょう。そんな怪我をされて、わざわざ来てくださらなくても」

見舞金の礼を、言いに来たのかと思ったのだ。

「いいえ、今日は、どうしても、私が参らなければ、ならないことですので」

筆子は大きめのハンドバッグから、袱紗《ふくさ》包みを取り出すと、節子が贈った見舞金を、熨斗袋《のしぶくろ》のまま差し出した。

「せっかくの思し召し、心から、ありがたく存じますが、これを、お返しに参りました」

節子は不審に思った。

「返しに？」

「いろいろ夫とも相談したのですが」

筆子は目を伏せて、言いにくそうに続けた。

「実は、滝乃川学園を、閉鎖することにいたしました」

「閉鎖？」

「六人も子供たちを死なせてしまっては、もう続けられません。親たちは、私たちを信頼して、子供を預けていたのに」

火事は二十四日の夜、洋館の男子寄宿舎で起きたという。その夜、在園していた生徒は、全部で三十八名。そのなかのひとりが、一階の遊戯《ゆうぎ》室の押し入れに隠れて、火遊びをしていたという。

二時間ごとの見まわりは徹底していたが、気づいた時には、消しようがないほど火がまわっていた。職員や保母たちが手分けして、二階で寝ていた生徒たちを、懸命に助け出した。

全員、建物から連れ出したはずだったが、数人、足りないことに気づいて、筆子みずから建物に戻った。

燃えさかる階段を、かまわず昇ろうとして、職員たちに引き止められた。それでも無我夢中で昇りかけたが、天井が焼け落ちてきて、筆子は頭を打ち、そのまま気を失ったという。

「本当に情けなく、死んだ子供たちに、申し訳が立ちません」

六人は逃げるすべもわからず、身を寄せ合って焼け死んでいたという。

「お気に入りの玩具《おもちゃ》を、胸に抱きしめていた子や、草履《ぞうり》を握りしめたまま、焼け死んだ子もおりました。どんなに怖かったか、どんなに熱かったか、どんなに苦しかったかと思うと、もう哀れでたまりません」

その責任を受け止めて、学園の閉鎖を決めたという。節子は同情心を抑えて聞いた。

「でも学園がなくなったら、残った生徒たちは、どうなるのですか」

筆子は、また目を伏せた。

「親元に帰すか、ほかの施設で受け入れてもらえないか、あちこち探しているところです」

「でも受け入れてくれるところなど、なかなかないのでしょう？」

理想としては、普通の子供たちの中で、差別なく暮らせればいいが、現実には、まず間違いなく苛《いじ》められる。高円寺村のセキもそうだった。

障害のある子供たちが友達を作り、無理なく読み書きや工芸を身につけるには、今は滝乃川学園に勝《まさ》るものはない。

「考え直すわけには、いかないのですか。もし幸子さんが生きていて、居場所がなくなったり、お友達と別れることになったら、きっと寂《さび》しがったでしょう」

節子は言葉を尽くしたが、筆子は首を横に振り続けた。

「でも、大事な子供たちが死んだのに、私が今までと変わらずにいるなんて、そんなことが許されるはずがありません」

その心情が、わからないわけではない。それでも筆子には、投げ出してもらいたくはなかった。しかし失った命の重さの前に、励ましの言葉さえ見つからない。

節子は、ふと思い立って誘った。

「よかったら、帝を、お見舞いになりませんか」

「私が？　そのような恐れ多いことを」

「いいえ、前から滝乃川学園のことは、お話ししてありますし、きっと帝も喜ばれましょう」

何度も勧めて、ようやく筆子は承諾した。

病室に入ると、ちょうど嘉仁は目を覚ましたところだった。顔色が悪かったが、節子は筆子を紹介した。

「こちらは石井筆子先生。華族女学校で、お世話になったフランス語の先生です」

嘉仁は頰を緩めた。だが言葉は発しない。最近は慣れない相手には、話しても通じにくいために、何も言わなくなってしまったのだ。

そのために筆子から挨拶をしただけで、短時間で病室から退出した。節子は、もういちど応接室に戻ってから、病状を明かした。

「帝は脳のご病気なのです」

筆子が息を呑む。節子は落ち着いて続けた。

「今はまだ、調子のいい日には、歩くこともできますし、話もできます。ただ、よくなることは、ないそうです。東宮に引き継ぐ日も、そう遠くないかもしれません」

筆子は信じがたいという顔で、つぶやいた。

「そんな」

「私が、ほかの家に嫁いだとしたら、しないですんだ苦労は山ほどあります。でも後悔はしていません。ここに嫁いできて、むしろ、よかったと思っています」

節子は微笑んで続けた。

「以前、先生も、おっしゃったでしょう。ご病気がちなご主人と結婚されて、看病が辛かった時期もあったけれど、でも幸せだったと。あのお気持ちが、今になって、私にはわかるのです」

それは嘘偽りない気持ちだった。

「あの時、私は幸子さんに引き合わせていただいて、ここに嫁ぐ決意をしました。あえて苦労に向かって踏み出したのです。そして今日は私が先生に、帝のお見舞いを、お願いしました」

あの時とは立場が逆であり、節子が励ます側だった。今度は筆子が、さらなる苦労に向かって、新たな一歩を踏み出す番だと、言外に伝えた。

「今日、返していただいたお金は、しばらく預かっておきます。もしも必要になったら、いつでも言ってください。喜んで女官に届けさせます」

筆子は泣いていた。そして涙声で言った。

「立派な皇后さまにおなりです。これほど立派な教え子を持って、私は幸せです」

節子は、もうひと押しした。

「障害のある教え子を持つことも、幸せではありませんか」

筆子は小刻みにうなずき、眼を赤くして帰っていった。

そして数日後、手紙が届いた。いろいろ考えた末、やはり滝乃川学園を続ける決意をしたという。節子は約束通り、すぐに女官に見舞金を持っていかせた。

5章　はるか御陵へ

滝乃川《たきのがわ》学園の火事から半年ほど経った、大正九年の秋のことだった。首相の原《はら》敬《たかし》が神妙な様子で、節子《さだこ》の前に現れた。

「久邇宮《くにのみや》さまの良子《ながこ》女王に関わることなのですが」

久邇宮良子といえば、二年以上も前から、裕仁《ひろひと》との婚約が内定している相手だ。

「何か、問題でも？」

節子が促《うなが》すと、原は、いっそう固い表情になって言った。

「実は、久邇宮家のお血筋に、視力の問題があることがわかりました」

「視力？　近視ですか」

「いいえ、赤と緑の区別がつきにくいのです」

学習院で男子生徒たちの身体検査を担当する軍医が、良子の実弟に色覚障害があることに気づいたという。

「男子には二十人にひとりの割合で現れ、そう珍しいわけではありません。ただ、その軍医は眼科が専門で、特に色覚障害の遺伝を研究しており、気にかけています」

なにぶんにも将来の皇后の家系だけに、見過ごしにはできなかったという。そこで久邇宮家の親族について、さらに眼科の検査結果をひもといてみたところ、良子の弟のみならず、兄にも同じ結果が出ており、母方の叔父《おじ》にも現れていた。良子の母の実家は、旧薩摩《さつま》藩主の島津《しまづ》家だが、そちらからの遺伝であると、軍医は突き止めたという。

節子は疑問を口にした。

「男子には二十人にひとりというと、女子では、どうなのです?」

「女性の率は低く、たとえ因子を持っていても、現れにくいそうです。ですから良子さまご自身は問題がありません。ただ兄上も弟君も、さらには叔父上までもとなれば、当然、ご本人も潜在的な因子を持っていると判断して、しかるべきでしょう」

節子は気持ちが重くなった。そうなると自分の時と同じことが、繰り返されかねない。ごく軽い肺疾患《しっかん》のために、伏見宮禎子《ふしみのみやさちこ》が婚約破棄されて、禎子自身のみならず、節子も辛《つら》い思いをした。そしてまた久邇宮良子や、その周辺の人々が、同じ目に遭《あ》うかもしれないのだ。

「でも私自身、視力は、よくはありません。それが東宮に現れて、申し訳ないと思っています」

節子は華族女学校当時から、黒板の文字が見えにくかった。しかし女学生は眼鏡《めがね》などかけず、申し出れば、教室の前の方の席を与えられた。婚約の際にも、体力面ばかり注目され、近視は問題にならなかった。

だが裕仁が学校に上がって間もなく、近視であることがわかった。次男の雍仁《やすひと》も同じで、兄弟揃《そろ》って眼鏡をかけている。

しかし明治天皇は眼鏡は使わなかったし、嘉仁《よしひと》の視力も悪くない。節子が近視の遺伝子を、天皇家に持ち込んだ可能性は、けっして低くはない。それを思うと、良子を問題視するのも、可哀想《かわいそう》な気がした。

それでも原は厳しい表情で言う。

「皇后さまのお優しさは、わかります。ただ色の見分けがつかなければ、軍人にはなれないのです」

陸海両軍とも、色覚障害を持つ者には、兵学校への入学を認めないという規則があるという。両軍の頂点に立つ天皇が、軍人資格から外《はず》れるわけにはいかない。

節子は、いっそう重い気持ちで言った。

「話はわかりました。でも、すぐさま婚約破棄とか、そんな乱暴な話は、やめてください。帝には私から、お伝えしますので」

原が退出すると、節子は夫の病室に入って、散歩に誘った。ここのところ体調のいい日には、杖をつきながら、散歩くらいはできる。

道灌濠《どうかんぼり》を渡って、吹上《ふきあげ》まで歩いた。吹上は木立の中に小道が続き、格好の散歩道になっている。銀杏《いちょう》の大木は、まだ黄葉《こうよう》には早いが、空は秋の色だ。

節子は夫に手を貸し、ゆっくりと歩きながら、原から聞いた話を伝えた。すると嘉仁は、よくまわらない舌で聞いた。

「ひろ、ひと、は？」

裕仁自身の気持ちは、どうなのかと聞きたいらしい。節子は首を横に振った。

「まだ聞かせてはいないと思います。ただ本人は、良子女王を気に入っている様子ですので」

東宮御所の自室には、良子の写真が飾ってあると聞く。裕仁は二十歳、良子は十八歳。親しく会っているわけではないが、結婚するつもりになっているふたりを、引き裂《さ》くのは忍びがたかった。だいいち良子が因子を持っているからといって、かならず遺伝するとは限らない。

木立の道を、嘉仁が杖をつき、足を引きずりながら、また口を動かした。

「決まり、は、どうに、でも、なろう」

兵学校への入学資格など、特例としてしまえという。軍人にとって視力は大事だ。敵を目視《もくし》できるかどうかが、勝負の分かれ目になる場合もある。とはいえ天皇みずから敵を探索するわけではないし、特例を認めることは不可能ではない。

「だいいち、私は、こんな、体だ。先帝も、おみ足が、不自由、だった」

現実には体が不自由になっても、軍人の頂点なのだから、色覚障害など、ものの数ではないというのだ。

節子は微笑《ほほえ》んだが、やはり気にはなる。

「ただ私としては、近視を持ち込んだという負い目がありますので。良子女王も気に病むかもしれません」

嘉仁は少し考えていたが、自分の言葉を撤回した。

「ならば、しばらく、原に、任せよう」

とりあえず様子を見たいという。

「いざ、と、なったら、宮家で、なくても、よい」

婚約は今も内定の段階であり、天皇の正式な認可は、まだ出していない。それだけに選び直しも不可能ではなかった。

そもそも妃《きさき》候補について、節子が気を配り始めたのは、裕仁が学習院初等科の高学年になった頃からだった。

かつて嘉仁の妃選びの際には、明治天皇も政府高官たちも、まず宮家の姫を望んだ。そのために伏見宮禎子に白羽の矢が立ったのだが、先帝の遺志を尊重するなら、今度こそ宮家から迎えるべきだった。

宮家の姫は、当然、学習院に通っている。すでに華族女学校は、男子校だった学習院と合併し、学習院女学部に変わっている。節子は何度か視察に訪れているが、そのたびに学校側で、めぼしい女子生徒の名簿を用意していた。

明治維新以降、宮家は全部で十数家あり、その中で、裕仁と年格好が合う姫は、久邇宮良子を含めて六人いた。節子は五摂家《ごせっけ》や華族まで視野に入れたが、その中でも良子が最適に思えた。

人柄も顔立ちも優しい。裕仁が生真面目《きまじめ》だけに、穏やかな雰囲気《ふんいき》の妻を、節子としては迎えてやりたかった。

そのうえ健康には問題がなく、意外にもスポーツ万能で、特にテニスや卓球が得意だという。絵も上手だった。

決め手は多産の家系という点だった。特に良子の母親は、良子を含めて三男三女を産み、早世した子は、ひとりもいない。

かつて節子は萬里小路幸子《までのこうじゆきこ》から、子供を産む道具のように見なされた気がして、わが身が情けなかった。だが天皇家は血統が続くことが、最大の課題であるのも事実だった。

そのために、もし元気な子が授からなければ、嫁《とつ》いできた本人に大きな負い目になる。そう思うと、家系的に多産であることは重視すべきだった。

だが三男三女を産んだ母親こそが、島津家から嫁いだ人で、そこから色覚障害が伝わったという。皮肉な結果だった。

十一月も末近くなって、節子の考えを硬化させる出来事が起きた。良子の父、久邇宮邦彦《くによし》が訪ねてきて、節子宛の書状を差し出したのだ。

節子は、いぶかしんで聞いた。

「何の手紙でしょう」

すると満面の笑顔で応《こた》えた。

「とりあえず、お読みいただければと存じます」

久邇宮は小柄で小太り。宮家には珍しい体型だ。明治天皇も晩年は肥満していたが、久邇宮が乗馬に困るだろうと心配し、乗りこなせそうな馬を探して与えたという逸話《いつわ》がある。

なおも節子は受け取らなかった。

「内容がわからなければ、受け取ることはできません」

それでも久邇宮は笑顔のままで言った。

「もちろん良子のことでございます。息子たちの目のことで、いろいろ取りざたされているようですが、わが家の長男は、すでに海軍兵学校で学んでおりますが、何も不都合はありません」

たしかに色覚障害を持ってはいるが、入学の際には何の問題にもならなかったという。

節子は、きっぱりと言った。

「そのような手紙なら、私宛でなく、帝《みかど》宛にしてください」

この件に関しては、原敬でも嘉仁を差し置いて、節子に相談を持ちかける。いきなり嘉仁に伝えて、病気に障《さわ》りがあってはならないという配慮だ。とはいえ書状となれば、天皇宛に差し出すのが筋《すじ》だった。

だが久邇宮は遠慮会釈《えんりょえしゃく》なく言う。

「そこはそれ、帝は脳のご病気で、このような込み入った話は、ご理解いただけないでしょうし」

節子は少々、むっとして応えた。

「たしかに脳のご病気ではありますが、言葉と手足が少しご不自由なだけで、理解力や判断力は以前と、お変わりありません。誤解のありませんように」

知能まで乱れていると勘違いされるのは、不愉快だった。久邇宮は慌《あわ》てて頭を下げた。

「それは失礼いたしました。ただ皇后さまには、お伝えしておきたいことがあります」

顔を上げるなり、まくし立てた。

「そもそも、この件は、山県有朋《やまがたありとも》の言いがかりです。長州《ちょうしゅう》藩閥としては、薩摩藩主の血統が天皇家に入るのが、面白くないのです」

それに原敬までもが乗ったのだという。

「いったん東宮妃《とうぐうひ》にと決定したことを、撤回するとなると、わが家だけでなく、ほかの宮家も黙っておりませんでしょう」

節子は言葉をさえぎった。

「婚約は決定ではなく、あくまでも内定です。まだ帝が正式に、お認めになったわけではないのですから」

すると久邇宮は急に高飛車《たかびしゃ》になった。

「そうでしたか。皇后さままでもが、山県の言いなりですか。皇族よりも長州の者どもを、ご信頼なさるのですね」

節子は冷ややかに言った。

「山県の件は、初めて聞きました。それに私としては今の今まで、できることなら良子女王を、外したくないと考えていました」

父親の余計な行動で、心証を害したと言外に伝えた。ふたたび久邇宮は慌てて頭を下げた。

「申し訳ございませんでした。出過ぎた真似《まね》をいたしました」

「それに、ほかの宮家も黙っていないとは、どういう意味でしょう」

「それは」

丸顔に汗をかきながら言う。

「ほかの宮家も、わが家には同情しているということです」

そして長居は無用とばかりに、持参した書状を持って、あたふたと帰っていった。

節子は、半年前に開かれた皇族会議を思い出した。節子自身は参加せず、伝え聞いただけだったが、その時から少し気になっていた。議題は宮家に関する皇室典範《こうしつてんぱん》の改正だった。

明治維新までは宮家は四親王家《ししんのうけ》と呼ばれ、伏見宮、有栖川宮《ありすがわのみや》、桂宮《かつらのみや》、閑院宮《かんいんのみや》の四家だけだった。四家は世襲であり、跡継ぎがない時には、天皇家から養子を迎えた。

それ以外の天皇家の次男以下は、剃髪《ていはつ》して僧侶《そうりょ》となり、格式の高い寺院の住職になった。当時の僧侶は妻帯せず、血統は、そこで途絶えた。

だが明治維新を機に、僧籍に入っていた者たちが、いっせいに還俗《げんぞく》して、新たな宮家を立てた。しかし、これも世襲となると、宮家が増え続け、政府の財政負担も天井知らずに増える。

そのために宮家の養子は認めず、さらに天皇から五世以上離れたら、華族に下がることが、皇室典範で定められていた。

子が一世、孫が二世、曾孫が三世、玄孫《やしゃご》が四世になる。その先となれば、少なく見積もっても百年以上の隔《へだ》たりがあり、当人同士が顔を見る機会もなく、親族から外れるのは当然だった。

とはいえ現実には規定は守られなかった。明治天皇の男児が、嘉仁ひとりしか育たなかったために、血統の保持という意図で、宮家は手厚く保護されたのだ。

だが節子が健康な男児を四人も産んだ結果、血の薄い宮家の必要性は薄れた。そこで政府が、五世以降は宮家から外れるという点を、改めて徹底することにしたのだ。

皇族会議に先立って閣議で承認され、当日は十一人の宮家当主が出席。裕仁も東宮として参加し、山県有朋や原敬も加わった。

すでに政府が決定した事柄だけに、皇族会議は、それを認めるのが当然だった。しかし久邇宮が拒否し、宮家は揃って追従した。

久邇宮が根まわししていたのは明白で、あたかも宮家の代表であるかのように、議論を仕切ったという。会議の後も裕仁に親しげに近づき、はや外戚《がいせき》気取りだった。

節子は自分の婚約の時を思い出す。亡き父は娘を東宮妃にしたがったが、それは会津《あいづ》の無念を晴らしたかったからであり、自分から根まわしや工作をしたわけではない。まして外戚気取りなど、いっさいなかった。いくら節子が男児を産んでも、臣下《しんか》としての立場をわきまえていた。

ほどなくして、さらに不愉快なことがわかった。節子が受け取らなかった手紙を、久邇宮は、あらかじめ写しを取って、ほかに回覧していたのだ。たとえ私信であっても、それは許されることではない。

しだいに久邇宮の行動は、政府内でも問題視され始めた。そして世間の知らないところで、婚約は暗礁《あんしょう》に乗り上げてしまった。

さまざまな意見が節子の耳に入った。とりあえず良子を妃にしておいて、典侍《ないしのすけ》でも寵愛《ちょうあい》して子供を産ませればいいという乱暴な話もあった。嘉仁と節子が築いた一夫一婦制など眼中になく、時代に逆行する考えだった。

そして何よりの気がかりは、久邇宮が陸軍大将の座を狙っているという噂《うわさ》だった。久邇宮は二十四歳で陸軍士官学校を卒業して以来、軍人として出世を重ねてきた。

良子が東宮妃に内定した年には、近衛師団長《このえしだんちょう》になり、さらに翌年には軍事参議官になっている。あとは陸軍の頂点に立つ陸軍大将を望むばかりだ。陸軍大将は天皇直属で、格としては首相と等しくなる。

久邇宮は世界大戦への参戦にも、シベリア出兵にも非常に積極的だったという。シベリア出兵は今なお続いている。

そんな軍人が裕仁の舅《しゅうと》になることが、節子には怖かった。かつて九条道孝《くじょうみちたか》が会津戦争を悔いて、こんなふうに言った。

「戦いに逸《はや》る武士たちを抑えるのは、とうてい無理だった。武力を持つ者の前には、まったくの無力だ」

そして今、陸軍大将という野心を持つ男が、裕仁の背後に忍び寄ろうとしている。陸軍の頂点と、天皇の舅という立場を、同時に手にしたら、とうてい若い裕仁では抑えきれなくなる。それは節子としては、どうしても避けたい事態だった。

十二月を迎え、また帝国議会の季節が巡りきた。すると嘉仁は、今年は開院式に出席すると言い出した。体調は上向きで、言葉も心なしか明瞭《めいりよう》になっている。

その少し前に、節子が久邇宮の件を打ち明けたことで、いたく嘉仁は憤慨《ふんがい》していた。

「私が、健在だと、いうことを、示して、おきたい」

明治天皇も晩年は、歩行が不自由だったのだから、自分が議員の前で足を引きずっても、欠席するよりはましだと言う。

そして開院の言葉を稽古《けいこ》し始めた。

「帝国、議会、開院を、宣言、する」

たったひと言の、わずかな時間ながら、ステッキをついて立っていても、体が前後左右に揺れる。

「どうか、ご無理はなさらないで」

節子は気遣ったが、嘉仁は懸命に稽古を続けた。

「もう、いちど、責務を、果たし、たい」

これまで見たことがないほどの執念《しゆうねん》だった。

そして当日は大礼服の正装で、馬車に乗り、議事堂に出かけた。節子は夫が戻るまで気が気ではなかった。

案《あん》の定《じょう》、嘉仁は疲れ切って帰ってきた。顔色も悪い。様子を聞くと、なんとかこなしたという。

年が改まって大正十年を迎えると、ふたたび原が参内《さんだい》してきた。その日も、嘉仁は割合に体調がよく、夫妻で迎えた。

原は話を切り出した。

「近々、東宮さまに、洋行していただきたいと存じます。特に日英同盟の縁で、イギリス王室と、ご交流いただきたいのです」

節子は夫と顔を見合わせた。裕仁の外遊は、以前から夫婦で相談したことがある。できれば外国に行かせたいものの、心配もある。

明治時代に来日したロシア皇太子が、琵琶湖畔の大津で、警備の警察官に突然、斬りつけられるという事件が起きた。節子がオッペケペー節を歌っていた頃のことだ。幸い傷は浅く、皇太子自身の配慮で、外交問題には発展せずにすんだ。

また世界大戦の発端《ほったん》になったのは、ヨーロッパで起きたオーストリア皇太子夫妻の暗殺事件だった。やはり海外では、何が起きるかわからない。特に皇太子という立場は、王よりも身軽で、海外に出る機会が多いだけに、狙われやすかった。

その反面、外国に出ると、一般人としての行動も不可能ではない。かつて嘉仁は国内でも、旅先で従者をまいて自由を楽しんだ。

裕仁は生真面目なだけに、父親の若い頃のような向こう見ずはしない。それでも、せめて外国で息抜きをさせてやりたいと、両親ともに考えていた。

そこに原からの申し出だった。

「東宮さまにおかれましては、ご結婚前に、ぜひヨーロッパで、見聞を広めていただきたいと思います」

嘉仁が、ゆっくりと応えた。

「願っても、ない、こと、だ」

原は節子にも聞いた。

「皇后さまも、よろしいでしょうか」

「もちろんです。ただ警備は、くれぐれも万全に願います」

「その点は、お任せください」

そして原は、翌日も現れて、今度は節子だけに面会した。

「昨日、帝にお伝えすべきか、迷いましたが」

原は少し緊張気味に話した。

「実は東宮さまのご遊学は、摂政《せっしょう》就任を視野に入れてのことなのです」

節子は、そういうことだったのかと合点《がてん》した。摂政とは文字の通り、政《まつりごと》を摂《と》る役目だ。天皇が幼少だったり、病弱だったりした場合に、代理を務める。

現状では嘉仁は、天皇としての責務を全《まっと》うできていない。どうしても御名御璽《ぎょめいぎょじ》が欠かせない書類は、体調のいい日を選んで、なんとかこなしているものの、調子が悪い日が続けば、どんどん遅れる。もはや政府は代理を求めていた。

それは理解できるものの、裕仁が摂政になれば、なおさら久邇宮の存在が気になる。

「久邇宮が、また前に出てこないでしょうか」

「たしかに、その点は問題です」

「久邇宮自身が、摂政の地位を狙ったりする心配は、ありませんか」

「そこまで、あからさまな態度には出ないでしょう。それに政府として考える摂政は、あくまでも東宮さまです。ただ久邇宮さまに口出しをさせないためにも、東宮さまに立派な摂政になっていただく必要があるのです」

そのための外遊だという。特にイギリス王室との交流を果たせば、皇太子としての箔《はく》がつき、久邇宮には手の届かない存在になる。それが原の狙いだった。

節子は、ようやくうなずいた。

「わかりました。あとは帝に、いつお伝えするかですね」

「その通りです。いずれ機を見て、私から言上《ごんじょう》します」

「そうですか。ならば、お願いします」

摂政を置くということは、天皇の力を取り上げることを意味する。それを嘉仁が納得するかどうかが問題だった。

その後も裕仁の婚約は、こじれ続けた。相変わらず公表はされなかったものの、噂は広まった。

もっぱら良子に対する同情から、山県有朋が悪役に仕立てられた。藩閥が問題視されていた時期だけに、長州の薩摩への対抗意識が原因だとささやかれ、だれもが、そう信じた。

そんな中、裕仁の出発が三月三日と決まり、東宮専任の侍従《じじゅう》が、嘉仁と節子に会いに来て言った。

「実は、ほかでもない、ご婚約のことですが、このまま、ご変更がないことを、東宮さまのご出発前に、はっきりさせては、いただけないでしょうか」

節子は夫と顔を見合わせた。嘉仁も不審顔だ。節子が代わって聞いた。

「東宮が、そう望んでいるのですか」

「さようでございます。私が、お願いに上がるなど、出過ぎたことだとは、重々、承知してはおりますが」

裕仁の侍従が、天皇に頼みごとをするとは珍しい。よほどの思いで、頼みに来たのは疑いなかった。侍従は言葉を続けた。

「ご婚約について、話がこじれた理由が、久邇宮さまにあることは、東宮さまも理解しておいでです。でも東宮さまはヨーロッパから、お帰りになられたら、いっさい余計なことはさせないと仰せです」

周囲を抑えられるだけの東宮になるという。その覚悟を、両親に伝えるために、侍従が来たのだった。

嘉仁は黙ったまま、節子に目くばせした。安易に返事をしたくないのだ。節子は夫の代わりに応えた。

「東宮の気持ちは、わかりました」

侍従は今すぐ返事を聞きたそうだった。しかし、そう易々《やすやす》と結論は出せない。

侍従が退出すると、嘉仁は深い溜息《ためいき》をついて、ゆっくりと言った。

「東宮、にも、これから、苦労が、待っている。せめて、自分の、気に、入る、伴侶《はんりょ》を、持たせて、やりたい」

先々、天皇としての重圧が待っているうえに、夫婦が不仲になったりでもしたら、心休まる場がないというのだ。その点を思うと、節子も、うなずかざるを得ない。

「まことに、仰《おお》せの通りです」

もともと良子は優しい人柄で、節子自身が選んだ相手だ。本人には申し分ない。ただ未来の皇后だけに、その父の行動は、どうしても見過ごせない気がした。

ただ裕仁が、これほどはっきり意思表示したのは初めてだった。感情を露《あら》わにしてはならない、気軽に考えを口にしてはならないと、禁じられて育てられたのだ。

だが自分自身で頼みに来たわけではない。若者らしく自分の言葉で頼んだのなら、節子は快く許した。そこまで自己主張できるのであれば、先々、久邇宮から余計なことを言われても、自分の判断で拒《こば》むことができる。

とはいえ普通の親子ではない。やはり天皇と東宮という関係では、侍従を通じて意志を伝えるのが、精一杯なのかもしれなかった。それに、ほかならぬ天皇が承諾するというのに、節子が押し留《とど》めることはできない。

結局、二月十一日の紀元節《きげんせつ》に合わせて、東宮の婚約に変更がないことが、改めて発表され、新聞にも記事が掲載された。これで一応の決着がついた形となった。

裕仁の出発の日が近づくと、新聞は渡欧《とおう》の記事で沸《わ》き、航路や予定が掲載された。

予定では三月三日に横浜港で、香取《かとり》という軍艦に乗船して出航。途中、香港《ホンコン》に寄港し、インドシナ半島をまわって、インド洋とスエズ運河を経て、地中海に入る。そこからイベリア半島をまわり、ロンドンに向かう。

ロンドンではバッキンガム宮殿で、イギリス王室主催の歓迎会が催される。その後はフランス、ベルギー、オランダ、イタリア各国を訪問し、帰国は半年後の予定だった。

だが出発直前になって、またも久邇宮は思わぬ行動に出た。ほかの宮家とは別に、単独で東宮御所《ごしょ》に参上し、裕仁に挨拶に出向きたいと願い出たのだ。

やはり自分は、ほかの宮家とは一線を画するということを、世の中に示したいに違いなかった。しかし、この件は、裕仁自身が断ったことで、実現はしなかった。

三月三日の出発当日は、節子は、いつもと変わらず、夫の病床に控《ひか》えて過ごした。すでに裕仁は前日に挨拶に来ている。節子が青山の東宮御所まで、見送りに出向くことは許されない。

生まれた時から、親密な母子ではなかった。それでも遠い外国に出すことで、さらに裕仁が遠のいていくようで寂《さび》しかった。

夕方になって、裕仁の弟たちが帰ってきた。三人揃って、横浜港まで兄を見送りに行ったのだ。

「ただ今、戻りました。兄上は、つつがなく出航されました」

すでに二十歳《はたち》になっている次男が、きちんと報告した。去年から陸軍士官学校に通っており、カーキ色の軍服姿だ。

隣に控える三男は十七歳で、やはり去年、海軍兵学校に入学しており、こちらは海軍の白い軍服を着ていた。

ふたりの兄たちの後ろから、末の崇仁《たかひと》が顔を出す。白い詰め襟《えり》姿が可愛《かわい》かった。ズボンが膝《ひざ》までの丈で、白い長靴下を履《は》いている。

人なつこい崇仁は、節子に近づいて言う。

「横浜でね、兄上が乗る軍艦に、僕たちも乗せてもらったんだ。香取っていう船だった」

年の離れた末子だけに、のびのび育てる方針で、言葉づかいも子供らしい。節子は微笑んで応えた。

「そう。大きい船?」

「うん。とっても。でね、僕、決めたんだ。大きくなったら、海軍に入るって」

軍艦を見て、すっかり心ときめかせたらしい。節子は、からかい半分で聞いた。

「おやおや、博士《はかせ》になると言っていたのに、変えたのですか」

崇仁は神話が好きで、それまでは歴史の博士になると言っていたのだ。

「博士はやめたんだ。軍艦に乗りたいから」

「そう。兄弟のうち、ひとりくらいは軍人ではなくて、何か研究でもしてくれたら、母は嬉《うれ》しかったのですけれど」

かつて裕仁が幼い頃、草花の博士になりたいと言った。だが周囲から女々《めめ》しいとでも言われたのか、草花に対する興味を封じてしまった。

皇族は軍人になるのが定めだ。だが節子としては四人も子を産んだのだから、ひとりくらいは学者にしたかった。

すると崇仁は少し首を傾《かし》げ、困り顔で応えた。

「うーん、軍艦には乗りたいけど。でも母上が、そうしてほしいんなら、僕は博士になってもいいよ」

「そお？　ありがとう」

母子のやり取りに、嘉仁も息子たちも笑った。

婚約のごたごたのせいで、裕仁とは、さらに溝《みぞ》が深まった気がする。そして、そのまま遠く離れていく。だが東宮という立場上、それは仕方のないことだった。

かつて萬里小路幸子が、親子の情など持たぬ方がいいと言った。だから、これでいいのだと納得するしかない。

それに息子は、まだほかに三人もいる。特に末子は、抱きしめたいほど可愛かった。

裕仁の外遊の様子は、電報で日本に伝えられ、逐一《ちくいち》、記事が新聞の紙面を飾った。

特にロンドンでの歓迎ぶりは、詳細に報道された。イギリスのエドワードという皇太子と、ゴルフで親睦《しんぼく》を深めたという。日本とイギリスの皇太子が対等であることに、日本中が誇らしさを感じた。

その一方で、嘉仁の病状が、続けざまに公表された。すでに去年、糖尿病《とうにょうびょう》と座《ざ》骨《こつ》神経痛と知らされたが、二度目の発表では、言葉が不明瞭であることが明かされた。

さらに三度、四度と病状発表が続き、脳の病気であり、もはや不治の病《やまい》であることが明らかにされた。原因は、幼い頃に罹患《りかん》した脳脊髄膜炎《のうせきずいまくえん》にあり、遺伝性のものではないと匂わされた。

半年後に裕仁が帰国すると、今度は華やかな歓迎ぶりが報道された。裕仁は、大勢の市民の前に立ち、帰国報告の書面を、堂々と読み上げた。

若い東宮の活躍の合間に、天皇の一連の病状が、ひっそりと報道されたのだ。世代の交替が印象づけられ、摂政への布石《ふせき》が、一手、また一手と打たれていった。

そして裕仁の摂政就任について、原敬が嘉仁の承諾を得る日が近づいた。だが、その直前に驚くべきことが起きた。原が東京駅で右翼《うよく》の男に刺され、命を落としたのだ。

あれほど親身になってくれた原の死は、節子には、とてつもない衝撃だった。まして殺されるとは、予想だにできない展開だった。

だが嘉仁に伝えないわけにはいかない。大きな活字が躍《おど》る新聞を手に、節子は病室に入り、黙って手渡した。

嘉仁は目を見張り、食い入るように記事を読んだ。

「な、ぜ」

衝撃のあまり、いよいよ言葉が出てこない。見る間に、目に涙が溜まる。

「なぜ、私を、支える者は、逝《い》ってしまうのか」

かつて親身になってくれた有栖川宮は病没し、そして今、原敬が去った。また嘉仁は信頼すべき人物を失ったのだ。これによって嘉仁の病状は、いっそう悪化した。

だが原の死によって、摂政の問題が残されてしまった。原自身が嘉仁を説得する予定だったのに、もはや代理はいない。

節子が悩んでいるうちに、ワシントン会議が始まった。原の死の八日後から、アメリカの首都で開催された。

日本を含む世界各国で、軍事費が膨大になりすぎ、各国の経済を脅《おびや》かすまでに至った。そのために話し合いによって、それぞれの軍備を、いっせいに削減しようという会議だった。世界は和平に向かおうとしており、この対応のために、いよいよ摂政が必要となった。

節子は自分が夫に伝えようと、覚悟を決めた。ワシントン会議で、世界の平和体制が確立すれば、たとえ久邇宮が陸軍大将になろうとも、軍備の拡大は許されない。

節子は夫に、ありのままの事実を打ち明けた。すでに嘉仁は予想はしていた様子だったが、御名御璽に用いる印籠《いんろう》を、枕元に持ってくるように命じた。自分自身で直接、裕仁に手渡したいのだ。

だが信じがたいことに、節子の気づかないうちに、印籠は持ち去られていた。嘉仁も眠っているうちに、なくなっていたという。

その時間帯に病室に出入りした者を調べても、はっきりしない。すでに印籠は裕仁の手に渡っていた。嘉仁が手放さないのではないかと疑われて、勝手に持っていかれたのだ。いくら理不尽を訴えても、印籠は返ってはこなかった。もはや天皇の意志など、一顧《いっこ》だにされなかった。

外遊や帰国の記事に続いて、裕仁の摂政就任が広く報道された。病弱な天皇に代わる若く力強い摂政の誕生を、だれもが歓迎した。

さっそくワシントン会議の結果が承認され、新しい国際関係が結ばれた。その結果、日英同盟は継続されないことになった。一対一の友好関係ではなく、世界の強国同士の均衡《きんこう》に発展した形だった。

そして日英の友好関係を再確認するために、エドワードが来日した。裕仁がロンドンで親睦を深めたイギリスの皇太子だ。

節子は裕仁とともに歓迎に出た。エドワードは美男で、驚くほど気さくだった。いつも冗談《じょうだん》を言っては、節子と裕仁を笑わせた。

節子は通訳を介して伝えた。

「帝が元気でしたら、きっと気が合ったことでしょう。帝も、とても気さくな人柄ですので」

すでにエドワードは、嘉仁の病状を伝え聞いており、眉をくもらせて、会えなくて残念だと言った。そして日本の天皇も、さぞ責任が重いのでしょうと思いやってくれた。

さらに自分の弟にも、言葉が思うように出てこない王子がいると打ち明けた。病気ではなく、吃音《きつおん》なのだという。もうひとり知的障害の弟もいたが、数年前に十三歳で亡くなったという。

エドワード自身は堅苦しい王位になどつきたくにないが、代わりになってくれる弟もいないので、いつかは王位につかねばならず、面倒だと、冗談めかして嘆《なげ》いた。

節子は、それが本心なのだと感じた。そして通訳に伝えさせた。

「あなたのような友人を得て、裕仁は幸せです。王位継承者という立場を理解できる方は、ほかにはおりませんし。これからも末永く、親交を深めていただきたいと思います」

エドワードは笑顔で承諾し、握手を交わした。さらに東京でも、裕仁とゴルフを楽しんで友好を深め、帰国の途についた。

夏になると、節子は嘉仁とともに、日光の御用邸で長い静養に入った。冬は葉山に滞在した。

そして嘉仁が過去の人となったことを実感した。以前は御用邸には、ゆっくり滞在できなかった。どうしても東京で片づけなければならない仕事があったのだ。だが、もはや裕仁が立派に代理を務めている。そのために好きなだけ御用邸にいられる。それは天皇の重圧を外したという意味で、喜ばしいはずだった。

ただ嘉仁本人にしてみれば、張り詰めていた気持ちが切れてしまったのか、いっそう病状悪化が加速した。激しい頭痛に襲われて、痛み止めの薬も効《き》かなくなった。

節子は毎朝、夫が興味を持ちそうな新聞記事を選んで、枕元で読み聞かせた。もはや自分自身で新聞を広げて読むことも、できなくなっていた。

夕方には、その日の出来事を話して聞かせた。だが読んだり話しかけたりしても、反応しない日が、少しずつ増えていった。それでいて途中で止めると、催促するような目を向けるのだ。

体調のいい時を選んでは、ふたりで敷地内を、ゆっくりと散歩した。日光では鳥の声を聞き、葉山では海を眺めた。

あとは食事の世話だった。手が震《ふる》えるために、節子が匙《さじ》で、ひと口ずつ食べさせた。それも食が細くなって、わずかな量しか口に入らない。どんどん瘠《や》せていくのを見るのが忍びなかった。

侍従や女官《にょかん》たちは、節子に気晴らしを勧めた。天気のいい日には、嘉仁の看病を女官に任せ、御料車でドライブに出かけたらどうかという。

「皇后さまが、お倒れにでもなられでもしたら、困りますので。それに運転手も御用がなくて、張り合いがないと申します」

そのたびに、節子は応えた。

「いいえ、私は大丈夫。気晴らしは、帝こそ必要でしょう。ご容態《ようだい》がいい日に、ふたりで出かけますから」

だが容態が好転することはなかった。

エドワードの来日から一年が過ぎ、大正十二年の五月も葉山で過ごしていた。もう嘉仁は、ほとんど言葉を発しない。

いつになく空が晴れ渡った日に、また侍従から勧められた。

「観音崎《かんのんざき》の灯台が、新しく建て直されたそうでございます。おいでになってみては、いかがですか」

昨年、ちょっとした地震があり、古い灯台にひびが入ったために、建て替えたのだという。

「皇后さまがお出かけになって、お土産話《みやげばなし》をなさいますれば、帝も、きっと、お喜びになるでしょう」

その時、節子は珍しく、出かけてみようかと思った。そして嘉仁の看病を女官に任せ、別の女官と侍従をひとりずつ連れて、御料車の後部座席に乗り込んだ。

出かける気になったのは、エドワードの言葉を思い出したからだ。エドワードは別れ際に、機会があったら、どこか灯台を訪ねてみるようにと、節子と裕仁に勧めたのだ。

イギリスも日本と同様、王室と議会とが共存している。議会が決めたことは、王は基本的に認めざるを得ない。

だから王は自分の意志で動くことは許されず、ちょうど灯台のような存在だと、エドワードは生真面目な表情で言った。ただ同じ場所から光を発し続け、国家という船が進むべき方向を示す。その言葉が、節子の心に残っていたのだ。

三浦《みうら》半島は、スカートの裾《すそ》を広げたような形で、南に延びる半島だ。葉山は、その西岸の付け根近くにある。灯台が建て替えられたという観音崎は、東岸の突端、スカートの裾の端に位置する。東京湾に向かって突き出した岬だ。五月の青空の下、群青《ぐんじょう》色の海が眩《まぶ》しかった。沖合に船影が行き来する。

黒塗《ぬ》りの御料車は、三浦半島の海岸沿いを走った。田舎道《いなかみち》に細い道が曲がりくねっており、御料車は盛大に土埃《つちぼこり》を立てて走った。田舎道には行き交う車もない。時折、小さな漁村が現れ、年寄りや子供たちが、もの珍しそうに自動車を見つめる。

灯台は岬の丘の上にあった。海岸沿いで車から降り、獣道のような細い山道を、侍従と女官、運転手と節子の四人で、息を切らして登った。

丘の頂上は、思いがけないほど風が強かった。山道の突き当たりに、煉瓦《れんが》づくりの小さな家があり、その先の青空を背景に、白い灯台がそびえていた。

侍従が声をかけると、家から中年の男女が出てきた。男は官員らしく制帽をかぶっており、女は割烹着《かっぽうぎ》姿で、ふたりとも日焼けしている。灯台守《もり》の夫婦に違いなかった。

滅多《めった》に訪ねてくる者などいないらしく、不審顔だ。侍従が身分証を取り出して見せた。

「実は葉山でご静養中の皇后さまに、新しい灯台を見ていただこうと、お連れし
た。失礼のないように、灯台の中を案内してほしい」

夫婦は仰天《ぎょうてん》し、夫は大慌てで帽子を取り、背筋を伸ばして敬礼をした。

「観音崎灯台長の吉岡《よしおか》であります」

女房の方も急いで割烹着を外して、頭を下げた。

「こんなむさ苦しいところへ、お出ましいただきまして」

吉岡は眉を吊《つ》り上げて、妻を叱った。

「馬鹿ッ。お上《かみ》から、お預かりしている灯台だぞ。むさ苦しいとは、何だッ、むさ
苦しいとはッ」

女房は蒼白《そうはく》になって、何度も頭を下げる。節子は微笑ましく思った。

「いいのですよ。何も気にしないでください。急に来て、びっくりしたでしょう」

吉岡は律儀に応える。

「いえ、このような灯台を、任せていただきまして、誇らしく思っております」

侍従が改めて案内を頼むと、吉岡は灯台下の扉を開けて、一行に中に入るように
勧めた。

節子が先に入ると、扉の先は螺旋《らせん》階段になっていた。手すりもなく、塔の内側に巡らされた急な階段を、ぐるぐるとまわって昇っていく。

「足元に、お気をつけください。関係者以外は、だれも入れない決まりなので、昇りやすくできておりません」

昇りきった頂上には、何枚もの大きなレンズが組み合わされて、設置されていた。

「下にスイッチがありまして、夜になると点灯します。そうするとレンズが回転して、遠くまで明かりが届く仕組みになっております。昔は灯油を焚《た》いたようですが、今は電気ですので、便利になっています」

レンズの周囲には、手すりつきの足場があり、外を一周できるようになっていた。足場に立ってみると、はるか下の岩場に、荒波が打ちつけていた。風も、さらに強い。

「危のうございますから、どうか、お気をつけください。そろそろ下へ」

吉岡に促されて、螺旋階段を降りた。家の前まで戻って、節子が聞いた。

「ここに住んでいるのですか」

吉岡は、また敬礼して応えた。

「さようでございます」

侍従が中をのぞき込むようにして聞いた。

「中も、お見せできるか」

するとと少し困り顔が返ってきた。

「建物は拝領しておりますので、頑丈《がんじょう》に造っていただいていますが、何分にも中は、私どもの住まいで、むさ苦しくしておりまして」

節子は微笑んで言った。

「かまいません。少し風をよけて、話を聞かせてくださいな」

吉岡が急いで家の引き戸を開けると、海とは逆側に小さな窓があるだけで、中は薄暗かった。ただ、むさ苦しいというほどのこともなく、こざっぱりと片付いていた。

「ここに夫婦ふたりきりで？　子供は、いないのですか」

節子の問いに、吉岡が恐縮しつつ応えた。

「子供たちは、それぞれ学校に上がりましたので、親戚に預けています。夏休みになれば、こちらに参ります」

ここからでは学校が遠すぎて、通学できないという。

「それは寂しいでしょう」

「いいえ、船を守るという、誇らしい役目をいただいておりますので、寂しいなど、とんでもございません」

女房が狭そうな台所から現れて、申し訳なさそうに茶を勧めた。

「お茶請《ちゃう》けも、何もなくて」

薄い番茶だったが、強風で冷えた体には、温かさが染《し》みた。それから吉岡が灯台の由来を説明した。

「こちらの灯台は、もともと幕府が外国からの求めに応じて、建設準備を始めたものでした。その後、御一新《ごいっしん》があって、完成したのは明治二年でございました」

そして遠慮がちに聞いた。

「皇后さまは勝海舟《かつかいしゅう》という方を、ご存じですか」

節子は番茶の湯飲みを手にしたままで応えた。

「ええ、知っていますよ。屋敷が私の実家の近所でしたもの。たしか私が東宮妃に内定した年に、亡くなったはずです」

江戸無血開城で名高い勝海舟は、氷川坂《ひかわざか》の途中に屋敷があり、節子は門の前を通って、毎日、華族《かぞく》女学校に通ったものだった。

「さようでございましたか」

吉岡は感慨深げに言う。

「実は最初に、この灯台の建設準備に当たったのが、勝先生でございました。その頃は幕府海軍においでで、外国人の扱いにも慣れていたので、フランスから専門の技師を招いて、建設準備を始められたのです」

その後、開城の責任者を務め、無事に官軍側に江戸城を引き渡したことから、維新の功労者として認められた。後に伯爵を授かり、旧幕臣では数少ない爵位の持ち主となった。

「御一新以降、旧幕臣たちは、なかなか仕事もなく、辛い思いをした者が多うございました。実は私の父親も、女房の親父も、もとは幕府海軍の出でしたが、灯台守のお役目をいただき、私が引き継ぎました」

灯台守は厳しい仕事だけに、なり手がなく、幕府海軍の士官や水夫《かこ》から、灯台守に転じた者が少なくないという。

「こんなことを申し上げるのは、出過ぎたことかもしれませんが、灯台の建設だけでなく、幕府の働きは、知られていないことが、たくさんございます」

ペリーの黒船艦隊が来航した二年後に、はや幕府海軍は発足したという。そして明治維新とともに、海軍基地や海軍教育の施設が、そのまま新政府に引き継がれた。

「それが日本海軍の基礎になったことで、ほかのアジアの国々のように立ち後《おく》れることなく、西洋諸国の植民地にならずにすんだのです。でも、そんなことは、まるで顧《かえり》みられません」

節子は会津戦争については父から聞いたが、幕府海軍に関しては初めて知ることだった。しかし吉岡は余計な話を聞かせたと思ったか、しきりに恐縮し始めた。

「ろくでもない話をいたしまして」

節子は首を横に振った。

「いいえ、あなたの父親も、あなたも大事な役目を果たして、立派なことだと思います。でも夫婦ふたりきりで、病気になったら、どうするのです？」

「風邪《かぜ》くらいでしたら、女房がスイッチを入れたり、簡単な点検はできるように教えてあります。ただ大きな病気をしたら続けられませんので、体が何より大事です」

「そうですか。体は大事にしてください。それに、いくら大事な役目といっても、これだけ人里離れていたら、心細いこともあるでしょう」

「正直を申しますと、子供と一緒に暮らせないのが、いちばん、こたえます」

ようやく吉岡は本音を打ち明けた。

「末子が手を離れた時が、何より、辛《つろ》うございました。子供がいれば、笑うこともありますが、夫婦だけになってしまってからは、話すこともないし、人の声を聞くことがなくなって、さすがに寂しくなりました」

かたわらの女房も、うなずいて言う。

「夏休みや春休みには帰って来ますけれど、また学校に戻る時には、子供を見送ってから、家の裏に隠れて泣きます」

節子は思いがけず、喉元《のどもと》に熱いものが込み上げるのを感じた。まるで自分たちと同じだと思ったのだ。子供と一緒に暮らせず、でも責任は重く、放り出すわけにもいかない。そして、ひとたび病気になれば、役目は続けられない。薄暗がりの中、そっと目をしばたいて、涙を乾かした。

「今日は、よい話を聞かせてもらいました。これからも役目に励《はげ》んでください」

すると夫婦は、畳《たたみ》に額《ひたい》を擦《す》りつけるようにして最敬礼し、もうひと言、付け加えた。

「寂しいのは事実ですが、父から灯台守を引き継いだことを、私も妻も悔《く》いたことはありません。船の安全を守る役目に、心から誇りを持っています」

節子は胸を熱くして山道を下り、御料車に乗り込んだ。

御用邸に帰るなり、嘉仁の枕元で、灯台守夫婦の話をした。すると嘉仁は薄くまぶたを開き、何度もうなずく。節子は嬉しくなって言った。

「寂しいのは、私たちだけではなかったと思うと、涙が出ました。本当に、あの夫婦には勇気づけられる思いでした」

すると嘉仁は珍しく声を出した。

「よかった、な」

うっすらと開いた目は、いつになく穏やかだった。

だが、それから三ヶ月あまり後の九月一日、関東大震災が起きた。今度は日光に滞在しており、御用邸では大きな被害はなかったが、東京は大きな火災が起き、おびただしい数の死傷者が出たと聞いた。

節子は鉄道が開通するのを待って、単身で東京に戻った。そして上野駅から宮《きゅう》城《じょう》に戻ることもなく、すぐさま見舞いに駆けまわった。被災者の収容所や病院などを次々と慰問して、人々に励ましの言葉をかけ続けた。感激して泣き出す者も少なくなかった。

本所《ほんじょ》では運動公園の予定地を訪れた。そこは大きな空き地になっていたために、人々が殺到し、持ち込んだ荷物に火がついたという。あまりの混雑で逃げ場を失い、その一ヶ所だけで、四万人もが焼死した。

だが遺体の埋葬が追いつかず、空き地の一隅で火葬するしかなく、何日も焼き続けたという。膨大な遺骨を埋めた一角に向かって、節子は深々と頭を下げ、犠牲者の冥福《めいふく》を祈った。

日比谷《ひびや》公園や上野公園などで、テント暮らしをする人々をも訪ね、老人でも子供でも、声をかけて励ました。慰問は十一月まで続けた。

その間に新たな痛ましい知らせを受け取った。観音崎灯台の台長、吉岡が震災で殉死《じゅんし》したのだ。大揺れの中、吉岡はレンズを守らねばと、灯台に駆け上り、途中で崩れて下敷きになったという。

「なぜ、あれほど律儀な者が」

節子は嘆き、残された妻や、離れて暮らしていた子供たちを思って、また泣いた。

この地震により、世相は一挙に暗くなった。それまでも不況が続いていたが、裕仁の結婚式も延期され、明るい話題は自粛《じしゅく》された。

そして地震から四ヶ月近く経った十二月二十七日、虎ノ門《とらのもん》事件が起きた。毎年恒例の帝国議会開院に当たって、裕仁は摂政として開院宣言をするために、御料車で東宮御所から議事堂に向かっていた。その途中、無政府主義者から実弾の狙撃を受けたのだ。

弾丸は御料車の窓ガラスを貫通したが、裕仁は無事で、侍従が軽傷を負った。原敬のように命を奪われる瀬戸際だった。実行犯は、その場で群衆から袋だたきに遭った末に、逮捕されて、後に死刑に処せられた。

そんな暗い事件を乗り越えて、裕仁と良子の挙式が執り行われたのは、翌大正十三年一月二十六日だった。これは久しぶりに明るい話題となった。

新婚旅行は、猪苗代湖畔《いなわしろこはん》の高松宮《たかまつのみや》の別邸に出かけた。もとは有栖川宮が、嘉仁を会津に赴《おもむ》かせるために、建てたものだった。有栖川宮が亡くなった後、裕仁の二番目の弟が高松宮を名乗って、別邸も引き継いでいた。

猪苗代湖行きは、節子の提案だった。摂政夫妻という立場で、まず会津に行ってほしいと頼んだのだ。

節子は、ほかの息子たちの結婚も、心づもりしていた。すでに次男は成人を機に、秩父宮《ちちぶのみや》という宮家を創設している。この秩父宮には、当初からの思惑通り、会津藩主の家系から妻を迎えるつもりだった。裕仁の新婚旅行は、そのための布石でもあった。

すでに高松宮となった三男には、徳川家の姫をもらおうと決めていた。灯台守の話を聞いて以来、旧幕府の業績に、もっと注目すべきだと気づいたのだ。

翌大正十四年五月十日、嘉仁は奥宮殿の病床で、節子との銀婚式を迎えた。

もはや御用邸への行き来も、車椅子でさえも難しくなり、原宿駅に特別ホームが新設された。人目を避け、大正九年に完成した明治神宮を通って、ひっそりと列車に乗り込めるようになった。

御召列車が改造され、連結部に扉が設けられ、嘉仁が寝台に横たわったままでも、乗車できるように工夫された。冬には、このホームと列車を使って、沼津に向かうことに決まった。

出発まで、あと二日という時だった。嘉仁は顔色もよく、比較的、食欲もあった。侍医の立ち会いのもとで、節子も手を貸して、起き上がらせようとした。すると急に様子が変わり、嘉仁は、その場に崩れ落ちた。脳貧血だった。

とうとう侍医から余命半年と宣言された。沼津行きはもとより、もはや動かすことさえも難しくなった。頭痛が起きると、両手で頭を抱《かか》えて苦しむ。

翌大正十五年の夏、嘉仁は節子を手招きして、かすかな声で言った。

「う、み……」

「海でございますか」

「も、いち、ど」

「もういちど海を、ご覧になりたいのですね。葉山で、よろしゅうございますか」

節子が確かめると、嘉仁は小さくうなずいた。

節子は葉山行きを決意した。政府としては、できれば東京で最期《さいご》を迎えてもらいたい意向だったが、妻としては夫の望みをかなえたかった。

そして裕仁と侍従を呼んで告げた。

「もう東京には、戻ってこられないでしょう。その時の覚悟をして、充分に準備を進めてください。遠慮は要《い》りません」

嘉仁が新帝になった時のような準備不足は、何としても避けたかった。

初めて原宿駅の特別ホームを使い、御召《おめし》列車で逗子《ずし》駅に向かった。逗子駅では御料車が出迎えた。東京から葉山まで、直接、自動車で移動するのは、道路事情が悪すぎて、時間もかかり、まだまだ無理だった。

葉山で嘉仁は、やや持ち直し、余命として宣告された半年は過ぎていった。節子は様子を見ながら、調子のいい日には、夫の枕を高くして、窓から海が見える位置まで、ゆっくりと上半身を起こした。

秋晴れの午後だった。群青色の相模《さがみ》湾の向こうに、黒々とした富士山が望めた。まだ初冠雪には遠い。嘉仁は富士山から視線を外し、ゆっくりと節子に目を向けた。

「み、さ……」

後は唇《くちびる》を動かすものの、もはや節子にも聞き取れない。ただ憶測《おくそく》はできる。御陵のことに違いなかった。

「みささぎのことですか」

そう聞き返すと、嘉仁は、かすかにうなずいて、また唇を動かす。声にはならないが、武蔵野《むさしの》の果てにと言っているのが、口の形から読み取れる。

以前も御陵の話をしたことがある。嘉仁が肺炎で重体に陥《おちい》った時だった。自分が死んだら御陵は京都ではなく、東京に設けてほしいと、苦しい息で言ったのだ。

そして何とか回復すると、こうも言った。

「きみが育った武蔵野の地を見守りながら、未来永劫《えいごう》、ふたりで寄り添って、静かに眠るのだなと思ったら、不思議に穏《おだ》やかな気持ちになった。何も怖くなかった」

そして死ぬのは自分が先だから、節子が参拝に来るのを待っていると言った。

「きみは参拝に行く時に、列車で高円寺村を通る。それも楽しいことではないか」

そんな話をした後で、節子は一応は承知した。

「わかりました。でも入るのは、ずっと後にいたしましょう。帝も私も、すっかり老いてからに。どうか、長く連れ添わせてくださいませ」

「そうだな。死ぬのは爺《じい》と婆《ばあ》になってからでいい。それまで頑張ろう」

そう約束したのに、今や嘉仁は四十八歳で死の床《とこ》にいる。本人も死期を悟っており、節子としては、これ以上、頑張れとは言えない。

別れは、いたたまれないほど哀しい。でも、もう充分に頑張ったことは、だれよりも節子が知っている。

長い間、耐えがたい頭痛と戦い続けてきた。できることなら節子は、身替わりになってやりたい。なのに、なすべきことは何もなく、ただ哀れでたまらなかった。

もういちど嘉仁が唇を動かした。

「みさ……、た、か、お……」

節子は、瘠せ細った夫の手を取った。

「何も、ご心配は要りません。御陵は、以前に伺《うかが》った通り、かならず高尾山のふもとに」

嘉仁は満足そうに、いったん目をつぶり、また目を薄く開いて、懸命に口を動かした。

「き、み、は……」

「私も、後から、参りますとも」

「ばあ、さ……」

「わかっています。おばあさんに、なってからで、ございましょう」

嘉仁は、かすかに口元をほころばせた。

「おばあさんになるまで、裕仁を見守ります」

節子は涙がこらえられなかった。そして泣き笑いになって言った。

「皺《しわ》だらけになってから、お近くに参りましても、邪険《じゃけん》になさらないでくださいましね」

ふたたび嘉仁は微笑んだ。

「ゆっ、くり、来れば、いい」

いつになく、はっきりと言った。それから、ふたたび表情をくもらせて、つぶやいた。

「せん、そう、を」

続きは聞き取れなかったが、節子は推し量《おはか》った。世界大戦に参戦したことを悔いているのか、それとも自分の死後、裕仁の時代に、戦争を繰り返してはならないと、言いたいのか。その、どちらかに違いなかった。

それ以降は唇は動いても、いっさい声が出なくなった。

十一月になると風邪をこじらせ、いよいよ危うい状況に陥った。そのため連日、天皇の病状が新聞に掲載され、崩御が近いことが、広く伝わった。

次男の秩父宮はイギリス留学中であり、ロンドンに打電して、帰国を促した。

そして節子は、東京から柳原愛子《やなぎわらなるこ》を呼び寄せた。嘉仁の実母だ。ただ嘉仁は、いまだに愛子を母と認めていない。しかし節子は、せめて最後にひと目と思い、寝室に導いた。

愛子は寝室には入ったものの、寝台に近づこうとしない。ただ嘉仁の寝顔を見つめて泣いている。節子は枕もとに誘った。

「さあ、もっと近くに」

だが愛子は首を横に振った。

「いいえ、私など、恐れ多うございます。それに帝を、お起こしすると、困りますし」

この場に至っても、拒まれるのではないかと案じていた。その時、嘉仁が、うっすらと目を開けた。愛子が緊張で立ち尽くす。

だが嘉仁は、わずかに指先を動かした。手招きしているのだ。節子が駆け寄ると、愛子に視線を向けている。節子は愛子を振り返って言った。

「だれが来ているか、わかっておいでです。さあ、ここに」

「でも」

「大丈夫です。お嫌でしたら、首を横に振られますから」

愛子は恐る恐る近づいた。嘉仁の瞳は愛子を見つめている。そして愛子が枕元に立った。

もう嘉仁に言葉はない。唇も動かない。ただ薄く開けたまぶたの間に、涙が浮かぶ。そして瞬《まばた》きと同時に、涙があふれ出た。耳に向かって流れていく。

節子は愛子にハンカチを手渡した。愛子は震える手で受け取ると、嘉仁の目尻から耳にかけて、そっと押し当てた。それは、まぎれもない母の手だった。

愛子は潤《うる》んだ声で言った。

「ありがとう、ございます」

それは節子の配慮への礼というよりも、嘉仁に対する礼に聞こえた。自分を拒まずに受け入れてくれたことに、感謝しているのだ。嘉仁は、かすかにうなずいた。

十二月二十四日には危篤《きとく》状態に陥った。温暖な葉山でさえ小雪がちらつき、雷鳴が轟《とどろ》く悪天候の中、皇族たちが駆けつけた。すでに裕仁と良子は十六日から滞在していたが、秩父宮だけは、まだ帰国の途にあった。

二十五日に変わった深夜一時過ぎ、皇族一同に見守られて、嘉仁は静かに息を引き取った。

十二歳になった末子の崇仁が、最初に泣き出した。高松宮も声を殺して泣いた。節子は涙をこらえ、長く病と闘い続けた夫の遺体に向かって、頭を下げた。安らかにお眠りくださいと、いたわりの思いでいっぱいだった。

それから裕仁と良子を振り返り、初めて敬語で言った。

「さあ、おふたりの御世《みよ》が始まります。あちらのお部屋に、お出ましなさいませ」

すでに御用邸の別室に、剣璽渡御《けんじとぎょ》の準備が整っている。裕仁は一瞬、戸惑《とまど》いの様子を見せたが、すぐに良子とともに病室を出ていった。

新しい元号も聞いている。それは昭和。大正は十五年で終わり、昭和元年が始まるのだ。

かつて明治四十五年が終わり、大正元年が始まった瞬間から、嘉仁と節子は、怒《ど》濤《とう》の中に放り出された。そして今まさに同じ怒濤が、裕仁と良子に襲いかかろうとしていた。

6章　日の丸の小旗

昭和元年は、わずか一週間で終わり、昭和二年が明けた。

思えば嘉仁《よしひと》の崩御《ほうぎょ》は、旧暦新暦の違いはあるものの、祖父に当たる孝明《こうめい》天皇の崩御と同じ、十二月二十五日だった。嘉仁は孝明天皇に似ていると言われていたが、その死の日まで準《なぞら》えたかのようだった。

節子《さだこ》は皇太后となり、大宮さまと呼ばれた。青山御所《ごしょ》の信濃町《しなのまち》に近い一角に、新たな大宮御所が建てられた。その完成を待って、宮殿を裕仁《ひろひと》と良子《ながこ》に譲り、そちらに移り住んだ。

絵の得意な入江為守《いりえためもり》という侍従に、嘉仁の姿絵を、油絵で描いてもらった。それを大宮御所の御影殿《みえいでん》と呼ぶ一室に収めた。

毎朝、節子は絵の前にぬかずき、捧《ささ》げ物をして、長い時間をかけて祈るのが日課となった。たいがいは観音経《かんのんぎょう》を唱《とな》えた。

節子は皇后になってから専門の宗教学者を招き、改めて神道《しんとう》について学んだ。その時、キリストも釈迦《しゃか》も孔子《こうし》も等しく拝《おが》むことができると教えられた。実家の九《く》条《じょう》家でも、代々、神道と併せて観音信仰が伝わっている。そのために観音経を心の支えとしてきた。

姿絵の前で観音経を唱えた後は、新聞を声に出して読み、前日の出来事などを語りかけた。それは嘉仁が亡くなる日まで、枕元で行ってきたことだった。崩御前には反応がないことが続いたが、それでも聞いてくれていると信じて続けたのだ。そして嘉仁の姿が絵に変わった今も、きっと聞いていると信じた。夫が近くにいるはずだと思うことで、ひとり残された哀しみを紛《まぎ》らした。

大喪《たいそう》の礼が終わり、一段落つくと、自分が嫁《とつ》いできた本来の意味に立ち返った。朝敵《ちょうてき》という会津《あいづ》の汚名を晴らすのだ。旧会津藩の姫を、秩父宮《ちちぶのみや》妃として迎える。秩父宮の御印、若松に込めた意図を、いよいよ表に出す時だった。

挙式の日取りは、ずっと前から決めてある。昭和三年の九月二十八日。この日は、どうあっても動かせない理由があった。それに間に合わせるためには、急がなければならず、嘉仁の喪《も》が明けるのを待たずに、秘密裏に動き始めた。

相手も以前から目星をつけてある。松平恒雄《まつだいらつねお》と信子《のぶこ》の娘だ。恒雄は会津藩主だった松平容保《かたもり》の六男で、娘は藩主の孫に当たる。

会津戦争後、旧会津藩士たちは、本州の北の果て、斗南《となみ》という地に移封になった。しかし斗南は稲作に向かず、暖かい家屋を建てる余裕もなく、餓死者《がしや》や凍死者《とうししや》まで出し、流刑《るけい》も同然だった。

一方、藩主だった松平容保は、敗戦後、鳥取、和歌山と転々とした。各地の大名家に、罪人として預けられたのだ。一時は斗南にも赴いたが、その後、東京や会津でも暮らし、明治五年になって、ようやく罪が許された。

松平恆雄が会津若松で生まれたのは、その五年後だった。長じては東京帝国大学を出て、外交官試験を最優秀で通り、外務省に入った。そしてロンドンや天津《てんしん》赴任などを経て、今は駐米大使として、家族とともにワシントンで暮らしている。親英米派の外交官だ。

娘はロンドン駐在中に生まれ、父親の赴任に従って天津でも暮らし、日本に帰国した際には学習院女学部で学んだ。

節子は、両親共々、さりげなく宮中に呼び、本人の様子を確認した。やや控《ひか》えめながら、英語も堪能《たんのう》な国際派で、今は十九歳になっているはずだった。

皇族の結婚相手は華族と定められているが、恆雄自身は華族ではない。しかし本家の叔父《おじ》が子爵であり、そちらの養女にすれば、問題はない。

まして恆雄の妻の信子は、かつて節子の女官《にょかん》を務めたこともある。日本に帰国中は、国際情勢について話を聞いたことも、たびたびだった。節子にとっては理想的な家族であり、嫁としても申し分ない存在だった。秩父宮自身には以前から伝えてある。宮中に呼んだ時にも同席させて、秩父宮側からの見合いは済んでいる。松平家が帰国中に、偶然、列車内で遭遇したこともあった。

ただし恆雄にも信子にも、縁談を匂わせたことすらない。中途半端に話して、ほかに嫁がされては困るからだ。

それに節子は嘉仁の看病で手一杯で、それどころではなかった。そのために急に話を持ちかければ、驚愕《きょうがく》するだろうし、抵抗もあるに違いなかった。

節子は樺山愛輔《かばやまあいすけ》という貴族院議員を使者に立て、内々にワシントンの松平家まで求婚に赴かせた。樺山はアメリカ留学の経験があり、松平家との縁が深い。

往復で三ヶ月ほどかかる。節子は嘉仁の姿絵に向かって、樺山がいい返事を持ち帰るようにと、毎日、祈り続けた。

だが樺山は肩を落として帰ってきた。

「とても無理でございました。先方は恐れ多いと、かたくなに遠慮されました」

予想できなかった反応ではない。松平家では予想外の縁談だろうし、恆雄も信子も節子の苦労を知っている。それだけに自分の娘を差し出すのは、大きな抵抗があるに違いなかった。

それでも節子は折れなかった。

「もういちど、使いしてもらいたいのですが」

「それは、ご容赦《ようしゃ》ください。とうてい説得はできません」

「ならば別の者を行かせましょう」

樺山の顔色が変わった。もし別の使者が説得に赴けば、松平家としては二度も拒《こば》むことはできないし、樺山は立場がなくなる。節子は、それは充分に読んでいた。

すると樺山は神妙な顔で承諾した。

「かしこまりました。もういちどワシントンに行ってまいります」

国内で妃候補と接触すれば、かならず噂《うわさ》はもれるが、さすがにアメリカまでは新聞記者も目が届かず、秘密は守られた。

昭和三年が明けると、樺山は満面の笑顔で帰国した。

「なんとか承諾させました。本人も恐れ多いと申していますが、なかなか、しっかりした娘ですので、適任かと存じます」

当人の名前は節子と書いて、せつこと読む。ただし嫁 姑《よめしゅうとめ》の名前の漢字が同じでは、何かと都合が悪い。そのために伊勢の勢に、会津の津を続けて、勢津子《せつこ》と改名し、その名前で、松平本家の養女として入籍した。

節子は、すぐに裕仁から婚約の許可を得た。噂が広まる前に手を打って、どこからも横槍を入れられなくしたのだ。一月十八日に発表された時には、すべての手筈《てはず》が整っていた。

会津藩主の孫娘を皇族に迎えることに、批判が伴うのは、承知の上だ。だが節子は聞く耳は持たない。勢津子のことは、自分自身が楯《たて》になって、かばうつもりだった。

それから勢津子自身が船で帰国し、日の丸の小旗の大歓迎を受けた。そして発表から八ヶ月後の九月二十八日に、予定通り挙式に至った。

会津戦争は戊辰《ぼしん》の年、西暦でいえば一八六八年の秋に起こった。会津開城は九月二十二日だが、敗戦側が官軍側に出向いて、正式に終戦となったのは、九月二十八日だ。

それから、ちょうど六十年後の一九二八年が昭和三年に当たる。日本の暦《こよみ》は六十年で一周し、ふたたび戊辰の年が巡り来たのだ。その戊辰の、まさに九月二十八日に、秩父宮は、松平容保の孫娘、勢津子と結ばれた。

会津では逆賊の汚名が晴れたと、町を挙げて大喜びをしたという。全国に散り散りになっていた会津藩士の末裔《まつえい》たちも、大喝采《だいかっさい》した。

その知らせに節子は、重荷を下ろした思いがした。最初に有栖川宮《ありすがわのみや》が猪苗代湖《いなわしろこ》畔《はん》に別邸を建て、次に嘉仁が会津に行啓《ぎょうけい》し、禁門《きんもん》の変での戦死者を靖国《やすくに》神社に祀《まつ》った。さらに裕仁が新婚旅行で、また猪苗代湖に出かけた。

そうして階段を一歩ずつ昇り、とうとう亡き父の夢を実現したのだ。節子は自分が嫁いできた目的を、ようやく果たすことができたのだ。

節子は多摩《たま》御陵に報告に出かけた。嘉仁の生前の希望通り、武蔵野《むさしの》の果て、中央線の高尾駅から歩いて程ない場所に、設けられた墓所だ。

入り口の大鳥居の奥に、玉砂利を敷き詰めた道が延びている。その両側には、嘉仁が好きだった杉の若木が、ずっと奥まで植林されていた。

玉砂利の道を進むと、青々とした杉の間から、視界が開け、墓が現れる。三方が山に囲まれた一角で、簡素なまでに無駄をそぎ落とした、きわめて美しい空間だ。

鳥居の奥に石段があり、そこから仰ぎ見る墓自体も、けっして仰々《ぎょうぎょう》しくはない。石垣の台座の上に、半球が載《の》った形で、小ぢんまりとまとまっている。

嘉仁の死後、多摩御陵には、膨大な数の人々が参拝に訪れた。あまりの人気ぶりに、私鉄の線路が延びることになっている。

さらには大正神宮の造営を望む声も高まった。しかし節子は、やはり嘉仁自身の希望を尊重した。大正神宮ができれば、その後の天皇は代々、神宮を造るという慣習ができてしまう。それを避けたのだ。

節子は墓前の石段を昇り、半球形の墓に向かって話しかけた。

「ようやく長年の夢が、ひとつだけかないました。でも、これが終着点では、ございません」

本当の目的は、敗者の無念を世に伝えて、戦争を起こさないことにほかならない。嘉仁の最後の言葉は「戦争を」だった。

かつて九条道孝《みちたか》は、自分が何ができるか考えた末に、娘を天皇家に嫁がせた。節子も皇太后という立場で、できることは限られている。ただ敗者の無念を世に知らしめて、警告することはできる。

だが幕末維新の戦争に勝ってこの方、政府も軍も敗戦の経験がない。日清戦争、日露戦争、そして世界大戦。そのすべてに日本は勝者となり、そのたびに何らかの利権を手にし、これからも勝ち続けると信じている。

それに、ここのところ国益という言葉を、以前よりも、ひんぱんに見聞きするようになった。新聞でもラジオでも、個人の幸福よりも、もっぱら国益を優先する論調だ。

裕仁自身は平和主義ではあるものの、時に天皇の意志など、簡単に無視されることがある。それは世界大戦に参戦した時に、痛感させられた。嘉仁の病床から、印《いん》籠《ろう》が持ち去られた時も、そうだった。

ただ裕仁は先帝とは違って、神格化が進んでいる。それだけに平和主義が、ねじ曲げられることはないとは信じたいが、現人神《あらひとがみ》として、あがめ奉《たてまつ》られているのも怖《こわ》かった。

節子は不安を胸にしつつも、夫の墓に向かって深く頭《こうべ》を垂れて祈った。どうか昭和が穏やかな時代として、長く続くようにと。

節子の多摩御陵への往復は、嘉仁が夢見た通り、中央線の列車に乗って出かけた。

当初、中野駅と高円寺駅の間を通るたびに、北側の窓に寄り添って、懸命に大《おお》河原《がわら》家を探した。線路近くのはずなのだが、列車の速さもあって、どこなのかが、わからなかった。まして昔と違って、住宅が建ち並んでおり、見分けがつかない。

すると大河原家で、その話を聞き及び、節子が列車で通る際には、鯉《こい》のぼりの支柱を立てて、吹き流しを掲《かか》げてくれるようになった。

節子には、大きな茅《かや》葺《ぶ》き屋根が懐かしく、そこを通過するたびに、いつかは訪れてみたいと夢を見た。

翌昭和四年が明けた一月半ば、裕仁の侍従長が卒中《そっちゅう》で急逝《きゅうせい》した。東宮《とうぐう》時代からの侍従で、かつてヨーロッパ旅行にも同行し、主従の信頼は深かったが、すぐさま後任が必要になった。

以前、節子は松平恆雄に、若い侍従のなり手がいないかと聞いたことがあった。外交に通じた有能な人物を、裕仁の側近にしたかったのだ。

節子は天皇に、あれこれ物申す立場にない。だが天皇は、側近に意見を求めることがある。だからこそ的確な判断ができる者が欲しかった。

かつて世界大戦に参戦する際に、嘉仁も節子も外交の決まりごとがわからず、外務大臣だった加藤高明《かとうたかあき》の言いなりになってしまった。あんな状況だけは避けたかった。

すると松平恆雄は意外なことを言った。

「この際、海軍から選ばれては、いかがでしょうか」

節子は難色を示した。

「軍人ですか」

そうでなくても陸軍大将になった久邇宮《くにのみや》が、皇后の父親という立場も得て、権力を振るうのではないかという懸念がある。そのうえ軍人を側近にするには抵抗があった。

しかし松平は折れなかった。

「今や中国での抗日活動は、無視できないほどに力をつけています。このままでは、いずれは日本と戦争になりかねません。そこを押し留《とど》めるには、もはや外交官出身の者では無理です。むしろ軍の中でも一目置かれ、さらに外交にも通じた者こそが、よろしいかと存じます」

「でも、そのような者が、いますか」

節子の問いに、松平は、海軍大将の鈴木貫太郎《すずきかんたろう》を推薦《すいせん》した。

鈴木の妻は孝子《たかこ》といって、裕仁たちが里子から戻った後に、養育掛《がかり》を務めていたことがある。その後、鈴木に嫁いだのだ。夫婦で挨拶《あいさつ》に来たこともあり、節子としても知らない人物ではない。

松平は少し遠慮がちに言う。

「このような申し上げ方は、はなはだ不遜《ふそん》かもしれませんが、陸軍の久邇宮さまに対抗するためにも、海軍がよろしゅうございましょう」

今までも軍人の侍従はいたが、華族に限られてきた。だが鈴木は生粋《きっすい》の海軍軍人だ。それも出身地は旧幕府側であり、薩摩《さつま》藩閥の強い海軍の中で冷遇されつつも、実力で出世を果たした人物だった。

「日露戦争の日本海海戦では、ここぞという時に戦功を挙げていますが、けっして好戦的ではなく、話し合いを大事にする人で、軍の内外から信頼されています」

軍人として平和路線を取ろうとすれば、腰抜けと見なされ、下手《へた》をすれば無視されかねない。それでも鈴木には、大きな戦功があるだけに、腰抜けでないことは、だれもが認めるところだという。

その後、節子は久しぶりに鈴木貫太郎夫妻を呼んでみた。以前に会った記憶では、軍人らしく体格がいい印象があった。だが軍服で現れた鈴木は、すでに還暦《かんれき》を超えており、濃い眉《まゆ》が下がり気味で、予想以上に老《ふ》けていた。

こんな老人かと内心、落胆《らくたん》したが、話してみると、松平が推《お》した理由が理解できた。

たしかに国際情勢に詳しく、人の話にも耳を傾けるが、基本的には頑固なまでの平和主義者だった。日露戦争の実戦を経験しているからこその考えだが、軍人としては珍しい意見の持ち主だ。

節子は鈴木の誠実さを評価した。こんな人物こそ、裕仁の近くにいてほしかった。ただ、その時は、若い侍従を探していた時であり、鈴木ほどの人物を据える地位はなかった。

だが侍従長の急逝に際して、すぐさま鈴木を思い出したのだ。そして、もういちど松平を呼んで聞いた。

「海軍大将まで務めたのに、侍従長となれば、かなり位《くらい》が下がりますが、それでも本人が引き受けるでしょうか」

「その点は大丈夫です。位が下がるのが嫌で引き受けなかったと思われるのを、潔《いさぎよ》しとしない男です」

「もう一点、聞きたいことがあります。軍を抑えるという役まわりですから、反感も受けるでしょう。下手をすれば、命を狙《ねら》われるかもしれません。それでも引き受けるかどうかです」

「その点も問題ありません。命を惜しむような者を、私は推しません」

しかし鈴木自身を呼んで、引き受けてくれるかと聞くと、目を伏せて黙り込んでしまった。すでに松平から話は聞いているはずだが、まだ覚悟はできていないらしい。

節子は自分の経験を話した。

「私が天皇家に嫁ぐ決意をしたのは、十六の時でした。本当に迷いましたから、あなたの気持ちが、わからないではありません。でも、だれかが引き受けなければならないことでした」

亡き夫のことも伝えた。

「先の帝《みかど》は、なりたくて天皇になったわけではないと仰《おお》せでした。今上《きんじょう》天皇にしても同じでしょう。たまたま天皇家に生まれたために、大きな責任を課せられたのです。ならば、せめて心ある人に、手助けをしてもらいたいのです」

さらに、ひと押しした。

「もし、あなたが侍従長を引き受けてくれるのなら、私は今後いっさい、余計な口出しはしません。あなたを信頼しますので」

すると鈴木は、いったん口元を引き締めてから、誠実そうな口調《くちょう》で応《こた》えた。

「かしこまりました。私のような者でよいと、帝が仰せでしたら、恐れながら承《うけたまわ》ります」

すぐに裕仁に話を持ちかけた。すると裕仁自身も、幼い頃から育ててもらった孝子の夫だけに、問題なく任命が下った。

そして鈴木貫太郎が侍従長に就任した五日後、くしくも久邇宮が急性腹膜炎《ふくまくえん》で、突然、世を去った。

節子としては気の毒ではあったが、正直なところ、胸を撫《な》で下ろした。どうしても久邇宮の存在が不気味だったのだ。

以来、節子は裕仁や良子にはもちろん、鈴木貫太郎に対しても、約束通り、口出しは控えた。かつて清《しん》王朝の西太后《せいたいごう》は、実質的な皇太后の立場で、あれこれと政策を指図して、帝国滅亡の引き金を引いたという。そんな風にはなりたくなかった。

ただ新聞で世の中の動きを知り、時には松平恒雄夫妻や専門家を招いて話を聞き、嘉仁の姿絵に報告し続けた。

翌昭和五年二月、今度は三男の高松宮《たかまつのみや》が、徳川喜久子《とくがわきくこ》と結婚に至った。皇后になった良子が薩摩の血統なのだから、高松宮妃は長州系からという声も高かった。しかし節子が意志を通した。喜久子は最後の将軍、徳川慶喜《よしのぶ》の孫娘だ。徳川慶喜は水戸《みと》徳川家の生まれだが、もともと水戸藩は、有栖川宮家との縁が深い大名家だった。代々、有栖川宮家の姫を正妻に迎えており、慶喜自身も有栖川宮の外孫《そとまご》だった。

一方、高松宮は有栖川宮家の祭祀《さいし》を受け継いでおり、そういう意味では伝統に則《のっと》った縁組みだ。

皇弟《こうてい》の結婚の祝いとして、また街には日の丸の小旗があふれ、万歳三唱《ばんざいさんしょう》が響いた。だが祝賀の熱気は長くは続かず、関東大震災以来、世相は暗いままだった。

特に昭和に変わってすぐに、銀行の取り付け騒ぎが起きた。銀行が破綻《はたん》するという噂が立ち、人々が慌《あわ》てて預金の引き下ろしに殺到したのだ。これをきっかけに、金融恐慌が起きた。

さらにアメリカの株暴落が、全世界に影響して、世界恐慌が始まった。日本は生糸《きいと》の輸出量が減り、深刻な不況に見舞われた。『大学は出たけれど』という映画が人気を博し、現実に、就職できない若者や失業者が、街にあふれた。

高松宮の結婚の翌年、満州で事件が起きた。南満州鉄道の線路の一部が爆破され、大規模な軍事衝突に発展したのだ。

南満州鉄道は日露戦争の結果、ロシアから譲り受けたものだ。以来、日本の国策会社となり、沿線の開発が進んでいる。

そうして生まれた街や、そこに暮らす日本人を守るために、満州には日本軍が常駐している。イギリスやフランスが、中国各地の租借地《そしゃくち》や租界《そかい》に、自国の軍隊を置いているのを倣《なら》った形だ。

満州の日本軍は、特に関東軍と呼ばれている。万里《ばんり》の長城《ちょうじょう》の内側から、満州に向かうには関所がある。その関所の東という意味だった。

一方、中国では国家意識が高まり、かつて対立していた中華民国政府と共産党が手を結び、さらに軍閥《ぐんばつ》も加わって、日本に対抗し始めている。

そんな状況下で、鉄道の爆破事件が起きたのだ。当然、中国側の仕業《しわざ》と見なされ、関東軍は正当防衛として反撃に出た。

日本政府は裕仁の意志に従って、戦闘を拡大させないと決定した。だが関東軍は、それを無視して戦線を広げ、たちどころに満州全土を制圧してしまった。

これは満州事変と呼ばれた。新聞各紙は関東軍の勝利を、大々的に書き立てた。

大正年間には、新聞は軍の増強に反対していたが、満州事変については国益を守ったとして、賞賛に転じた。

不況に苦しんでいた人々は、華々しい記事に飛びついた。そして手に手に日の丸の小旗を振り、天皇陛下万歳を三唱した。都会の熱狂ぶりは、ラジオの電波に乗って、日本中に伝えられた。

その後、中国南部の上海《シャンハイ》でも、租界の守りについていた日本軍と、現地の中国軍との間で衝突があった。

もともとの原因は、日本人の僧侶一行が、市内で襲撃を受けたことだった。彼らは修行として太鼓《たいこ》を打ち鳴らし、大声で読経《どきょう》しながら、街を歩きまわっていた。しかし反日感情の強い地域に入り込んでしまい、うるさがられて袋だたきに遭《あ》った。それが民間暴動に発展し、さらに両国軍が加わったのだ。

上海の日本租界には、三万人近い日本人が暮らしている。だが、この衝突により市街戦が始まり、現地の日本軍だけでは、もはや租界の治安は維持できなくなった。そのために大規模な援軍が求められ、閣議で出兵が決まった。

裕仁は早期決着、早期撤退を条件に送り出した。その結果、援軍は第一陣の到着から、わずか一ヶ月あまりで目的を達成し、兵を引いた。これは上海事変と呼ばれた。

上海事変の最中《さなか》、上海から遠く離れた中国北部で、満州国が独立を宣言した。清王朝最後の皇帝を頂点に据えた親日政権誕生だと、新聞もラジオも大喝采で報道した。

それまで満州は、いずれは中国に返さなければならない地だった。しかし親日政権が独立したことによって、中国の手から離れた形になったのだ。

だが中国はもとより欧米各国も、満州国政府を日本の傀儡《かいらい》政権と見なし、独立を認めなかった。そのために日本は、各国との対立を深める結果となった。

さらに節子は、きわめて嫌な噂を聞いた。満州での鉄道爆破も、上海での僧侶の襲撃事件も、もとはといえば日本軍がしかけたというのだ。特に上海事変は、欧米各国の目を上海に向けさせている隙《すき》に、満州建国を達成するための布石《ふせき》だったという。

そこまでして戦争をしたいのか。そこまでして領土を拡大しなければならないのかと、節子は総毛立《そうけだ》った。

そんな中、良子の妊娠が明らかになった。すでに良子は四人の子を産《う》んでいるが、ことごとく女児だった。そのために女腹と呼ばれ、今度こそは男の子をと期待された。

はたして昭和八年十二月二十三日、天皇家の第五子として、とうとう元気な男の子が生まれた。称号は継宮《つぐのみや》、諱《いみな》は明仁《あきひと》と決まった。男児誕生のニュースで、またも日本中が沸きに沸いた。

隣国での軍事衝突と男児の誕生という、まったく異質なことが、違和感なくつながり、日本の明るい未来を象徴するかのように、新聞の紙面を飾った。


昭和十一年二月二十六日の朝は雪景色だった。前々日から降ったり止んだりで、青山の大宮御所の庭も真っ白だった。

節子が朝の身支度《みじたく》を始めた時に、寝室のドアが、けたたましくノックされた。何事かとドアを開けると、女官が血相を変えて立っており、早口で告げた。

「宮中から、緊急のお電話がございました。陸軍の若い将校たちが反乱を起こし、首相官邸や大臣のお屋敷などを、いっせいに襲ったそうでございます。鈴木貫太郎さまも重傷を負われたとのことです」

節子は顔から血の気が引くのを感じた。鈴木貫太郎は侍従長になって以来、節子の期待通り、裕仁に深く信頼されている。

原敬《はらたかし》の最期が脳裏によみがえる。原は東京駅で、過激な右翼に刺されて命を落としたのだ。

原の死は、裕仁が摂政になる直前のことだった。頼りにしていた首相が、突然いなくなり、病身の嘉仁も節子も途方に暮れた。それと同じように、今度は裕仁の信頼する側近が、命を落とすというのか。

「すぐに見舞いを」

鈴木の入院先に人を遣《つか》わせて、様子を見に行かせようと思った。だが女官は、蒼《そう》白《はく》の顔を左右に振った。

「残念ながら、出かけられません。この辺《あた》りの道は、兵士が銃を構えて立っており、行き来できないのです」

節子は想像以上にたいへんなことが起きたことを知った。女官が言葉を続けた。

「帝は、たいそうご立腹《りっぷく》で、すぐさま鎮圧せよと、お命じになったそうでございます。ですので、すっかり収まるまでは、大宮さまは、こちらの御所から、お出になりませんようにとの、ご連絡でございました」

「わかりました」

節子は気を取り直し、身なりを整えてから、いつものように御影殿に入り、ひとりで懸命に祈った。なんとか鈴木貫太郎の命が助かるようにと。

それから翌日にかけて、襲われた政府要人たちの様子が、次々と電話で知らされた。

大蔵大臣の高橋是清《たかはしこれきよ》など三人が、自邸で銃弾を浴びて死亡した。首相の岡田啓介《おかだけいすけ》は義弟が身替わりになって殺され、反乱軍が人違いに気づかずに引き上げたために、無事だったという。

　鈴木貫太郎は日頃から対話を重視するだけに、反乱軍の銃口を前にしても、なお蜂起《ほうき》の理由を聞こうと促したが、やはり問答無用で至近距離から発砲された。刀でとどめを刺されそうになったが、妻の孝子が命のあるうちに、言葉を交わしたいと懇願《こんがん》したために、とどめは免《まぬか》れたという。

　病院に運ばれて、一時は心肺停止状態に陥《おちい》ったが、奇跡的に息を吹き返し、今も予断を許さない状況だった。

　翌二十七日の夜になって、秩父宮が憲兵《けんぺい》に囲まれて、陸軍の軍服姿で訪ねて来た。今は歩兵隊の隊長として、弘前《ひろさき》に赴任しているが、事件の知らせを受けて東北本線で帰ってきたという。

　すでに宮殿の裕仁のもとには出向き、それからこちらに来たのだという。

「帝は、お怒りでしたでしょう」

　節子が水を向けると、秩父宮は目を伏せた。

「叱られました」

「反乱軍の者たちと、関わりがあったのですか」

「いいえ、今は連絡も取っていません」

　反乱軍は、かつて秩父宮が所属していた部隊から出た。彼らは以前から、政策に不満を持っており、秩父宮も同調しているという噂があった。そのために裕仁と論争になったこともあり、危険視された結果、秩父宮は弘前に遠ざけられていたのだ。

「反乱軍が何をしたかったのか、あなたは知っていますか」

「昭和維新です。陸軍の二等兵たちの家は、どこもきわめて貧しい農家です。姉妹が身売りしたり、生まれた赤ん坊が闇《やみ》に葬られたり。そんな者たちの暮らしを救いたくて、彼らは決起したのです」

節子は冷ややかに聞き返した。

「帝が信頼を置かれる侍従長や、大臣たちを殺すことで、農家が豊かになるのですか」

秩父宮は少し苛立《いらだ》たしげに応えた。

「今は大財閥に金が集まり、庶民は苦しむばかりです。まずは政治家と財閥の癒《ゆ》着《ちゃく》を、ただささねばなりません」

「高橋是清や鈴木貫太郎のような誠実な者が、財閥と癒着していたなど、私には考えられません。反乱軍の者たちは、戦争が起きれば景気がよくなって、人々が喜ぶとでも思っているのでしょう」

秩父宮は、むっとした。

「母上には、ご理解いただけないのです」

「ええ、わかりませんとも。暴力で世の中を、よくするなどという理屈は、とうてい私には理解できません」

するとと秩父宮は黙り込んでしまった。だが節子は、なおも追及をやめなかった。

「それに、昭和維新とは何です？ 維新戦争で敗者になった会津の者たちの気持ちは、だれよりも、あなたに伝えたはずです」

「それは、わかっています。だからこそ私は、弱い者の立場を慮《おもんぱか》って」

「それで人を殺すのですか」

「今度の蜂起のやり方に、私は賛成しているわけではありません。むしろ彼らを押し留めるために、弘前から戻ってきたつもりです」

節子は息子の目を、正面から見据えて聞いた。

「もしかして反乱軍は、あなたを担《かつ》ごうとしたのでは、ないでしょうね」

秩父宮は裕仁と一歳違いで、上背《うわぜい》があり顔立ちも整っている。そのうえスポーツ万能で、士官学校での成績は優秀。特に数学は四百数十人中で二番だった。

性格は、やや向こう見ずなところがあり、従者を顧みずに行動したりするところが、父親似だった。思い切った行動に出て、それを成し遂げてしまう実行力も持ち合わせており、そのために人気も高い。

反乱軍は、そんな皇弟を頂点に仰いで、平和主義の裕仁を退位させるつもりではなかったのかという疑惑が湧く。

だが秩父宮は首を横に振った。

「それは、ありません。私は誘われたところで断ります」

「そうですね。私は、あなたを信じています」

話が終わると、秩父宮は神妙な顔で出ていった。

夜も更《ふ》けていたが、節子は御影殿に駆け込んで、嘉仁の姿絵に向かってつぶやいた。

「私は四人の男の子を産んだことを、何より誇りに思っていました。でも今日は、それが怖くなりました。宮たちが利用されぬことを、心から祈ります」

かつて九条道孝が維新戦争に担がれたのと同じ危険が、次男の秩父宮だけでなく、三男、四男にも降りかかるかもしれない。それが、とてつもなく恐ろしかった。

事件は四日で鎮圧され、二・二六事件と呼ばれた。

そして事件が一段落した頃、イギリスからエドワードの戴冠式《たいかんしき》の招待状が、裕仁宛に届いた。

イギリス王が崩御し、皇太子だったエドワードが王位についたのだ。来日した折に、節子とも気さくに話をした美男だ。戴冠式は翌年五月だという。

だが、その後、エドワードは戴冠式を待たず、一年足らずで退位してしまった。王妃《おうひ》選びで揉《も》めた結果だった。恋に落ちた相手が、離婚経験のあるアメリカ人女性で、王室が結婚を認めなかったのだ。

節子はエドワードの気さくさに、嘉仁と共通するものを感じていただけに、なおさら衝撃が大きかった。やはり厳格でなければ、天皇や王は務まらないのだろうかと、残念でならなかった。

王位はエドワードの弟、ジョージが継いだ。吃音《きつおん》があって王になるのは難しいと、エドワード自身が話していた弟だ。ジョージ六世の戴冠式は、最初の予定通りの日程で行われることが、改めてイギリス王室から知らされた。

節子は久しぶりに裕仁に頼みごとをした。

「戴冠式に秩父宮《ちちぶのみや》夫妻を、行かせてもらえないでしょうか」

エドワードとは旧知の仲だけに、裕仁自身が戴冠式に参列することもありえた。だが王が替わってしまったうえに、世情不安の今、裕仁が日本を留守《るす》にするのは心配だった。

「秩父宮には、外交の役目を負わせた方が、よいと思うのです」

軍人たちから距離を置かせたかった。秩父宮にはイギリス留学の経験があり、妃の勢津子も外国育ちで、夫婦揃って英語が堪能だ。加えて秩父宮は上背があり、いかにも貴族的な顔立ちだけに、このふたりで出かければ、日本の印象も高まるはずだった。

裕仁は黙って節子の話を聞いていたが、小さくうなずいて承諾した。

「わかりました。秩父宮に、私の名代《みようだい》を命じましょう」

そして翌昭和十二年三月、秩父宮夫妻は横浜から船出していった。

だが秩父宮夫妻の外遊中に、また中国で嫌な事件が起きた。

北京郊外に永定河《えいていが》という川があり、そこに盧溝橋《ろこうきよう》という美しい石橋があるという。その付近で、七月七日の深夜、現地駐在の日本軍の部隊と、中国軍の間で銃撃戦があったというのだ。

その夜、日本軍は中国側に届け出た上で、夜間演習をしていた。しかし演習が終わった時に、数発の銃弾が、部隊に向けて撃ち込まれた。当然、近くにいた中国軍からの発砲と見なされ、そのまま銃撃戦に発展したのだ。

政府は不拡大を決定したが、盧溝橋に近い満州の関東軍が派兵を申し出て、さらに日本からの援軍も求められた。

五年前の上海事変の際にも、援軍を送っており、今度も裕仁は出動を許した。やはり圧倒的な力を見せつけて、またもや短期間に事態は収拾できた。

しかし翌月には上海で、ふたたび軍事衝突が起きたのだ。これによって五年前の衝突は、第一次上海事変、今度が第二次上海事変と呼ばれた。これにも援軍が送られたが、予想に反して中国側の抵抗が激しく、戦線は拡大した。

日本軍は上海から、首都である南京《なんきん》に向かって進軍し、三ヶ月かかって南京城を陥落《かんらく》させた。

ほかでもない中華民国の首都だけに、この知らせは日本中を熱狂させた。日本人の感覚では、都の城を落としたということは、国中を従えたも同然だった。

至るところで日の丸の小旗が振られ、天皇陛下万歳が叫ばれた。百貨店では祝賀セールが行われ、東京では祝いの提灯《ちょうちん》行列に、四十万人が参加した。

しかし南京が陥落しても、戦闘は終わらなかった。中国は広大なだけに、政府は首都を内陸に移して、さらに激しい抵抗を続けたのだ。アメリカやイギリスも満州国を問題視し続け、中国側に加担した。

日本政府は、欧米からの批判をかわすために、中国に対して宣戦布告はしなかった。国家間で宣戦布告をしない軍事衝突は、戦争とはいわない。これは日華事変《にっかじへん》と呼ばれた。

戦闘の不拡大や短期間の収拾などは、もはや論外となった。完全に中国をねじ伏せるまでは、戦争を終えないという気運が、すさまじい勢いで高まっていった。

「あなたが生きておいでだったら、どれほど嘆《なげ》かれたでしょうか」

節子は勇ましい言葉が躍《おど》る新聞を手に、いつも通り、嘉仁の姿絵に語りかけた。

「きっと年寄りたちは、昔の景気が忘れられないのだと思います。そして若い者たちは隣国を憎むことで、仕事がないという不満を忘れたいのでしょう」

世界大戦当時の好景気を知る世代は、その再来を望んでいる。一方、若者たちは近隣諸国の人々を貶《おとし》めることで、選民意識に酔っていた。

節子は政府にも不信感を抱いた。戦争が一種の公共投資のようになっていた。国民が熱狂すれば、膨大な国費を軍事につぎ込める。そして、その金が国内にまわれば、景気対策になる。そのうえ国民の不満は外に向けられる。戦争は政府にとって、都合のいいことばかりだった。

だが現実には国の出費が、あまりに軍事に片寄った結果、ほかの産業が停滞し、年々歳々《ねんねんさいさい》、人々の暮らしは困難を増していった。それでも勇ましさの前には、だれも不満を口にできない。

大正の頃は、人々はデモクラシーを求め、女たちも思うままに心の丈《たけ》を口にした。奇抜な服装で、モボやモガと呼ばれる若者も現れた。だが、そんな自由な雰囲《ふんい》気《き》は、完全に過去のものになっていた。

日華事変勃発《ぼつぱつ》から二年後、ヨーロッパで戦争が起きた。またもやイギリスとフランスが共同し、ドイツに対して宣戦布告したのだ。

ドイツの指導者はヒトラーだった。彼は先の世界大戦の後、敗戦で荒廃《こうはい》した国土を復興させ、膨大な賠償金支払いに悩む国家経済を立ち直らせた。そんな政治家としての手腕が、高く評価されるだけでなく、軍事的にも天才肌で、開戦から九ヶ月半でパリを陥落させた。

ならば日本は、快進撃を続けるドイツと手を結んで、世界の優位に立とうという意気込みが、たちまちのうちに高まった。

ドイツと手を組めば、満州国について文句を言うアメリカやイギリスなど、すぐさま蹴散らせると、人々は思い込み始めた。苦戦中の中国から目をそらせ、遠いヨーロッパへ向けた夢が、人々を酔わせた。

節子は、さすがに放っておけない気がした。このままでは裕仁が追い込まれて、アメリカやイギリスとの開戦を許可しかねない。

そのために久しぶりに鈴木貫太郎を呼んで、相談を持ちかけた。鈴木は二・二六事件で一命を取りとめた後、侍従長を退職したが、時折、裕仁の相談にも乗っている様子だった。

以前は少し、ふくよかな印象もあったが、瀕死《ひんし》の重傷から生還したせいか、すっかり頰《ほほ》がこけて、いっそう老人めいて見えたが、口調は変わっていなかった。

節子は率直に聞いた。

「あなたが去ってから、帝の身辺《しんぺん》には、いい補佐役がいるのでしょうか」

鈴木は少し考えてから応えた。

「今の侍従長は誠実で、充分に、いい補佐役を果たしています。ただ若い侍従の中に、特に見込みのありそうな者が、ひとりおります」

それは入江相政《すけまさ》といって、まだ三十半ばで、何人もいる侍従のひとりだった。東京帝国大学の文学部を卒業し、学習院の教授を経てから、父親の跡を継いで侍従になった。

父親は入江為守といって、節子もよく知っている。かつて嘉仁の姿絵を描いてもらった、絵の得意な侍従だ。

息子の入江相政は、妻が三菱《みつびし》財閥の岩崎《いわさき》家の出であり、その縁で、造船などの軍事技術や、経済にも通じているという。

鈴木は入江を見込んでいた。

「視野も広いですし、まず和平の道を探そうという姿勢が、帝には助けになるでしょう。ただ何分にも、まだ若いので、発言力がないのが残念です」

裕仁は入江の意見に耳を傾けるものの、結局、軍人から横槍が入ってしまうという。

「わかりました。いいことを聞きました。なんとかしましょう」

節子は入江に姪《めい》がいることを思い出し、急いで身辺を調べた。その姪が、三笠《みかさの》宮《みや》の妃に向くのではないかと、思いついたのだ。

三笠宮は嘉仁と節子の末子だ。子供の頃から神話が好きで、節子としては、四人兄弟の末子くらいは学者にしたかった。しかし軍人になるという規定は覆《くつがえ》せず、次男の秩父宮同様、陸軍に進んだ。そして二十一歳の時に宮家を立て、三笠宮と呼ばれるようになったのだ。

以前から縁談は、いくつも持ち込まれた。今度こそ長州系からという訴えも強かった。しかし節子は慎重だった。できれば親兄弟が、軍人や政治家でない家系から迎えたかった。

入江の姪は高木百合子《たかぎゆりこ》といって、年齢は三笠宮より八歳下だった。祖父は、もと一万石《ごく》の小さな大名で、父親は東京帝国大学を出た生物学者だ。子爵を授爵《じゆしやく》してはいるが、まさに学者肌で浮世離れしたところがあり、生活は楽ではないらしい。

ただ生物学者だけに、裕仁の話し相手になれるかもしれないと、節子は期待した。裕仁は子供の頃、草花が好きだったし、その後も葉山の御用邸の海岸で、海の生物を熱心に観察している。気の張る公務の合間に、専門家の話でも聞ければと思ったのだ。

それに入江自身の発言力を増すためにも、先々、侍従長を務めさせるにしても、姪が宮家の妃になれば、大きな力を得るはずだった。

節子は入江を呼び、百合子本人にも会ってみた。人柄がよさそうで、顔立ちも人形のように愛らしい。

内々に三笠宮自身とも見合いをさせたところ、双方で気に入った。気さくさが父親似の三笠宮には、うってつけの相手だった。

結婚式は昭和十六年十月二十二日に、無事、執り行われた。また祝賀ムードに日本中が沸いた。

だが、それからわずかひと月半後の十二月八日のことだった。節子はラジオで、とんでもない臨時ニュースを聴いた。その日の未明、日本海軍はハワイの真珠湾《しんじゅわん》を攻撃し、日本はアメリカに宣戦布告したという。

秘密裏に準備が進められた奇襲であり、アメリカ海軍の基地と軍艦に、多大な損害を与えた。ラジオのアナウンサーは興奮気味に伝え、新聞各社は競って号外を発行した。

節子は、アメリカが石油などの対日輸出を止めたことで、日本が追い込まれていることは知っていた。それに日本は軍事技術で、アメリカを凌《しの》ぐものを持っている。だが石油などの資源が乏《とぼ》しく、国力の差は歴然としていた。

すぐに入江を呼んで、なぜ裕仁が対米戦争を許したのかと問いただした。さすがに黙ってはいられなかった。すると入江は、いかにも申し訳なさそうな様子で現れた。

「帝は、とても悩んでおいでです。対米戦争など、帝の御心《みこころ》に反することです。でも、どうしようもなかったのです」

アメリカのような民主主義国家では、奇襲は不可能だ。開戦のためには議会での審議が必要で、そうしているうちに情報が広まるからだ。

だが日本は閣議で決定し、天皇が許可すれば、秘密裏に開戦準備を進めることができる。その点を利用して、宣戦布告と同時に奇襲すれば、一気に有利に立てるという目論見《もくろみ》だったという。

「だからこそ機を逃さずに、今すぐ、ご決断をと御前《ごぜん》会議で迫られた末に、帝は開戦を、お許しになったのです」

わずかな説明で、節子は裕仁の立場を悟った。先の世界大戦に参戦した時と、よく似た状況だった。充分な時間を与えられず、閣議決定したことを認めざるを得ないのだ。

天皇の意志は絶対だと言われながら、まったく顧《かえり》みられないことが起きる。それでも、どんな気持ちで開戦を許可したかと思うと哀《あわ》れだった。

日米開戦によってヨーロッパでの戦争は、一気に世界に広がった。そのため大正年間の世界大戦が第一次、今度が第二次世界大戦と呼ばれるようになった。

翌年九月、戦争の重苦しい空気の中、節子は御殿場《ごてんば》を訪ねた。富士山の裾野《すその》近くに、秩父宮が家を買い、そこで療養しているのだ。

イギリス国王の戴冠式から帰った後、秩父宮は体調を崩した。だが、ちょうど日華事変が勃発した時であり、無理を押して軍務に復帰し、中国にも赴任した。

節子は、嘉仁の病気の経験があるだけに、気になって見舞いを遣わせ、自重するように諭《さと》した。思い切って休養を取るようにも勧めたが、秩父宮は聞く耳を持たなかった。

そして高熱を発し、とうとう肺結核《はいけっかく》の診断が下ったのだ。そのために軍務から離れ、御殿場に家を買って、療養生活に入っている。

節子が秩父宮と会うのは久しぶりだった。もともと細面で鼻筋が通り、いかにも貴族的な顔立ちだったが、面《おも》やつれは隠せなかった。前に会った時よりも、ずっと頬がこけ、目が落ち窪《くぼ》んでいる。

「よくぞ、こんな遠くまで」

張りのない声で挨拶する。節子は差し向かいのソファに座って聞いた。

「起きていて大丈夫ですか。無理をしませんように」

それから秩父宮と勢津子と三人で話をした。すると秩父宮は妙なことを言い出した。

「これは後で書面にして残しておこうと思っているのですが、母上には聞いておいていただきたいのです」

「何のことです？　改まって」

「私が死んだら、遺体を解剖《かいぼう》してもらいたいのです」

「解剖？」

節子は耳を疑った。

「何のために？」

すると秩父宮は、一瞬、勢津子と目を見交《みか》わしてから、口を開いた。

「本当に肺病かどうか、確かめてほしいのです」

「どういう意味です？」

「もしかして毒でも盛られたのではないかと」

「毒？　だれが盛るのです」

「おそらくは、陸軍の者が」

秩父宮は神経質そうに、小刻みに目をしばたいた。

「私の曾祖父《そうそふ》さまの孝明《こうめい》天皇にも、毒殺の噂がありましたね」

孝明天皇の皇后は九条家の出で、節子の伯母だ。当然、毒殺の噂は耳にしている。それも、いったんは病気が好転したのに、薬を飲んでいるうちに、どんどん悪化していったと聞いている。

それを知っていたからこそ、嘉仁が薬を飲む時に、節子は自分から毒味を申し出たのだ。だから秩父宮が疑う気持ちが、わからないではない。

「でも、なぜ軍の者が？」

「イギリス国王の戴冠式から帰国した後、私は日華事変の停戦を目指して動きました。イギリスに仲介を頼んで、中国側と交渉すれば、満州国を認めさせる道があったのです」

イギリスは実質的に香港《ホンコン》を領有し、上海をはじめ中国の各都市に租界を持っている。その利権があるだけに、満州における日本の利権も、条件次第で認める姿勢だったという。

「イギリスに仲介を頼むといっても、実際にはイギリスと手を組んで、中国との交渉に当たるということです」

日華事変の原因は満州国にある。イギリスの仲介で、まず満州問題を解決し、それから事変の終結にまで持っていく。それが秩父宮の目指すところだった。

「ドイツは中国には、たいした利権を持っていません。日本と中国の対立に関しては、いわばドイツは中立の立場です」

だからドイツと手を結んでも、満州問題は有利には解決できないし、日華事変は終えられないという。

「だからこそイギリスと手を結ぶべきだったのに、陸軍はドイツ一辺倒で、私に耳も貸しませんでした。それでも帝には、ご理解いただけました。もう少しで政策転換できるところだったのです」

その瀬戸際だったからこそ、いくら体調が悪くても、休むわけにはいかなかったという。

「でも軍部には、そんな私が邪魔になったのです。陸軍では細菌兵器の開発に熱心ですし、毒薬にも通じています。私ひとり病死に見せかけて殺すなど、容易《たやす》いことでしょう。だから解剖で、それを証明したいのです」

二・二六事件の前には同志だった者たちが、秩父宮と敵対するようになっていたという。

節子は事の真偽《しんぎ》よりも、そこまで疑わなければならない息子の心情が哀れだった。

「わかりました。そこまで望むのなら、解剖もいいでしょう。でも今は、できるだけ心安らかに、治療に専念しなさい。薬も心配なら、毒味役を置きなさい。侍従でも女官でも、医者自身でも、あなたの目の前で薬を分けて、飲んでもらいなさい」

秩父宮は端正な顔を小さくうなずかせた。すると、それまで黙っていた勢津子が、思い詰めた声で言った。

「毒味は、私がいたします」

しかし節子は、きっぱりと言った。

「あなたはいけません。これから子を産む身です」

秩父宮も妻に向かって、首を横に振った。

「そうだ。きみには頼めない。ほかの者に命じよう」

節子は勢津子に言った。

「あなたは宮を支えなさい。それが妻の務めです。こんな立場ですから、本当に信じ合えるのは、夫婦だけなのです」

そして息子に視線を移した。

「あなたは病気を乗り越えなさい。たとえ毒を盛られたとしても、それに負けずに元気になるのです。死んだら、毒を盛るような卑劣《ひれつ》な者たちの思う壺《つぼ》ですよ」

「わかりました。きっと元気になります」

「私より先に死んでは嫌ですよ。家族を見送るなんて、夫だけで、もうたくさん」

節子が少し冗談《じょうだん》めかして言うと、秩父宮も勢津子も笑った。

帰りがけに、秩父宮も外まで送るというのを、節子は制した。

「秋風が体に障《さわ》るから、中にいなさい。ここでいいから」

勢津子だけが玄関先の車まで、見送りに出て謝った。

「今日は、たいへんなことをお聞かせして、失礼しました。宮さまは、ご病気で気が弱くなっておいでなのです。だから疑い深くもなって」

「わかっていますよ。でも宮の言うことを、否定しないであげて。頭ごなしに違うと言ったりすると、あなたのことまで信じられなくなるから。それに、もしかしたら本当かもしれないし。とにかく話を聞いてあげれば、それで安心するはずです」

「わかりました。そうします」

気づけば、どことなく勢津子も看病やつれしていた。

戦争という国難の最中に、病《やまい》に倒れる皇弟など、役立たずという批判も、節子の耳に入ってくる。かつて嘉仁が天皇としての力を発揮できずに、白い目を向けられたのと、よく似た状況だった。

節子は東京に戻る際に、御殿場駅から普通列車に乗り込む人々が、大きな荷物を担いでいることに気づいた。

昨年四月に米が配給制になったが、量は充分ではない。そのために秋に収穫されたばかりの新米を求め、買い出しに来ているらしい。法律違反は覚悟の上なのだ。

節子は、人々を飢えさせてまで、戦争を続ける意味があるのかと、心が痛かった。自分だけ特等車両に乗ることも後ろめたい。そんな重い気持ちで、窓際の席に、女官たちと一緒に腰かけた。

かつて御殿場線は、ひんぱんに通った路線だった。沼津の御用邸に出かけるのに、東京から小田原《おだわら》を経て、御召列車を走らせたのだ。

だが昭和九年に丹那《たんな》トンネルが開通し、箱根連山《はこねれんざん》を迂回《うかい》する必要がなくなって、御殿場線は東海道線から外れた。以来、足が遠のいている。

岩波《いわなみ》という信号場を過ぎた辺りで、節子はつぶやいた。

「そろそろ神山復生院《こうやまふくせいいん》かしらね」

神山復生院とは、節子が寄付を続けているハンセン病患者の収容施設だ。

滝乃川学園に寄付をした後、節子は、ひとりの外国人の訪問を受けた。それは神山復生院の院長を務めるカトリック神父だった。病院の運営資金が底をついており、なんとか助けてもらえないかと頼みに来たのだ。

神山復生院の創設者も外国人神父で、来日からほどなくして、富士山の裾野の人里離れた地で、数人のハンセン病患者と出会ったという。彼らは粗末な水車小屋で、肩を寄せ合って暮らしていた。神父が、そんな境遇を哀れんで、手を差し伸べたのが、神山復生院の始まりだという。

節子はハンセン病と聞いて、子供の頃に寄り道した駄菓子屋の娘を思い出した。オッペケペー節を覚えた店だ。優しい娘だったが、ハンセン病になって連れていかれたと聞いた。そして駄菓子屋は客が寄りつかなくなって、店を閉めたのだ。

その一件が、ずっと節子の心の奥に、小さな棘《とげ》のように刺さっていた。そこに寄付の話がもたらされただけに、すぐに応じた。以来、いっそう暮らしを切り詰めて御手許金《おてもときん》を貯め、各地のハンセン病施設のために用いている。

軍国主義が進むにつれ、戦争で戦えるような健康な若者だけが、いよいよ大事にされ始めた。病人など世の中の厄介者《やっかいもの》扱いだ。

ましてハンセン病患者ともなれば、いっそう厳しい目が向けられる。だからこそ節子は手を差し伸べたかった。

寄付金以外にも、紬《つむぎ》の反物《たんもの》を贈っている。自分で育てた蚕から絹糸を採り、それを業者に頼んで紬の反物にしてもらい、各収容施設に患者の数だけ贈るのだ。

節子は蚕に桑の葉を与える時、あるいは繭《まゆ》に包まれた蚕を集める時、こうして作った絹物を、患者たちが手にする姿を思い描く。突然、届いた反物の山に驚き、そして喜んでくれるものと信じている。

針仕事が得意な患者もいることだろう。本来なら自分の家族たちのために持つ針で、仲間たちの着物を仕立てる。限られた環境の中では、それも、わずかな生きがいになるかもしれなかった。

そんな患者たちの中に、あの駄菓子屋の娘も、もしかしたらいるのではないかと、心の中で期待している。

あの時、仲間に入れてもらえたことが、節子は本当に嬉《うれ》しかった。華族《かぞく》女学校の級友たちだけでなく、オッペケペー節を歌うような洟垂《はなた》れ小僧たちと、友達になりたかったのだ。

あの娘の名前も知らない。向こうも節子の素性《すじょう》を知らない。たとえ今、顔を合わせても、わからないに違いない。たがいに出会うことは、一生、ないのだと思う。

それでも、もしかしたら、どこかの収容施設で、節子の紬に袖を通してくれるかもしれないと、わずかに期待している。それに、たとえ彼女本人に届かなくても、患者ひとりひとりが彼女なのだとも思う。

そのほかに灯台守《もり》の互助会にも、節子は寄付を続けてきた。観音崎《かんのんざき》の灯台を訪れて以来、灯台守と家族のために、手を差し伸べている。

特にラジオ放送が始まってからは、ラジオ受信機二百台を寄贈《きぞう》した。あの孤独な暮らしの中で、せめて娯楽の機会を与えたかった。

すると全国の灯台守と、その家族たちから、感謝の手紙が続々と寄せられた。ラジオが届くのが、どれほど楽しみだったか。スイッチを入れて、人の声が聞こえたのが、どれほど嬉しかったか。一通ごとに、そんな素直な気持ちが綴《つづ》られていた。

以前から節子の暮らしは贅沢《ぜいたく》ではなかったが、寄付のために、いよいよ質素になった。しかし庶民と同じになった気がして、むしろ清々《すがすが》しい思いだった。

その後、神山復生院の神父は、節子が列車で沼津の御用邸に向かうと知り、患者たちに見送らせてもらえないかと訊《たず》ねてきた。患者たちが礼を言いたいのだという。

節子は快諾《かいだく》し、毎回、沼津の行き帰りに、二十人ほどが立ち並ぶようになった。最初は全員、最敬礼だったが、それでは節子の顔どころか、列車も見えないだろうと、手を振り合うことにした。

だが丹那トンネルが開通してからは、交流は絶えている。車窓から外を見つめながら、節子はつぶやいた。

「あの頃は、みんな、よく待ってくれていましたよね。もう少し先の踏切のところに、並んでたんじゃないかしら」

するると、ふいに女官が立って窓を開けた。

「いい風が入りますから、少し開けましょう」

真鍮《しんちゅう》の留め金がパチンと音を立てて、窓が上がったままで固定された。爽やかな秋風が吹き込んでくる。外は山際まで黄金色《こがねいろ》の田が続いており、ところどころに稲刈りがすんだ田も混じる。戦争中とは思えない、のどかな風景だった。

いいお天気ねと言いかけて、節子は、あっと息を吞《の》んだ。列車の進行方向に、見覚えのある踏切があり、二、三十人が、かたまって立っていたのだ。

「あれ、もしかして、神山復生院の人たちじゃないかしら」

女官は笑顔で応える。

「きっと、そうでございますよ」

節子には何が何だかわからないうちに、列車が踏切に差しかかった。

窓から手を出して振ると、向こうも待ちかまえていた様子で、いっせいに手を大きく振る。笑顔で歓声をあげる者もいれば、黄色と黒の遮断機《しゃだんき》をつかんで、泣き出す者もいた。

あっという間に通り過ぎていく。以前と変わらず、老人もいれば中年も若者も、男も女もいた。

節子は窓から顔を出して、遠のく踏切を見つめた。患者たちは、まだ手を振り続けている。その姿に、いつにも増して胸が熱くなった。

病気に冒《おか》され、家族や友人から引き離され、仲間だけで寄り添って生きている。家に帰ることはできない。たとえ帰ったとしても、周囲からの激しい差別が待っている。

彼らの孤独が、天皇家に嫁いだわが身に、重なって思えた。灯台守の夫婦への共感とも同じだった。だれもが寂《さび》しさに耐え、病気の苦しみにも耐えて、懸命に生きているのだ。

そして今は秩父宮も同じ立場だ。かつては人望もあり、和平のために奔走《ほんそう》したのに、今は東京から離れ、ひっそりと夫婦だけで暮らしている。

そのうえ、この非常時に病気とは何事かと、冷たい視線も向けられる。本人としては、どれほど無念かと思うと、節子は目頭《めがしら》が熱くなる。なんとしても病気に打ち勝ってほしかった。

窓から吹き込む風で、さりげなく涙を乾かしてから、節子は女官を振り返った。

「なぜ私が通ることを、知っていたのかしら」

女官は少し申し訳なさそうに応えた。

「勝手なことをいたしました。秩父宮さまのところから、神山復生院に知らせていただいたのです。大宮さまも、患者さんたちも、喜ばれるかと存じまして」

それを聞いたとたんに、こらえていた涙があふれ出た。女官が驚いて謝る。

「申し訳ありませんでした。お気に召しませんでしたか」

節子はハンカチを取り出し、目元に押し当てて、首を横に振った。

「そうではないの。そうではないけれど。年のせいか、涙もろくなって」

秩父宮の哀れさに、久しぶりに見たハンセン病患者たちの元気な姿、それに女官の気遣いが重なって、節子は心が強く揺さぶられた。

その時、何もかもがつながっていることに気づいた。

高円寺《こうえんじ》村の農家の暮らしは、節子の原点であり誇りだ。村の娘たちと川に入り、魚を捕《と》った思い出を、何より大事にしている。九条家の姫君になっても、東宮妃になっても、皇后になってさえも、村娘の心は忘れていない。

高円寺村の思い出の中にセキがいる。セキに対する悔いや哀しみは、駄菓子屋の娘につながる。そして彼女が家族と引き離された孤独が、灯台守の暮らしに通じる。さらに、それが自分自身の孤独や、身動きの取れない哀しみに重なるのだ。

自分は高みから施《ほどこ》しているのではない。むしろ彼らから施されている。孤独なのは自分だけではないことで、励まされているのだ。

セキは今も、節子の心の中で生きている。そして白く丸い石を差し出す。駄菓子屋の娘も、線路脇に立つハンセン病患者に姿を変えて、今も飴玉《あめだま》をくれる。灯台守たちからの手紙を受け取って嬉しいのは、節子自身が励まされるからだ。

自分はひとりではない。そう思うと、涙が止まらなかった。

7章　ヒメジョオン

昭和二十年の三月九日、夜も更《ふ》けた頃だった。節子《さだこ》は床《とこ》につき、すでに電気も消していた。

二年前に還暦《かんれき》を迎え、最近は眠りが浅く、寝つきも悪い。できれば本でも読みたいところだが、電気を消さない限り、女官《にょかん》たちが休めない。毎晩、暗闇《くらやみ》を見つめて、眠気を催《もよお》すのを待つしかなかった。

しかし、その夜は異変が起きた。遠くからサイレンが聞こえ、ほぼ同時に、慌《あわ》ただしい足音が廊下に響いた。ドアがけたたましく叩《たた》かれ、節子が起き上がって返事をすると、ドアが勢いよく開けられた。

年配の女官が、懐中電灯を手に、緊張した声で言う。

「空襲警報です。すぐに御文庫《おぶんこ》へお出ましください」

節子は手近なもんぺをはき、綿入《わたい》れを羽織《はお》って、急いで寝室から出た。もんぺは贅沢が禁じられた頃から、庶民と同じようにしたいと、節子の希望で採り入れた服装だ。

避難先は、青山御所《ごしょ》の敷地内に掘られた、御文庫と呼ぶ防空壕《ぼうくうごう》だ。そこまで女官が、足元を懐中電灯で照らしながら先導する。

「どうか、お足元に、お気をつけあそばせ」

建物の近くに防空壕を造っても意味がない。建物が炎上した時に、防空壕の中も加熱されるからだ。

だから、ある程度の距離は必要であり、節子の足では、御文庫にたどり着くのに五分はかかる。その間に敵機が飛んでくるのではないかと、女官も侍従《じじゅう》も気が気ではない様子だ。

真珠湾《しんじゅわん》攻撃以降、しばらく日本軍は快進撃を続けた。今も新聞やラジオは、なおも勝利が続いているかのように書き立てる。

しかし今年に入ってから、アメリカの爆撃機が東京上空に飛来し、銀座《ぎんざ》や神田《かんだ》駅が爆撃を受け、大勢の民間人が犠牲になった。

その頃、節子は御所の敷地内で、一枚のビラを拾った。女官が慌てて奪おうとする。

「それは、いけません。お目汚しです」

節子は、かまわずに読んだ。それはアメリカ軍による空爆予告だった。日本語で書いてあり、多色刷《たしょくず》りの印刷物だった。

「これのどこが、いけないのですか」

節子が聞くと、女官は恐縮して応《こた》えた。

「アメリカのビラは、嘘《うそ》ばかり書いてありますので、拾ってはいけないことになっています。大宮さまが読まれるなど、とんでもないことです」

「ならば、これは空から撒《ま》かれているのですね」

「敵の飛行機が飛んできて、手当たり次第に、撒き散らしているようです」

節子はビラに目を落とし、内容が嘘ではないと確信した。その証拠に、すでに銀座や神田が被害に遭《あ》っている。アメリカ軍はビラで予告することにより、建前としては、民間人を空爆に巻き込まないという姿勢なのだ。

一方で日本軍は、空爆から首都を守る力さえない。それを隠すために、ビラを拾ってはいけないと禁じているのだ。これでは犠牲を増やすだけだった。

すでに学童疎開《そかい》は去年から始まった。裕仁《ひろひと》と良子《ながこ》の長男、明仁《あきひと》は学習院初等科の五年生になり、学友たちと一緒に日光に避難している。

節子も疎開を勧められてはいるが、拒《こば》み続けている。市民が、ひとりでも残っている限り、東京から動くつもりはなかった。

遠くからサイレンが聞こえる中、懐中電灯の明かりを頼りに、御文庫までたどり着き、狭い階段を降りた。そして侍従たちを振り返って言った。

「あなたたちも、早く防空壕に」

女官ふたりだけが御文庫に残り、ほかの侍従たちは、近くにある職員用の防空壕に、避難する手筈《てはず》になっている。それでも節子が御文庫に落ち着くまで、だれも立ち去ろうとしない。

サイレンが鳴り響く中、係の女官がふたり、節子に続いて入り、階段下の扉を閉じた。そして懐中電灯で照らしながら、蠟燭《ろうそく》に火を灯《とも》した。

じっとりと湿った空気の中、蠟燭の明かりに、嘉仁《よしひと》の姿絵が浮かぶ。四畳半ほどの広さで、周囲には棚がしつらえられ、節子の愛読書が並んでいる。空襲で焼きたくないものだけを、ここに運んであるのだ。

女官が布団《ふとん》を敷き、休むように勧める。節子は言われるままに横にはなるが、女官たちがかたわらで正座しており、眠れるはずもない。

だが、ほどなくして、扉の外から声がかかった。

「空襲警報が解除されました」

また起き出して部屋に戻った。

だが夜半に、ふたたびサイレンが鳴り、またもや女官が大慌てで駆け込んできた。

「また空襲です。お急ぎください。もう敵機が飛んできています」

急いで建物から一歩出て、さすがに節子は立ちすくんだ。東の空が驚くほど明るかったのだ。幾筋《いくすじ》もの火の帯が、夜空を背景にして、縦に描かれていた。

火の玉が光り輝く尾を引きながら、打ち上げ花火とは逆に、空から地面に向かって落ちていく。そして途中で、火の玉が爆発を起こし、無数の小さな火玉に分かれて、四方八方に飛び散っていく。それが雨あられと、東の地に降り注《そそ》いでいた。

話に聞く焼夷弾《しょういだん》だった。木造家屋が多い日本の市街地攻撃用に、アメリカ軍が開発した火炎弾だ。引火性の強いガソリンのような油脂《ゆし》を、ゼリー状に固め、導火線に着火して投下するという。

方向からして、攻撃先は下町に違いなかった。特に木造家屋が密集する地域だ。土地が低いために、穴を掘ると水が染《し》み出し、ろくな防空壕もないと聞いている。そんな場所に、あれほどの火が降り注いだら、人々はどこに逃げるのか。

節子は関東大震災を思い出していた。あの時、本所《ほんじょ》の公園用地だけでも、四万人もの人々が殺到し、逃げ場を失って焼け死んだのだ。しかし今は、あの惨状を、はるかに上まわる猛火であることは、疑いなかった。

ふつふつと怒りの感情が湧《わ》く。ここまで来て、なぜ戦争を続けるのかと、大声で叫び出したい。できることなら、わが子に詰め寄って、今すぐ戦争を止めさせたい。

　だが、それが無理なのは百も承知だ。かつて嘉仁も不本意ながら、第一次世界大戦に参戦してしまった。そして今、裕仁自身は戦争の続行を望んではいないと、母親としては確信している。

　もはや第一次大戦とは、比べものにならないほどの戦死者を出してしまった。失われた命の重さを考えると、自分たちだけが助かるわけにはいかないと思うのが人情ではある。

　今さら戦争を止めるなどと言えば、腰抜けと見なされ、囂々《ごうごう》たる非難を浴びる。だから政治家でも軍人でも、口火を切れないのだ。

　そして天皇を腰抜けにさせまいと、周囲が懸命にかばっている。だから止めたいのひと言が、裕仁には口にできないに違いなかった。

　翌日、侍従の入江《いりえ》相政《すけまさ》が、裕仁の代理としてやってきた。そして頭を深々と下げ、疎開を勧めた。

「帝は大宮さまのことを、心から、ご心配されておいでです。どうか、どうか、疎開なさって、くださいませ」

しかし節子は、きっぱりと言った。

「私は、この戦争が終わるまで、東京から離れません。そう伝えてください」

それは節子にとって、最後の切り札だった。いくら息子といえども、天皇に指図はできない。その代わり、今すぐ戦争を終えてほしいという暗黙の主張を、伝えることはできる。

皇太后が疎開しなければ、天皇は疎開するわけにはいかない。母親を見捨てるなど、道義に反するからだ。そして天皇が動かない限り、政府も安全な場所には移れない。

天皇の命が大事ならば、とにかく戦争を終えるしかないのだと、節子は自分の命をかけて、閣僚や軍人たちに訴え続けていた。無理は承知の上での主張だった。

「やはり、お聞き届けいただけませんか」

節子のかたくなさに、入江は肩を落とし、諦《あきら》め顔で宮殿に帰っていった。

それから間もなく、玄関前から御文庫まで、突貫工事でトンネルが掘られた。空襲警報が出てから、節子が移動するのに、地表を歩かないですむようにしたのだ。

だが節子は心苦しかった。三月十日の下町の空襲で、どれほどの人が焼け死んだか、まだ数さえ把握《はあく》されていない。とてつもない人数が、火だるまになって焼死したのだ。

下町は見渡す限り、焼け野原になったと聞く。なのに自分だけが安全な場を用意されても、居たたまれないばかりだった。

そして四月になって間もなく、今度は鈴木貫太郎《すずきかんたろう》が大宮御所を訪ねてきた。

「まだ内密のことですが、今日明日にでも現内閣が総辞職いたします。その後を引き継ぐようにと、帝《みかど》から、ご命令いただきました」

節子は安堵《あんど》した。鈴木が政府を率《ひき》いるのなら、今度こそ終戦が期待できる。

「どうか、帝の親になったつもりで、役目を果たしてください」

節子の頼みに、鈴木は恐縮した。

「恐れ多いことです」

「帝は二十六歳の時に、先帝を亡くされました。病気の父帝に代わって、摂政《せっしょう》の役目を負われたのは、二十一歳の時です」

節子は言葉に力を込めた。

「帝には頼れる父も、叱《しか》ってくれる父もいなかったのです。でも親は、わが子だからこそ、犠牲にしなければならない時もあります」

鈴木は驚いて、激しく首を振った。

「何を仰《おお》せです。そのようなことは、私にはとても」

鈴木らしい反応だった。節子は頰《ほほ》を緩めた。

「それほどの覚悟で、臨《のぞ》んでほしいということです。それに帝は今後、どんなことになっても覚悟はできていましょう。私にも覚悟はできています」

「いいえ、私は徹頭徹尾《てっとうてつび》、帝や大宮さまを、お守りします。ソ連を通じて講和の道も探っています。なんとしても帝の御心に沿って、終戦を実現いたします」

ソヴィエト連邦は日本との間に、不可侵《ふかしん》条約を結んでいる。いわば中立国だけに、終戦交渉の仲介役を引き受けてもらうつもりだと、鈴木は節子に打ち明けて帰っていった。

五月になると、末子の三笠宮《みかさのみや》が、軍服姿で訪ねてきた。結婚から三年半が経ち、人形のように愛らしかった百合子《ゆりこ》は、すでに女児を産み、さらに、ふたりめを妊娠《にんしん》中だ。今は沼津の御用邸に疎開している。

三笠宮は軍帽をテーブルに置いて言った。

「母上も早く沼津に来ていただきたいと、百合子が待っていますよ」

節子は相変わらずの口調《くちょう》で応えた。

「私は疎開はしませんよ。戦争が終わるまではね」

「戦争が終わったら、疎開などしても意味がないでしょう」

「だから、しないということです」

「母上が疎開しなければ、侍従や女官たちだって、危ない目に遭うのですよ」

「若い者は、もう親元に帰してあります。今、残っているのは、年寄りばかりで、私と一緒に死んでもいいという者だけです」

今は最低限の人数しか残していない。

「まったく頑固だなあ」

母子で、ひとしきり笑ったが、三笠宮は真顔《まがお》になって言った。

「ヒトラーが自殺しました。その二日前にはムッソリーニが処刑されています」

ムッソリーニはイタリアの独裁者だ。イタリアはドイツと並んで、日本と同盟を結んでいる。その頂点に立つ者たちが、相次いで世を去ったという。

「イタリアもドイツも、政府が崩壊して敗戦を迎えました。扇の要《かなめ》がなくなったのですから、国が失われたということです」

日本は島国だけに、国がなくなるという意識が薄い。だがヨーロッパでは、政府が国民の要であり、それがなくなった時点で、国家も消滅する。

日本でも裕仁が健在で、政府が機能しているうちに降伏しなければ、日本という国が存在しなくなる。そうなれば軍も機能しなくなり、たちまち分割されて、どこかの国の植民地にされても、文句の言いようがない。

節子は深い溜息《ためいき》をついた。

「いよいよ、正念場《しょうねんば》ですね」

「そうですね」

母子は黙り込んだ。

ドイツとイタリアという同盟国が消え失《う》せた今、もはや日本が戦い続けられないのは明白だ。しかし降伏後、裕仁に、どんな運命が待ち受けているのかは、計り知れない。自殺は引き止めねばならないが、ムッソリーニのように処刑されないとは限らない。

母親としては生きながらえてほしい。でも戦争を終えるために、だれかが犠牲になる必要があるのなら、それは受け入れなければならなかった。

日本中で、どれほどの母親が、息子の戦死の知らせを受け取ったのか。その重みを思えば、自分の息子だけが助かっていいはずがなかった。

それでも天皇家の長い歴史を思えば、できることなら絶やしたくはない。誇りある家系を、次の世代に伝えたかった。

母親の沈黙に耐えられなくなったように、三笠宮は話題を変えた。

「鈴木首相はソ連に、仲介を期待しているようですね。松平《まつだいら》さんや樺山《かばやま》さんは内々に、別の外交ルートを探しているらしいです」

勢津子《せつこ》の父親の松平恆雄《つねお》と、勢津子を説得するために渡米した樺山愛輔《あいすけ》のことだ。

「彼らのことをヨハンセン・グループと呼ぶようですよ」

「ヨハンセン?」

「吉田茂《よしだしげる》という外交官を中心にして、反戦工作をしているので、吉田のヨを取って、ヨ反戦だそうです」

また母子で笑った。

「それにしても、母上の周囲にいる顔ぶれを見れば、母上が何を望んでおいでなのかが、よくわかります。母上は声高《こわだか》に主張するわけでもなく、まして力ずくで押し通すわけでもない。でも筋道は通しておいでです」

三笠宮は母親の意志を理解していた。節子は頬を緩めた。

「あなたのことだけは、大声で叱りましたけれどね」

「そうですね。叱られました」

三笠宮は結婚後、身分を隠し、若杉《わかすぎ》と名乗って、陸軍参謀として南京《ナンキン》に赴任した。若杉は三笠宮の御印だ。

そして帰国後、節子に挨拶《あいさつ》に来て、憤《いきどお》りを露《あら》わにして言った。

「中国の日本軍は、とうてい皇軍とは呼べません」

三笠宮が赴任した時には、すでに規律が見直され、放火、強姦《ごうかん》、略奪、殺人は、四悪として禁じられていた。だが、それまでは四悪が、まかり通っていたのだ。

「以前は、ことごとく民家を焼き払っていたのに、放火が禁じられたので、どこまで味方が進軍したのかが、わからなくなったなどと、文句を言う者がいました」

生きた人間を刺し殺さなければ、新兵の肝《きも》が定まらないと、豪語する者もいたという。

三笠宮の身分は、ごく一部しか知られていなかった。そのために軍の裏の部分まで、知ることができたのだ。

その後、節子は妙な噂《うわさ》を耳にした。首相だった東条英機《とうじょうひでき》の暗殺計画に、三笠宮が加担しているというのだ。高松宮《たかまつのみや》も同調しているという。

すぐさま三笠宮を呼びつけて叱った。

「二・二六事件の時、あなたは二十二歳でしたね。でも、あの時、どれほど帝が腹を立てられたかは、覚えているでしょう」

しかし三笠宮は関わりを否定した。

「その件に関しては、兄上も私も無関係です」

「そうですか。それなら私が言うことは、何もありません」

「ただ」

言い淀《よど》む息子を、節子は促《うなが》した。

「ただ？」

「心情的には理解できます。東条が首相でいる限り、戦争は終えられません」

陸軍出身の東条英機は、憲兵を私兵のように使い、さまざまな終戦工作に弾圧を加えている。それは節子も聞いているが、現役首相の暗殺は許せなかった。

「内々の話でも、そのようなことを口にしてはなりません。あなたたちを利用しようとする者は、いくらでもいるのですから」

三笠宮は目を伏せた。

「わかっています」

「東条英機ひとり殺したところで、戦争は終わりません。東条が、ひとりで戦争をしているわけではないのですから。もっと見えない大きな力の末に、ここまで来てしまったのです」

すると三笠宮は、ふたたび顔を上げて、語気を強めた。

「お言葉を返すようですが、東条がいなくなれば、牽引《けんいん》する者がいなくなり、戦争は終えられます」

節子は首を横に振った。

「違います。今の戦争の原動力は、指導者ではなく、大勢の感情です。最初は南京陥落《かんらく》の熱狂でした。そして今は、死んだ者に申し訳ないという慚愧《ざんき》の念です。大勢の命が失われたのだから、今さら降伏などできないという、後ろ向きの感情です」

理屈は彼方《かなた》に追いやられ、そんな激烈な感情だけで、殺し合いが続けられている。

「このうえ現役の首相が暗殺されたら、どうなると思いますか。感情の火に油を注ぐようなものです。一億総玉砕《そうぎょくさい》に突っ走るだけです。日本人全員が死ぬまで、戦争を続けることになるのですよ」

母親の剣幕《けんまく》の前に、三笠宮は言葉を失った。そして暗殺計画にはけっして関らないことを誓って、帰っていったのだ。

そんな緊迫したやりとりを交わしたのと同じ部屋で、今は三笠宮は穏やかに話す。

「東条など殺すほどのことも、ありませんでした。放っておいても、総辞職したのですから」

東条の次の内閣も、九ヶ月あまりで退陣し、鈴木貫太郎の出番になったのだ。

節子は強い口調で言った。

「今度こそ、戦争を終えなければなりません」

三笠宮と会ってほどない五月二十五日の夜だった。また空襲警報で起こされた。

飛行機のエンジン音が、いつになく近くに聞こえる。

ここのところ、あまりに警報がひんぱんで、もんぺ姿のままで床につく。そのために起きてすぐに御文庫に向かった。

女官に手を引かれ、玄関から外に出た。エンジン音が驚くほど近い。夜空を見上げると、真上に敵機の明かりが、星のように瞬《またた》いていた。

トンネルの入り口は、玄関のすぐ脇だ。もう侍従たちが、階段下の扉を開けて待ちかまえている。

「大宮さま、お早くッ」

節子が玄関の軒下《のきした》から、一歩、踏み出した時だった。上空から太い火の帯が、するするっと落ちてきて、ほんの十数間《けん》ほど先で、火の玉が炸裂《さくれつ》したのだ。

割れた火の玉が、こちらに向かって、すさまじい勢いで襲いくる。

「危ないッ」

女官たちの悲鳴と絶叫《ぜっきょう》が響く。

節子は、とっさに軒下に戻った。その瞬間、轟音《ごうおん》とともに、地震のように建物が揺れた。一瞬にして、辺《あた》りが明るくなった。外にいた侍従が、屋根を見上げて叫ぶ。

「軒に火がッ」

目の前の軒先から、火の粉《こ》が雨のように落ちてくる。節子がいる真上の屋根に、焼夷弾の一部が激突したのだ。

「大宮さま、こちらにッ」

侍従に抱きかかえられるようにして、火の粉の雨をよけ、トンネルの入り口に走った。

その間にも、夜空から光の帯が、目と鼻の先に落ちてくる。庭の至るところに、炎が飛び散り、油脂が広がって、巨大な火柱が上がる。明らかに、この敷地が標的になっていた。

熱風が吹きつける中、節子はトンネルに飛び込み、女官たちに手を引かれて走った。走る間にも、地響きがして、近くに焼夷弾が落ちるのがわかった。そのたびにトンネルの天井や壁が、ばらばらと崩れる。

四畳半の御文庫にたどり着き、侍従たちはトンネル続きの職員用の防空壕に移っていった。焼夷弾の激しい攻撃は続いている。

女官が手を震《ふる》わせながら、蠟燭に火をつける。いつもの嘉仁の姿絵が浮かび上がった。節子は、その前で祈った。どうか裕仁が無事であるように、日本という国が消滅しないようにと。ここが標的になったのなら、宮城《きゅうじょう》も無事とは思えなかった。

攻撃は、これでもかと言わんばかりに続く。次第に御文庫の中が、熱くなってきた。トンネルから熱風が吹き込むのか、炎の熱が地表から伝わってくるのかは、わからない。

節子は死を覚悟した。防空壕で蒸し焼きになって死んだ者は、いくらでもいる。自分も、ここで命を落とし、ここに遺体が打ち捨てられるのかと、さすがに恐怖を感じた。一緒にいる女官ふたりも怯《おび》えている。

ふと父の話がよみがえった。奥羽《おうう》先鋒総督として仙台で孤立した時の話だ。あの時、九条道孝《くじょうみちたか》は、いったんは死を覚悟したものの、すぐに考えを変えた。もし自分が殺されれば、官軍側に武力行使の口実を与え、奥州《おうしゅう》全土で大規模な戦争が起きる。なんとしても生き残って、参謀だった世良《せら》の非を朝廷に訴え、戦争を食い止めねばならない。そう覚悟を改めたという。

今の自分も、あの時の父と同じ立場だと気づいた。もし、ここで皇太后が死んだら、たとえ裕仁が生きていたとしても、またもや激烈な感情が高まる。一億総玉砕の口実を作るようなものだ。

そう気づいたとたんに、負けん気が頭をもたげた。こんなところで、死んでたまるかと思う。生き残るのだ。生き残って、日本という国が続くのを、この目で見るのだ。

突然、強気になり、ふたりの女官たちに言った。

「生きましょう。生き残って、日本がよみがえるのを見るのです。かならずよみがえります」

すると女官たちが泣き出した。恐怖の中で、ずっとこらえていたらしい。それでも節子の励《はげ》ましに、何度も何度も、うなずく。

節子は空襲の爆音を聞きながら、暗く狭い御文庫の中で、日本の未来を信じた。


八月十二日の夕方、高松宮と三笠宮が訪ねてきた。焼け野原になった大宮御所の敷地を、兄弟で歩いてくるのを見て、節子が、あえて気軽な調子で声をかけた。

「おや、海軍さんは、こんな時期になっても、お洒落《しやれ》だこと」

四男の三笠宮は夏でも、陸軍のカーキ色の軍服だが、三男の高松宮は真っ白な海軍服だ。高松宮は顔立ちが、いちばん節子に似ている。鼻筋が通り、目と眉尻《まゆじり》が、きりりと上がっている。それが生真面目《きまじめ》な様子で、白い制帽を外して言った。

「今日は、皇族会議があったので、正装してまいりました」

五月二十五日の空襲は、やはり大宮御所が標的だったらしく、敷地に百数十もの穴が空いた。秩父宮邸も三笠宮邸も全焼したが、翌日には各宮とも、御文庫に見舞いに駆けつけてくれた。

宮城も攻撃を受け、建物は焼けたものの、裕仁は防空壕に避難して無事だった。

防空壕には会議室もあり、今日は、そこで皇族会議が開かれたという。

三笠宮は、父親譲りの気さくさで周囲を見まわして言った。

「こんなところで暮らしていないで、いい加減、疎開なさればいいのに」

「まあ、梅雨《つゆ》の間は、じめじめして嫌でしたけれど、梅雨が明けたら、外で暮らすのも、そう悪くはないですよ」

寝起きは御文庫の中だが、昼間は焼け焦げた立木の間に、焼け残ったシーツを張って日除《ひよ》けにし、その下に敷物を敷いて、文机《ふづくえ》を置き、夏の長い日を過ごしている。

焼け焦げて立ち枯れた木ばかりになって、蟬《せみ》も飛んでこない。息子たちが訪ねてきても、座る椅子《いす》もなく、夕暮れの焼野原で立ち話だ。節子だけが敷物の上に正座して話した。高松宮は、なおも心配顔で聞く。

「毎日、何をしておいでなのです」

「戦争が終わるのを待っているのですよ。こうして、お地蔵《じぞう》さまの印を押しながらね」

節子は文机の上から、紙片《しへん》を取り上げて見せた。不要な包み紙などの皺を、きれいに伸ばし、地蔵尊像の朱印や、短い念仏文字の朱印を、毎日、数限りなく押し続けている。亡くなった人々への供養《くよう》のつもりだった。

「住むところが焼けて何もなくなって、みんなと同じになったかと思うと、なんだか気が楽ですよ」

それは正直な気持ちだった。庶民が凄惨《せいさん》な経験をしているのに、自分だけが安全に暮らしているのは後ろめたかった。

しかし高松宮は階段下の御文庫を、のぞき込んで言う。

「でも、こんなじめじめした防空壕暮らしで、病気にでもなられると困りますよ」

「私は丈夫が取り柄《とえ》なのでね。それに、こうして外にいるから、日に焼けて、子供の頃に戻ったようですよ。九条の黒姫さまって、呼ばれていた頃にね」

息子たちが吹き出した。節子は、あれこれ思い悩み始めると、底なしに暗く沈む。だからこそ気持ちを明るく保ち、あえて冗談を口にする。

そんな話をしているうちに、夏の陽が没し、女官が小さな焚《た》き火を灯した。敷地のあちこちから、焼け残りの材木を拾ってきては、毎晩、明かりとして燃やしている。

焚き火の明るさで、周囲が闇《やみ》に沈んだ。かすかにはぜる音を立てながら、朱色に燃える炎は、ちょうど盆の迎え火のように見えた。間もなく旧暦の盆の季節が来る。

節子は、どれほどの日本人が、今年、新盆《にいぼん》を迎えるのかと思うと、また気持ちが沈む。それも死んだ魂を迎える家もなく、迎え火を焚く玄関もない者が、どれほどいるのか。帰って来る魂にしても、残された家族の惨状に、どれほど哀しむことだろうか。

節子は暗がりの中で、そっと目元を拭《ぬぐ》うと、地蔵尊像の紙片を、文鎮《ぶんちん》の下に戻して言った。

「でもね、今月の二十日には、軽井沢に行くことにしたのです」

三笠宮がおどけて聞き返す。

「おや、年貢の納め時ですか」

「戦争が終わるというのでね。それまでに終わっていなければ、梃子《てこ》でも動きませんけれど」

少し前に入江相政が、ふたたびやってきて、どうしても疎開してくれと頭を下げる。節子が戦争が終わるまで動かないと言い張ると、かならず終えるからという。

節子は何を言うかとばかりに聞いた。

「終わってから疎開しても、仕方がないでしょう」

すると入江は、裕仁の気持ちを代弁した。

「いいえ帝は、むしろ終戦後のことに、心を痛めておいでなのです。ご自身は、どうなってもよいけれど、大宮さまと皇后さまは安全な場所にと、お望みです」

アメリカ軍が上陸してきたら、女性は手当たり次第に強姦されると、だれもが信じている。

節子は笑って応えた。

「皇后ならまだしも、いくらアメリカ兵だって、こんな年寄りを相手にはしませんよ」

「でも大宮さまが疎開なさらなければ、皇后さまも立場上、疎開できません」

「いいえ、私には遠慮せず、皇后は疎開してください」

それでも入江は折れなかった。

「大宮さま、帝が五月二十五日の空襲の際に、どれほど大宮さまを案じられたか、お察しください。戦争が終わった後でも、交渉は続きます。そんな時に、もし大宮さまを人質に取られでもしたら、帝は敵の言いなりになるしかないのですぞ」

そこまで説得されて、さすがに返す言葉を失った。そして戦争が終わることを条件に、東京を離れることを承諾したのだ。

日光、沼津、葉山の各御用邸には、すでに嫁や孫たちが疎開している。そこに皇太后が行けば気を遣《つか》わせる。そのために軽井沢にある華族の屋敷を借り受けることにした。移動は八月二十日と決まった。

焚き火の炎を見つめながら、三笠宮がカーキ色の軍服の肩をすくめた。

「母上のやり方には、まったく頭が下がりますよ。言葉では指図しないけれど、体を張ってでも、自分の思い通りになさるのだから」

節子は苦笑いで、息子たちを見上げて聞いた。

「それで今日の皇族会議で、正式に終戦が決まったのですか」

「ほぼ本決まりです。帝はラジオで直接、全国民に告げるそうです」

「そうですか。それは、よかった。そうでもしなければ、納得しない者も多いでしょうし」

節子は毎日、この文机で新聞も読む。七月二十八日の新聞には、ポツダム宣言の記事が載《の》った。アメリカとイギリスと中国とが、日本に降伏を求めた共同宣言だ。

これについて首相の鈴木貫太郎は「黙殺する」と報道された。節子は、鈴木がソ連の仲介による終戦工作に、期待をかけているのだろうと思った。

しかし黙殺という言葉が、アメリカを刺激したのか、広島と長崎に、相次いで原爆が投下された。東京の空襲を上まわるほど、とてつもない被害だという。

また地団駄《じだんだ》を踏む思いが湧いた。どれほどの命が失われれば気がすむのか。なぜ、さっさと降伏しないのか。そう叫び出したかった。

だが現実には、ここに至ってもなお、戦争をやめることができない。戦争とは、それほど終わりにしにくいものなのだと、改めて思い知る。

苛立《いらだ》つ反面、さぞ裕仁も、辛《つら》かろうとも思う。ただ節子には、どうすることもできない。戦争が終わるまで、頑強《がんきょう》に、ここに居座る以外には、何ひとつ手はないのだ。

そして、どれほど膨大な命が失われたかを考えると、ただただ暗くなる。だからこそ、あえて明るく振る舞っている。でも今度こそ、ようやく終戦が来るのだ。

もういちど敷物の上から、息子たちを見上げて言った。

「そのラジオ放送の日には、三笠宮は沼津に行きなさい。百合子は子供が小さくて不安でしょうから、一緒に居てやりなさい。それから高松宮は御殿場《ごてんば》に行ってあげて。秩父宮《ちちぶのみや》が早まったことをしないように。一緒にラジオを聴いてやってください」

病身で気弱になっているだけに、ひとり離れていて、自殺でもしないか気がかりだった。

「わかりました。かならず、そうします」

息子たちは約束して、焚き火の前から立ち去った。

終戦の玉音《ぎょくおん》放送があったのは、それから三日後、八月十五日のことだった。節子は焼け野原の敷地で、侍従や女官たちと一緒に、わが子の少し甲高《かんだか》い声が、ラジオから流れるのを、初めて耳にした。

裕仁自身、もっと早くマイクの前に立ちたかっただろうと思う。これほど遅くなってしまった悔いは、計り知れなかった。

予定通り八月二十日に、節子は軽井沢に移った。しばらく使っていなかった別荘のようで、庭は雑草で埋もれていた。

侍従たちが草刈りをすると言い出した時、ふと節子は、幼い日の裕仁を思い出した。初めて一緒に日光の御用邸に出かけた時だ。

「これはヒメジョオン、こっちはモリアザミ。それはハルノノゲシで、これはボタンヅル」

まだ五歳だったのに、御用邸の敷地内を散歩しながら、ひとつひとつに指をさしたのだ。

「みんな、名前があるんです。雑草ではありません」

雑草と卑《いや》しんで、抜いてしまっては可哀想《かわいそう》だと言った。

母親としては、あのまま興味を伸ばしてやりたかった。三笠宮が結婚する際にも、百合子の父親が生物学者で、裕仁と話が合うのではないかと期待もした。でも思い通りにはいかなかった。

それどころか、幼い頃から母子の間には、ちょっとした溝《みぞ》があった。次男や三男の方が、ずっと甘え上手だった。

良子との婚約の際には、表立って言い争ったわけでもないのに、反対したことが尾を引き、何とはなしに溝が深まってしまった。良子のおっとりとした性格も、結局、節子には違和感があった。

裕仁が天皇になってからは、節子が遠慮する立場になり、いよいよ、よそよそしい間柄になった。

だからといって、裕仁が愛《いと》しくなかったわけではない。むしろ四人の息子の中で、もっとも心を砕いてきた。いちばん、おとなしい子供だったはずなのに、ずっと目が離せなかった。

その裕仁が戦争犯罪人として、処刑されるかもしれなかった。先は見えず、本人も不安だろうし、なおも母親としての心痛は尽きない。

侍従たちが別荘の物置から、草刈り鎌を探し出してきた。

「ありました。今すぐ、きれいに刈り取りますので」

節子は慌てて止めた。

「待って。刈らないで」

侍従たちが不審顔を向けた。

「刈っては、いけませんか」

「根つきで掘り出して、宮殿に送れないかしら」

「雑草を、ですか」

節子は笑顔で応えた。

「雑草ではないのですよ。みんな、名前があるのですから」

そして生い茂った草を、手で掻《か》き分けてみた。見覚えのある葉が、いくつも見つかる。幼い裕仁が教えてくれた草花だ。

草刈り鎌の代わりに、シャベルを持ってこさせ、ひと株ずつ土つきで掘り出した。そして藁《わら》で根を巻いて、紙の切れ端に名前を書いて添え、リンゴの木箱に詰めた。ちょうど東京に戻る自動車があったので、箱ごと宮殿に届けてもらった。

戦後の混乱は始まっており、列車も軒並み超満員だ。そんな中、どこにでもある草花を、わざわざ東京まで運ばせるのには抵抗がある。それでも今の裕仁には、どうしても届けたかった。

以前、裕仁は葉山の御用邸に出かけると、海辺の生物を採集し、標本にすることを、ささやかな楽しみにしていた。だが戦争の激化とともに、この非常時にと批判が聞こえてきて、やめてしまった。

また、わずかな空き時間に、侍従と将棋を指していると、天皇はトランプで遊んでばかりいるという話に歪曲《わいきょく》されて、近衛兵《このえへい》の口から広まった。将棋すらできない立場だったのだ。

リンゴ箱を送ってから、ひと月ほど後、節子は朝刊を手にして、息を呑《の》んだ。裕仁が大柄なアメリカ人と並んでいる写真が、一面に大きく掲載されたのだ。アメリカ人は進駐軍の最高司令官、ダグラス・マッカーサーだった。

裕仁は兄弟の中でも、いちばん小柄だ。なのに相手は、ハリウッド映画の俳優かと見まごうばかりの顔立ちで、体格もよく、上背《うわぜい》の差は、大人と子供ほどもあった。

それを見た時に、節子は悔しさと同時に、かすかな安堵も感じた。これはマッカーサーが、すべての日本人の前で、現人神《あらひとがみ》としての裕仁を、真っ向から否定してみせた写真だ。

貶《おとし》められたのには腹が立つ。でも少なくとも、今後、裕仁が命を取られることはないと、確信はできた。命を奪うほどの存在ではないと、マッカーサーは写真で示したのだ。

節子は、独り言をつぶやいた。

「これで御一新前に、戻るのかしらね」

明治維新まで天皇は、武張《ぶば》ったことは幕府に任せ、あくまでも文化を担《にな》い、神道《しんとう》を司《つかさど》る存在だった。

徳川家康が定めた禁中並《きんちゅうならびに》公家諸法度《くげしょはっと》の冒頭には、天皇がなすべきことの第一は学問であると記《しる》されており、それを江戸時代を通じて実践してきた。だが明治維新によって、突然、御簾《みす》の奥から引き出され、軍服を着せられ、馬に乗せられて、陸海軍の頂点に立たされた。そして戦死を美化するために、天皇は現人神に祀《まつ》り上げられたのだ。

明治天皇は、その期待に応えたが、大正天皇にはできなかった。そして裕仁は懸命に応えようとしたのだ。

でも今、天皇が江戸時代の姿に戻るのであれば、重荷を下ろすことができる。それは、むしろ幸せかもしれないと、節子は自分自身を納得させた。

節子は冬前に軽井沢から、沼津の御用邸に移った。疎開していた宮家の妻子たちが、それぞれ東京に戻ったために、御用邸が空いたのだ。

終戦直後の混乱で、青山御所の住まいなど再建される気配はなく、節子は気長に沼津で暮らすことにした。

近くの女学校の校長が、雑草が伸び放題の御用邸の庭を見かねて、女学生たちに手入れをさせたいと申し出てくれた。節子は、このままでもいいかとは思ったが、せっかくなので受け入れた。

女学生たちは賑《にぎ》やかに、おしゃべりを楽しみながら草を抜き、その後の砂地に、サツマイモを植えた。節子は気軽に女学生の輪に入り、楽しく植え付けに手を貸した。

秋になると、また女学生たちがイモ掘りにやってきて、節子と語らいながら収穫した。戦前戦中の堅苦しさがなくなり、むしろ気軽な暮らしだった。

海岸で遊ぶ地元の子供たちとの触れ合いも、節子の楽しみになった。子供は遠慮なく話しかける。ある時、小学生の女の子が、節子の靴《くつ》を見て、大きな声で言った。

「おばあちゃんの靴、きれいねえ」

節子は女の子の前に、しゃがんで応えた。

「あなたも大きくなったら、もっときれいな靴を履《は》けますよ」

きっと日本が豊かになって、大正浪漫の頃のように、お洒落ができる時代が来ると信じた。

困ったことも経験した。地元の婦人会の集まりで、少しお言葉を賜《たまわ》りたいからと、臨席を頼まれて、気軽に引き受けた。

だが節子が壇上に上がって、話を始めようとした時だった。後ろの方にいた若い女性教師が、突然、立ち上がって叫んだのだ。

「そんな高いところから見下ろして、何を考えているんですかッ。もう時代は変わったんですからねッ」

場内がざわつき、周囲は蒼白《そうはく》になった。ただ節子としては、そういう考えがあるのも当然な気がした。あの熱狂が醒《さ》めれば、恨《うら》みだけが残るのだ。

とはいえ下に降りてしまうと、顔が見えないし、声も聞き取りにくい。節子は、ふと思いついて、その若い女性に向かって手招きした。

「私が壇から降りることはできないけれど、あなたがこちらに上がって、話をお聞きなさいな」

節子は会場全体に向かって手招きした。

「ひとりだけで上がるんじゃ、気が引けるでしょうから、ほかの方も上がってください。遠慮なく」

だが、だれも上がろうとしない。さっきの若い女性は、ばつの悪そうな顔をしていたが、黙って席に座ってしまった。

節子は空襲の話を少しだけした。何もなくなって、むしろ気楽になったと語った。こうして一般の人たちと触れ合えるのも楽しいと、正直な気持ちを伝えた。

すると会場から、すすり泣きがもれた。さっきの若い女性も泣いている。節子は、もしかしたら兄弟が戦死したのかもしれないと思った。家族や親戚が、すべて無事だった家の方が珍しいのだ。

　沼津での暮らしは一年に及んだ。空襲の際に高松宮邸は、大宮御所と同じ敷地内ながら、かろうじて焼け残った。それを移築して、新たな住まいとし、ようやく節子は東京に帰ることができたのだ。

　しかし、その後、きわめて嫌な噂を聞いた。生前の大正天皇には奇行があり、議会の開院式で詔書を読んだ後、それを丸めて遠眼鏡のようにのぞいたというのだ。

　毎年末の議会の開院式に、嘉仁は大正七年と八年に欠席し、九年には病気を押して出席した。すでに手が震え、足元がふらついていた頃だけに、議員たちは驚いたに違いなかった。それからほどなくして、脳の病気と発表されたために、ありもしない詮索《せんさく》をされたのだ。

　節子の知る限りでは、詔書を丸めてのぞくということは、起こりようがない。あの頃の長文の詔書は、木製の芯に巻かれていて、のぞけない。短文のものなら、硬い奉書紙が二つ折りか、あるいは蛇腹《じゃばら》折りに畳《たた》まれており、まず筒状に丸めることなどできないはずだった。

　節子には、これほど悔しく、哀しかったことはない。嘉仁の知力は、最期《さいご》まで確かだった。だが脳の病気と言っただけで、奇行があったとされるのに許しがたかった。

これも熱狂の裏返しに違いなかった。あれほどの熱狂が錯覚《さっかく》だったと気づいた結果、天皇を貶めなければ、腹の虫が治まらないのだ。

とはいえ明治天皇や今上天皇では、恐れ多いという感情が残っている。その点、大正天皇なら病弱で、摂政を置かねばならないほど、責務を全《まっと》うできなかったのだから、いくらでも言い放題だ。

だが否定したところで、だれも聞く耳は持たない。噂を聞いた者は、かならず信じ込み、ほかに伝える。そうして、かなり広まっている様子だった。えてして噂とは、そういうものであり、節子としては、どんなに悔しくても、黙って耐えるしかなかった。

その一方で、心温まることもあった。

宮城の内外も青山の御所も、ようやく建物が整ったばかりで、まだまだ敷地は大荒れだった。瓦礫《がれき》と、焼けて立ち枯れた樹木が、一面に広がっていた。

そこに沼津の女学生たちと同じように、勤労奉仕の人々が来て、片付けてくれるようになったのだ。東北の青年団の代表が見かねて、草刈りをさせてほしいと申し出たのが始まりだった。

以来、あちこちの農村から、老若男女《ろうにゃくなんにょ》が交替で、やってくるようになった。列車の運賃まで自前で上京し、瓦礫の撤去や、防空壕の埋め戻しなど、とても熱心に働いてくれる。

できることなら、節子も一緒に作業したかった。沼津の女学生たちの仲間に入って、おしゃべりしながら、サツマイモを植え付けたように。

しかし今度の勤労奉仕の人々は、節子の手出しを許さない。最初は遠慮しているのかと思ったが、皇太后には汚れ仕事などしてほしくないのだと気づいた。気高《けだか》い皇太后のためだからこそ、彼らは奉仕したいのだ。

代表者が胸を張って言う。

「それに、こんな機会でもなきゃ、農家の女たちは、家から出ることがねえんです。大宮さまのお顔も拝見できて、汽車にだって大いばりで乗れるんで、みんな楽しみにしてたし、帰ったら、また元気に働けます」

以来、節子は、勤労奉仕団が来る時には、せめて、どこから来るのか前日に地図で調べて、鉛筆で印をつけた。とてつもない山奥から出てくることも珍しくない。周囲の山や川の名前や、地域の歴史、特産物などもあれば、頭にたたき込んだ。

終戦後も節子は、もんぺを愛用しており、そのままの姿で、彼らの前に出た。そして覚えたばかりの下知識で話をすると、だれもが大喜びしてくれた。

人が喜んでくれる姿が嬉しい。自分が人の役に立っていることが、目に見えるからだ。そして彼らの笑顔が、節子を励ます。

それは灯台守の手紙や、御殿場線の踏切に立っていたハンセン病患者たちの姿と通じるものがあった。

素朴な人々が額《ひたい》に汗して働く姿は、理屈抜きに美しい。きっと日本は立ち直ると、節子は確信できた。これほど勤勉な日本人が、打ちのめされたままでいるわけがなかった。


終戦から六年が過ぎた昭和二十六年の春、数えで六十八歳になった節子は、高松宮と妻の喜久子と、わずかな従者だけで、久しぶりに多摩《たま》御陵に出かけた。

かつて白い海軍の夏服が似合った高松宮も、四十七歳になり、穏やかな風貌《ふうぼう》になった。今も四兄弟の中では、いちばん節子に似ている。六歳下の喜久子は、嫁いで来た頃よりも、年を経るに従って、むしろ品位と美しさが増した。

多摩御陵は正門の先に、ちょっとした広場がある。そのまま大鳥居をくぐると、右手に手水場《ちょうずば》と池が現れる。あまり手を加えすぎない、自然な風情《ふぜい》の池だ。

手水場に備えてある柄杓《ひしゃく》で、一行は順番に手を清め、口をすすいだ。それから、さらに進むと、清涼《せいりょう》な空間が始まる。

嘉仁が亡くなり、この御陵を造ってから、すでに四半世紀以上が過ぎた。あの頃、若木だった杉は、幹も太くなり、梢《こずえ》は仰ぎ見るほどに育った。深緑《ふかみどり》の葉の間からは、木漏《こも》れ日が射す。まさに嘉仁が夢見た杉木立の森だ。

緑の中に延びる玉砂利の参道は、右に弧を描いて続き、行く手は杉木立に隠れて見えない。砂利を踏む自分たちの足音と、梢に飛び交う小鳥の声だけが響く。

進むにつれ、少しずつ参道の先が見えてくる。ある地点まで進むと、急に視界が開けて、墓前の広場に至る。

小山と小山の間の小さな谷間に、土が盛られ、嘉仁の墓がある。前には鳥居と石段があり、両側と後ろは緑の小山に囲まれて、ひっそりと守られているかのような場所だ。

墓自体は、浅い筒状の周囲を大きな石で固め、その上に半球状に土が盛ってあり、表面を小ぶりの石で固めてある。その中で、嘉仁は静かに眠っている。

杉木立と鳥居と砂利と石垣。ほかには何の飾りもなく、清々《すがすが》しいほど簡素で、万事、大袈裟《おおげさ》を嫌った嘉仁らしい墓所だ。

喜久子に手を引かれて、節子は石段を昇った。そして高松宮と三人で墓前に並び、柏手《かしわで》を打った。

参拝を終え、石段を降りてから、節子は息子夫婦に言った。

「いつもは冬に来るけれど、こうして気候のいい時に、ひょっこり来てみるのも、静かでいいでしょう」

大正天皇が亡くなったのは、十二月二十五日だ。毎年、その日は皇族たちが集まり、注連縄《しめなわ》を張って祭詞《さいし》を読む。だが節子は何もない日に、ひっそりと訪れるのが好きだった。

「本当に、大勢で来るよりも、ずっと雰囲気《ふんいき》が素敵ですね」

喜久子の言葉に、高松宮もうなずく。節子は嘉仁の墓の隣を指さした。

「私のお墓は、この辺りにできるんですって。そろそろ準備を始めているようですよ」

喜久子は眉をひそめた。

「まあ、そんな先のことを」

「いいえ、そろそろですよ。あんまり早く来るなって、先の帝には釘を刺されたけれど。これほど皺だらけになるまで頑張ったんですから、そろそろ行っても許してもらえるでしょう」

節子は自分の墓の予定地に、もういちど目を向けた。

「さすがに空襲の時には、ここには入れないかと覚悟しましたよ。御文庫が、そのまま私のお墓になるのかなと思って」

高松宮が意外そうに聞く。

「そうだったのですか。あの後、焼け野原で、お目にかかった時には、いたってお元気そうで、そんな風には見えませんでしたけれど」

「まあ、覚悟したのは、ほんの一瞬でしたけれどね」

後ろに控えていた従者たちも笑う。節子は口調を変え、しみじみと言った。

「できれば私は、お医者にもかからないで、ぽっくり逝《い》けるといいのだけれど」

喜久子が首を横に振った。

「それは嫌ですわ。何かあれば、お見舞いに伺《うかが》いたいですし」

「いいえ、お見舞いとか、最期のお別れとか、そんなことは、いいの。きっと先の帝が、お迎えに来てくださるから」

少し目を伏せて言い添えた。

「秩父宮は長患《ながわずら》いで、さぞ勢津子《せつこ》も苦労でしょう」

次男の秩父宮は御殿場で静養後、湘南《しょうなん》の別邸に移り、今は自伝などを書いて過ごしている。体調のいい時もあるが、ここしばらくは、また寝込んでいると聞く。

節子は夫の看病の経験があるだけに、勢津子を気の毒に思う。だからこそ自分は看病されずに、あっけなく逝きたかった。

秩父宮夫妻には結局、子が授からなかった。会津の血が続かないのは残念ではあるが、これればかりは致し方ない。

高松宮も夫婦ふたりきりだ。その代わり、裕仁と良子の間には、息子がふたりと娘が五人いる。三笠宮も息子ふたりと娘に恵まれた。百合子は今も妊娠《にんしん》中で、節子の孫は、まだ増えそうだった。

終戦以降、節子は、今まで自分が熱心に取り組んできたことを、息子の嫁たちに伝えてきた。

養蚕《ようさん》は皇室の伝統にしたくて、良子に引き継いでもらった。それまでは少しよそよそしかった嫁姑《よめしゅうとめ》の仲も、作業によって近づくことができた。今も宮中の養蚕場では、季節になると蚕《かいこ》を育てている。

子育てや病人の世話のない喜久子には、ハンセン病患者の福祉に携《たずさ》わってもらった。これには高松宮自身も手を貸している。ハンセン病患者への偏見は、今も根強い。

明治時代の初めまで、ハンセン病は遺伝と信じられていた。そのために患者は家の中で隠れて暮らすか、家族とは縁を切って、神社仏閣の門前などを放浪し、人々の施しによって生きた。

欧米人が来日するようになると、ハンセン病の患者が多いことに眉をひそめた。欧米では少なく、アジアやアフリカに多いことから、日本政府は国家の恥だと考えた。

まして伝染すると聞くに及んで、隔離《かくり》政策が始まったのだ。治療のためというよりも、欧米人の目から隠し、周囲の健康な人々を守るという主旨の強制収容だった。

不治の病《やまい》と思われていたために、いったん収容されたら、生涯《しょうがい》、家には帰れない。患者の人権など、まったく顧《かえり》みられないことが、多々、行われた。

戦後は、アメリカからプロミンという特効薬がもたらされ、不治の病ではなくなった。それに隔離するほどの伝染力がないことが、わかってきたものの、強制収容は続いた。

皇太后からの下賜金《かしきん》があったために、人権侵害が、いっそう正当化されたという批判もある。だが節子自身は哀しく思う。ならば寄付などせず、見て見ぬふりをして、放っておけばよかったのかと。

手の差し伸べ方も、時代によって変わる。ハンセン病を囲む環境は、まだまだ厳しく、やはり支援しないわけにはいかない。今後も高松宮夫妻には、福祉という形で、関わり続けてほしいと思う。

夫妻を滝乃川学園に連れていったこともある。火事の八年後、滝乃川学園は東京の北の地から国立《くにたち》へと移った。中央線で高円寺駅と高尾駅の間だ。

かつて節子が二十二歳の時に訪問したのは、あくまでもお忍びだった。以来、正式に訪ねたかった。それが四十五年ぶりに、ようやく実現したのだ。

国立の滝乃川学園は、西洋館のある立派な施設になっていた。筆子《ふでこ》は終戦の前年に、八十四歳で天寿を全うしたが、懐かしい天使のピアノは、きちんと保管されていた。

障害のある子供たちの笑顔が、何より節子の心を温めた。弱い立場の者たちが厄介者《やっかいもの》扱いされず、幸せに暮らせる時代になったのが、心から嬉しかった。

去年は高円寺の大河原《おおがわら》家にも出かけた。養蚕の視察に行く途中で、ほんの短時間だが立ち寄った。一緒に遊んだヨシも、すでに故人になっており、セキが白い石をくれた竹藪《たけやぶ》もなくなっていたが、それでも懐かしかった。この家にも、どうしても、もういちど来てみたかったのだ。

灯台守への支援だけは、自分が死ぬまで続けようと決めている。あの孤独への共感は、次の世代には無縁だ。それに遠隔操作による灯台の無人化も、いずれは進んでいくと聞く。

節子としては行きたいところには行き、なすべきことは、やり終えたものの、世の中には、まだ気がかりもある。去年六月に朝鮮戦争が起きたのだ。

日本の敗戦によって、朝鮮半島は北半分がソ連、南半分がアメリカの統治下に置かれた。その後、南北が別々の国として独立したものの、対立が深まり、同じ民族同士の戦争に至ったのだ。

　すると日本では、隣国の戦争による特需景気が始まった。アメリカ軍が軍服をはじめ、テントや毛布など繊維製品を、大量に買いつけたことから、繊維業界を手始めに、一気に活気づいたのだ。

　それは日本の経済復興には貢献するものの、節子には第一次世界大戦当時を思わせて、不気味だった。

　参道を戻りながら、節子はつぶやいた。

「この世から戦争がなくなることは、ないんでしょうかね」

　高松宮も歩きながら応えた。

「今度の戦争を体験した世代が、生きている限りは、日本では起きないでしょう」

「じゃあ、その後は？」

　すると喜久子が笑顔で応えた。

「起きませんとも。日本国憲法で戦争を放棄したのですから」

　だが高松宮は妻を諫《いさ》めた。

「起きないと思っている方が怖いんだ。戦前だって、ほとんどの日本人が、アメリカとは戦争などしないと信じていたのだから」

　戦争など起きないと高《たか》をくくっていても、気づいた時には始まっており、そして終えられなくなる。それが戦争の実体だった。

三人で帰りかけた時、高松宮が、ぽつりと言った。

「父上は、今のような時代に生きてらしたら、とても気さくで、愛される天皇でいらしたでしょうね」

高松宮は、元気だった東宮時代の父親を、よく覚えている。馬に乗せてもらったり、鬼ごっこをして遊んだり、とても可愛《かわい》がられたのだ。嘉仁が日本中を訪問し、人気が高かったことも知っている。

節子は、なるほどとうなずいた。

「そうですね。たしかに、あんな時代でなければ、お気持ちも楽で、ご病気になることも、なかったかもしれないし」

あの頃は選民意識が高まり、何より健康であることが尊ばれた。よりによって軍人の頂点に立つ天皇が、病気がちなど、あってはならない時代だったのだ。

すると喜久子が言った。

「でも戦争の時代に合う天皇さまなど、おいでにならないでしょう」

「それも、そうだわね」

節子は微笑《ほほえ》んで、御陵の出口に向かって歩き出した。

顧みれば、大正時代、日本は工業技術が驚異的に向上し、世界の一等国に躍《おど》り出た。それでも大正時代も大正天皇も、歴史的な評価は高くない。日本が国力を充実させたのは、明治大帝の偉業とされ、大正は中継ぎくらいにしか見なされていない。

　節子は、それでもいいのだと思った。工業技術も国際的な地位も、皮肉にも第一次世界大戦の影響だった。嘉仁が嫌った戦争によって、国全体が潤《うるお》い、その結果、驕慢《きょうまん》に陥《おちい》って、もっと悲惨な戦争につながってしまったのだ。だから誇ることなどないと思えた。

　一行が正門の大鳥居まで戻ってみると、鳥居の根元に、一本のヒメジョオンが咲いていた。ひょろひょろと長い花茎《かけい》の先に、ごく小さな花がついている。黄色の丸の外側を、白く細い花弁が取り巻く、素朴な花だ。

　節子が見つめていると、近くにいた御陵の警備官が、気まずそうな顔をした。清らかであるべき御陵に、雑草が生えていることを気にしているらしい。

　節子は微笑んで言った。

「いいのですよ。宮城にも咲いていますから」

　軽井沢から送った根つきの草花が、どうなったかは、あのしばらく後に、入江相政から聞いた。

「帝はリンゴ箱を受け取られて、少し驚いたご様子でしたが、ひとつずつ手に取って、感慨深げにご覧になり、すぐに宮殿のお庭に、お手ずから植えられました。ちょうど何もかも、お手を離れてしまった時で、そのうえ先のことも決まっておらず、ご不安な時期でしたので、素朴な草花が、お慰《なぐさ》めになったようでございます」

裕仁は根づくかどうか気にして、毎日、水をやっていた。すると、しおれていた葉が、数日で生き返ったという。

「帝は、たいそう、お喜びでございました。たいした生命力だなと仰せでした。日本の未来も、こんなふうに生き返ってほしいとも、おっしゃっていました」

それを聞いて節子は、裕仁も覚えていたのだなと思った。一緒に御用邸に出かけた幼い日のことを、母も子も、忘れてはいなかったのだ。

新しい憲法で、天皇は国の象徴という位置づけが決まった。すると裕仁は公務のかたわら、また生物学の研究に力を注ぐようになった。特に葉山での海洋生物の採集は、戦争中に諦めざるを得なかったが、それを再開した。

今も節子の耳の奥で、幼い裕仁の声が聞こえる。

「これはヒメジョオン、こっちはモリアザミ。それはハルノノゲシで、これはボタンヅル」

長い長いまわり道をしたけれど、あの日の夢に、裕仁は、ようやく立ち返ることができたのだ。

その年の五月十七日の午後、節子は根《こん》を詰めて書き物をしていた。

朝から雨にもかかわらずその日も勤労奉仕団が来ており、そろそろ終わる頃かと、筆を止めて時計を見た。三時半だった。玄関に出て、奉仕団から挨拶を受ける時間だ。

筆を筆置きに戻し、机に両手を突いて、椅子から立ち上がった。その時だった。左胸に鋭い痛みが走り、息ができなくなった。とてつもなく苦しい。たちまち視界が暗くなっていく。

全身が震えて立っていられなくなり、机から崩れ落ちるようにして、床に倒れた。同時に椅子もひっくり返り、大きな音がした。

気づいた女官が絶叫し、駆け寄って、さらに大声で叫んだ。

「大宮さまッ、大宮さまッ」

これで死ぬのだなと思った。ただ不思議なことに、苦しさが遠のいていく。まだ女官が叫び続ける。

「だれかッ、だれか来てッ。だれかッ、お医者さまをッ」

侍従たちが駆けつける足音も聞こえる。

そんなに騒がなくていいのに。医者など呼ばなくていいし、このまま逝かせてくれればいい。そう思っているうちに、意識が遠のいていった。

狭心症《きょうしんしょう》の発作で倒れてから崩御まで、わずか四十分。天皇も皇族も、だれひとり間に合わなかったが、いかにも節子らしい最期となった。

皇后として夫のために生き、夫亡き後は人々のために生き、いつも自身のことはひっそりと。そして何事も庶民と同じように。それが節子の生涯だった。

諡《おくりな》は貞明《ていめい》皇后。清涼な杉木立の奥、多摩御陵の大正天皇と並んで、貞明皇后は今も静かに眠っている。

主な参考図書

『貞明皇后』主婦の友社編
『国母の気品 貞明皇后の生涯』工藤美代子著
『母宮 貞明皇后とその時代』工藤美代子著
『今上陛下と母宮貞明皇后』筧素彦著
『朝日選書 大正天皇』原武史著
『人物叢書 大正天皇』古川隆久著
『昭和天皇伝』伊藤之雄著
『皇太子婚約解消事件』浅見雅男著
『闘う皇族 ある宮家の三代』浅見雅男著
『皇族と帝国陸海軍』浅見雅男著
『秩父宮 昭和天皇弟宮の生涯』保阪正康著
『高松宮日記 第八巻』高松宮宣仁親王著
『古代オリエント史と私』三笠宮崇仁著
『銀のボンボニエール 親王の妃として』秩父宮妃勢津子著

『大宮様と妃殿下のお手紙』榊原喜佐子著
『入江相政日記 第一巻』入江為年監修　飯塚深著
『宮中侍従物語』入江相政編
『侍従とパイプ』入江相政著
『シリーズ福祉に生きる49 石井筆子』津曲裕次著
『鈴木貫太郎自伝』鈴木貫太郎著・小堀桂一郎校訂
『ミネルヴァ日本評伝選 加藤高明』櫻井良樹著
『今上陛下 御即位式寫眞帖』帝國軍人教育會編
『明治天皇の一日』米窪明美著
『明治宮殿のさんざめき』米窪明美著
『歴史文化ライブラリー 明治の皇室建築』小沢朝江著
『歴史文化ライブラリー 戦争とハンセン病』藤野豊著
『国宝 迎賓館赤坂離宮 沿革と解説』小玉正任著
『幕末公家集成』小玉正任監修・大賀妙子校訂編集
『会津藩戊辰戦争日誌 下』菊地明著
『大正という時代』毎日新聞社編
『ビジュアル 大正クロニクル』近現代史編纂会編

『古地図・現代図で歩く 明治大正東京散歩』梅田厚著
『京都時代MAP 幕末・維新編』松岡満著
『朝日新聞縮刷版 昭和26年5・6月』

この作品は、二〇一四年九月にＰＨＰ研究所より刊行された。

著者紹介

植松三十里（うえまつ　みどり）
静岡市出身。東京女子大学史学科卒業。出版社勤務、７年間の在米生活、建築都市デザイン事務所勤務などを経て、作家に。2003年に『桑港にて』で歴史文学賞、09年に『群青 日本海軍の礎を築いた男』で新田次郎文学賞、『彫残二人』（文庫化時に『命の版木』と改題）で中山義秀文学賞を受賞。
著書に、『調印の階段』『かちがらす』『ひとり白虎』『志士の峠』『千の命』などがある。

ＰＨＰ文芸文庫　大正の后《きさき》
昭和への激動

2018年９月21日　第１版第１刷
2019年１月９日　第１版第２刷

著　者　植　松　三　十　里
発行者　後　藤　淳　一
発行所　株式会社ＰＨＰ研究所
東京本部　〒135-8137 江東区豊洲5-6-52
第三制作部文藝課　☎03-3520-9620（編集）
普及部　☎03-3520-9630（販売）
京都本部　〒601-8411 京都市南区西九条北ノ内町11
PHP INTERFACE　https://www.php.co.jp/
組　版　朝日メディアインターナショナル株式会社
印刷所　図書印刷株式会社
製本所　東京美術紙工協業組合

ISBN978-4-569-76843-4

PHP文芸文庫

調印の階段

不屈の外交・重光葵《まもる》

植松三十里　著

日本史上、もっとも不名誉な〝仕事〟を買って出た男――降伏文書への調印を行なった外交官・重光葵の激動の生涯を描いた長篇小説。

定価　本体七八〇円（税別）

PHP文芸文庫

女城主

戦国時代小説傑作選

池波正太郎／井上 靖／岩井三四二／植松三十里／滝口康彦／山本周五郎 著／細谷正充 編

戦国時代、男の名で家督を継いだ女城主・井伊直虎のほか、民を愛し、城を守った女城主たちの美しくも気高い姿を描いた短編小説集。

定価 本体六二〇円（税別）

PHP文芸文庫

化土記《けとうき》

北原亞以子 著

弟の死に陰謀の気配を感じた兄が、事件の真相を突き止めるべく、天保の改革で開拓が進む印旛沼へと向かう。著者が遺した傑作長編。

定価 本体九八〇円（税別）

PHP文芸文庫

ひこばえに咲く

玉岡かおる 著

りんご畑の納屋に眠っていた150枚の絵――。実在した画家の数奇な生涯を通し、芸術とは何か、愛とは何かを問いかける感動の物語。

定価 本体八二〇円（税別）

PHP文芸文庫

怪物商人

江上　剛　著

死の商人と呼ばれた男の真実とは⁉　大成建設、帝国ホテルなどを設立し、一代で財閥を築き上げた大倉喜八郎の生涯を熱く描く長編小説。

定価　本体八四〇円（税別）

PHP文芸文庫

武士の碑《いしぶみ》

伊東 潤 著

西郷隆盛と大久保利通の後継者と目された村田新八。西南戦争とパリを舞台に〝最後の武士〟として生き抜いた新八の活躍を描く力作長編。

定価 本体九二〇円(税別)